鈷訓和謌集聞書研究会編

古今集
古注釈書集成

鈷訓和謌集聞書

笠間書院

目次

凡例

一、本書は、宮内庁書陵部蔵『鈷訓和謌集聞書』〔二六六・一四五〕（鷹司本）を底本として忠実に翻刻し、解題を付したものである。なお、底本の書誌は【解題】を参照されたい。

二、翻刻に際しては、次のような方針に従った。

1 漢字・仮名、ひらがな・カタカナの別、仮名遣、送り仮名等すべて底本のままとした。従って、ハ・ミ等、（現在の通念では）カタカナ（と見做される箇所）も底本のままとした。

2 漢字に関しては、可能な限り底本の字体を忠実に保存することに努めた。即ち、一律に通行字体に、あるいは逆に正字体にすることはしない。ただし、正字か略字かの弁別は、実際には容易につきにくい場合も多い。そのような時は、概ね新字に統一した。以て諒とされたい。

3 底本の誤脱・誤字ではないかと思われる箇所は、極力校訂せずそのままとした。ただし、明らかに底本の誤りと理解される箇所に対しては、右傍に（ママ）を付した。

4 底本は未翻刻の文献であり、難讀の箇所が多々ある。その場合、とりあえず私案を示し、右傍に「？」を付した。また、書本であると推定される東山御文庫蔵本を参考にした。

5 底本における細字注・ミセケチ等は、以下の要領で示した。

傍書…………………［A］〈B〉　【例】A^{B}

傍書等に関する注記……〈※　〉デ括リ示ス

小字（双行）…………〔　〕デ括リ示ス

補入……………………『　』デ括ル

ミセケチ………………《X→Y》

6　検索の便のため、和歌本文末尾に（　）に入れて新編国歌大観番号を付した。

7　面変わりの箇所に」を付した。

8　【本文注記】に記載がある箇所には＊を挿入した。

三、本書は、武井和人を中心にした共同研究による成果である。以下、各作業の主担当者を掲げておく。

【凡　例】……………………………武井和人

【原本調査】宮内庁書陵部蔵本……………武井・三浦智・石岡登紀子・橋本実穂・渡辺開紀

東山御文庫蔵本…………武井・三浦・石岡

【翻　刻】巻1～10……………武井

巻11……………………武井・三浦・石岡・橋本・渡辺

巻12・13……………渡辺

巻14・15……………橋本

巻16……………………三浦

巻17・18……………石岡

巻19……………………三浦

巻20……………………橋本

【本文注記】……………………………武井（三浦・石岡・橋本・渡辺、データ提供）

【解　　題】……………………………………武井（渡辺、一部礎稿作成）
【校　　正】……………………………………武井・三浦・石岡・橋本・渡辺
【本文点検】……………………………………嘉陽安之

四、底本の翻刻をご許可下さった宮内庁書陵部、また原本調査をお認め頂いた宮内庁侍従職にあつくお礼申し上げます。

鈷訓和謌集聞書（宮内庁書陵部蔵）

【翻刻】

鈷訓和謌集聞書〔日〕〈※題簽〉」

〔此本ニ常ノ序アリキ畧之〕　〔書分百六丁〕

古　序分　聞書〈※端作題〉

〔やまとうた〕〈※声点アリ。平上上上平〉ハ　大和〔瓜ト云ヤウニ云ハワロキ也〕

やまとハ此国ノ事哥ハ此国ノ風俗也山のあとゝ云ヲアハ略シテヤマト、云也心ハ此国はいさなきいさなミの尊の此下に國なからんやとて二鉾を下シテさかせるを此国ヲウムト云也其後一女三男をうむ此國ハ芦原にして水〔土〕〈※右肩ニ不濁点アリ〉〈ト清〉いまたかハかぬ程に山にのミ住し也山と云志誠の心志のあつくたかき所を山にたとふるなり所願成就の心也二神の此国をしたてんとおほす心さしのあつき所を山と云也又やまと哥と云ハ大に和くと云心あり一にハ天竺唐土日本ヲかけたる也」小に對する大にあらさる也何となれは此哥にて唐の詩の道をも天竺の陁羅尼をも知程に大に和くると云也天地和する時より哥ハおこる也ミな和する道肝要なれは三国に及ほす和なれは大和と云也又一には神代より今日に至まての和を大に和くると云也國とこたちの尊よりの上七代より下五代まて和する也終劫此道のたゆましきは神代よりおこる和なる故也

是は竪也三國の和ハ横なり

人の心をたねとして　哥と云物ハ人の心を種としてと我も人も云心にハあらす忽然念起名為無明より」はしまれる也心ハ法家に弥偏〔満タル心也〕したる所也仏法と云物也口に云のミにあらす法界に弥偏したること也此ひゝきは心にうこく也心にアルヲ志と云詞に出るを詩と云毛詩の心也法界三昧と云ハ風の吹鳥の啼花さき実なるも普賢三昧也理と云ハみえぬ物事と云はあらはるゝ物也下に理のよく通するか事によく顕るゝ也さつと哥にいへ

はいつれも顕ル、也天地未分元品無明ノ時ヨリおこる是ハ詞に出ぬ哥也

よろつのことのはとそなれりける　目前の事皆哥也爰まてハ惣躰の哥の大意也

世中にある人ことわさしけき物なれハ　真名序ニ」人之在世不能無為〔ナルコト〕　無為ハ天地未分の心又色にもあつからさる事也今ハ其事なくなる也天地ひらけてより君につかふるも夫婦のかたらひをなすも皆悉ことわさなるへし

花になく鶯水にすむかハつ　前段ハ古間にある人のみな哥をよむ事をいひ爰ハ人の身にかきらぬ事を挙たり毛詩之哀楽のおこり自然によろしと云其心なり自然の理也喜怒の端人事によるにあらす諸物の聲也いつれも胸中の志をのふるハミな哥也春きてハ鶯蛙先はやき故ニ鳥虫の中に此二物を挙たり又」かならすいきとしいける物の外にもあるへき也法界悉哥なれは也

力をもいれすして天地を　事理の二あり能因法師か苗代水にせきかけていせきにおとせ川上の神と云哥をよめるに雨ふれり是ハ事也又天地と云物は別になし人ハ天地の性をうけたれは法界を用ル身にして物ニ味し物に感すれは天地を動す也　〽〈※合点ハ朱書〉目にみえぬ鬼神をもあはれと是も事理の二アリ昔伊勢國に鬼ありき土も木もわか大君のとよミたれは鬼神其人を捨てされり奇特ノこと也是ハ事也又めに」みえぬ鬼神ハおそろしき也是ハ胸中にあるへき也胸中たにも清けれハ其胸中の鬼神あはれとおもふ也　男女の中をもやはらけ野とならハ鶉とやはらくる道不可勝計也

たけきものゝふの心をも　事理の二あり葛城大君の奥州へ下の時采女の哥にて心のやはらける是ハ事なれ共胸中をハ出ぬ也咲中に刀をかくすハ〈※次行ノ鼇頭ニ不審紙アリ〉人の心にやいはある也諸事をやふる心也是理也

この哥あめつちひらけはしまり　いつよりはしまるそといへハ元来哥ハありといへとも詞に出る哥ハ天地ひらけて

よりはしまる也いさなきい」さなミみとのまくはへし給へる時を云也あまのうき橋と云ハ道なき所を通するを云也夫婦のかたらひも哥道も爰より始ル也あなうれしうましにゑやおとめにあひぬ〔十八字也〕又あなうれしうましにゑやおとこにあひぬ〔是も十八字也〕是か我朝の哥のはしめ万物のことわさ也能始也何たるみちにもさきたちて日本にてハ哥ノ始也にゑやは物食する心うましより出る歟〻〈※合点ハ墨朱書〉しかはあれと古につたハる事ハ〈※不審紙アリ〉二神の哥ハかくあれとも代あかりて遠けれは下てる姫の哥をよする也下てる姫も天の神也〔アメワカヒコノメ也〕あめわかひこ下てる姫あちすきたかひ」〔た〕〈※右肩ニ不審紙アリ〉ね此三人兄弟也あめわかひこハ天にすミあちすきたかひこねと下てる姫とハ地にありし也天照大神の御使にあめわかひこを天より地にくたすに下てる姫に嫁してかへりのほらす心もとなくおほしてなゝしの雉を下すにあめわかひこ此雉を射ころす也其矢天にのほるさてハ国に軍ありとて矢をさかさまになけくたす其箭あめわかひこの胸にあたりて死し給ぬ矢をさかさまになけぬハ此謂也其後もかりやを〔葬送事也〕せんとて此死人を天へのほする也其時あちすきたかひこねも下てる姫も天にのほれりせうとの」神とハあちすきたかひこねをみて下てる姫の哥をよめり岡谷ハ陰陽を表する也

ゑひす哥とハ天照大神のおはします天の都に對して地をえひすと云也ひなの心也夷の字をひなともよむ也〔夷曲」〈エヒスウタ〉

あらかねのつちにしてハ　爰ハ天地人の三を云也おこるハ始ル也　神代にハ哥の〔志」〈本ノマヽ〉＊すなほにして其まゝつくろはぬをすなほ也と云也

人の古となりてすさのおのミことよりそ　すさのおの尊の人の古となりてよませ給へるにあらす彼哥卅一字の始なるによりて人の世ニハよミきたる也」すさのおの尊ハ弟なれ共男なれハ兄と云也又兄の〈※次行ノ鼇頭ニ不審

紙アリ〉やうにおほす心也このかみ心と云も慈悲あるを云也八いろの雲ハ八色のたとへ也哥ハ五行を司ル端雲なれハ八色五行ハ人の身のま［とゝ］〈本ノマヽ〉也宮作の時始てたつ雲とおもへハ昔もたちし雲也昔たつと云ハ既に国の名なる故也

八雲たついつもやへ［か］〈※右肩ニ不濁点アリ〉〈清〉きつま［こ］〈※右肩ニ濁点アリ〉めにやへ［か］〈※右肩ニ濁点アリ〉きつくる其やへ［か］〈※右肩ニ濁点アリ〉きをやへかきの清濁は天はすミ地はにこるの心也妻こめにとハひめとすまんの義也やへかきつくるハ忽然の心也其八重垣をとハをしへくり返す也日本紀にハすくれて大事の哥也四妙をたてゝ一妙をかくす」字妙と云ハ何ことそなれハ卅一字のめてたく始ル字妙也句妙は五句うつくしく始ル妙也意妙はことはり妙に聞る也始終妙ハ此哥か始と成て今の古まてよミ来れることを云也

〽〈※合点ハ墨書〉かくてそ花をめて鳥をうらやミ霞をあはれみ露をかなしむ　此詞いつれも愛する義也かくてそとハ卅一字より始て此かたと云心也人の心を程として『と』云をうけて爰ニハとをき所も出たつ足もとより　千里行一歩ヨリ始ル心也二神の御哥より始りて次第〳〵に今世にいたるまて也哥道ハ遠くたかき道なるたとへ也如此さかへ来れるを云也　ちり［ひ］〈伊〉［ち］〈※右肩ニ濁点アリ〉〈濁〉〔インチトヨム也〕」すさのをの尊はしめハ天照太神と御中あしくなと有し也其後出雲国に宮作せしより國おさまれる徳のある也爰まてハ神の御哥也なにはつの哥ハおほさゝ［き］〈※右肩ニ濁点アリ〉の御門の［是］〈本ノマヽ〉三番目人の哥の始也これよりさきにも人の哥あるへけれとも徳あるによりて難波津の哥を始と云也おほさゝきの御門ハ〈※鼇頭ニ不審紙アリ〉難波の御子也宇治の御子をハわかい［つ］〈濁〉らこと申也兄弟位を互に譲り給也王仁といふは高麗人なるを道の師にてをかるゝ也爰《を〈※字母越〉→を〈※字母遠〉》以て千載集の序に此国にきたりときたる人ハとかけりい［ふか］〈※右肩ニ濁点アリ〉り思て〔ヲモツテトヨムナリ〕

心もとなく思ふ也位につきたまハぬ」ことをいへり爰にてハ哥を不挙難波津と云に理二あり元ヨリ立所なれは云也津と『云』ハあつまる義を云也なにハ人も爰へよるへき下の心也天子のいまた位につかせ給はぬをこの哥にていさむる也宇治の御子の過給へるをハ冬にたとへ今をは春にたとふる也梅の咲て一花開天下春となるやうに御位に付給ひてめくみを御ほとこしあれとよめる也　あさか山の哥は葛城〔王〕〈ヲホキミ〉奥〈※次行ノ鼇頭ニ不審紙アリ〉州へ下るに下すのまうけなとをろそかにしけれはすさま〔しか〕〈※右肩ニ濁点アリ〉りけれはとハ心にあかねハ取用ぬ也かはらけハ坏の事なれ共銚子をとりて左手を」もちて膝をたゝきてよめる哥也哥の心あさか山ハふかき井なれとも上の梢共のうつれハ水のあさきやうにミゆる也されは國守をろかにハあらねとも田舎のことなれハ如此なるよしをいへり

哥のちゝハゝのやうにてそ　昔ハ手習をするに此哥を手本のおくに書也是よりさきに人のよめる哥もおほく又二神の哥なともあれと此哥の徳あるによりて二首を父母と云也王仁公哥ハ位につけは百姓のうれへをやむる道なるへしされは其哥を父と云也采女か哥を母と云ハ先男女のよめるによりて也王仁か哥は古をおさむる哥なれハ大なる哥也これは大君」の心のとけぬをなくさめし哥也父ハ始終身を治る事をゝしへ母は一端そつ〳〵としたるこまかなることをゝしふる心也

抑哥のしな六なり〔是ヨリ六キ〕是より哥の法度定ル也

からの哥とハ毛詩の六義を云也〔爰ヨリ六義ノ分祇公ノ御本ヲ写ス也〕

一にハそへうた　なにはつにさくや此花　そへ哥とハ〔風〕〈フウ〉の哥也風ハ物によりて物の姿も顕ルヽ由也正義に云風ハ諷也教也といへり此哥うへにことはりみえねと大さゝきの御門をそへ奉るとハかけり風とハ物〻にそへて上をいさめ下を化するの心也　私聞書云更におもてにみえぬ物を風をもちて喩ル也草木にあたりて」ミ

ゆる也諷ハそしる心也いさむる心也毛詩ハ大略落書也此なにはつの哥の次に嘉禄の本にハ淺香山の哥を入たり不可然事也難波津の哥ハ六義のために〈※次行ノ鼇頭ニ不審紙アリ〉こゝに入たる也これは［よ］〈か〉そへ哥也

二にハかそへうた　さく花におもひつく身の　かそへ哥とは賦の心也しきのふる義也今云事の色〳〵にさしむきてかそへたるさまの事也金殿當頭紫閣重仙人掌上玉芙蓉なと云かことし玉篇云賦ハ量也量ハ称也然ハ云事をかそへあけておさむる理ハはからひかまふる心也心ひとつの事をもさしめにいひて理をのふる所賦に可叶也此哥ハ花と我」身とをかそへあけてわか思にさしまかせて云也小注にたゝことにいひて物にたとへなともせぬ物也此詞ハかそへ哥の注也是はと云所五ヶ所アリ皆賦比興雅頌の注也此小注の下に此哥いかにいへるに［八］〈※右肩ニ不審紙アリ〉其心えかたし五にたゝこと哥をいへるなん是にハ可叶といへり偽のなき世なりせハの哥可叶といへる也但前の哥も可叶とそ侍し偽の哥ハ人の詞はかす〳〵なるものなれはそれをかそへあけて又うれしからましと云を称の心にあはせたり是も可叶とそ此かそへ哥といふもたゝことにいひてなそらへたとへもせぬ物なれはたゝこと哥にたるやうなれと五のたゝこと哥と云ハ雅也」雅ハ正也といへハ古ノ治るやうなとをのへたる物也かそへ哥ハ四時或は恋述懐なとにてもさしめにいへるもよく分別すへしさてさく花の哥ハ偽の哥より少句ありて哥のさまハまさるとそ侍し花にやおもひつくミはつくミと云鳥をかくしてよめりともいへり六義の用にハ不立事也　私聞書云其物をその物とかす〳〵を顕シ釈する也稱ハある程の物を云のへて其結句に一にとちめて我氣におさむる也さく花にの哥ハ花に貪する也いたつきハいたつかハしき也悩也物に着して我身に悩の来るを不知也是ハ花と我とをいひあけておさむる所は身にいたつきの入もしら」すてとおさむる也是ハたゝことにいひてハさしめに云也小注の心ハあたりかたき也惣而此小注の作者は貫之のと云義と公任のと云二義アリ

貫之か承平の時分にしたる注也たゝこと哥の所に風ふかぬ世にと云哥ハ平兼盛かと云義と清慎公の哥と云義ありいつれも承平の御門の時也其時貫之か思返して二たひ書と云也公任のと云義は惣而ハ公任のせられたる物なり貫之かしたる物をこゝかしこしなをしたると云ハ可不然故ニ貫之か内侍にしてとらすると云義あれとさあらは奥の義不審なれ共人の若輩をもいはすよくあたるを入る也當流の義也下には公任実儀也」人に云時ハ貫之か作と云也六義の下の小注斗を公任のせし也

三にハな［す］〈※右肩ニ濁点アリ〉らへ哥　君にけさ朝の霜ノ　小注云是は物にもなそらへてそれかやうになんあると云様に云也此哥と云はなそらへ哥と云事の注也是を君にけさの哥の注と云義アリ五ヶ所なから題目の注なるへし何そ此一所哥の注になるへきや又物にもなそらへ［て］〈清〉と有て文字濁てよめりと云説是アリなそらへ哥と云うへハ争なそらへすしてと云理侍らんそれかやうにと云にてこそなそらへたるにて侍れ只すくにすミていひ下すへき也然を物にもと云もの字餘り」たる様なれはかやうにふかくもいひなしけるか此もの字ハまへのかそへ哥に是ハたゝことにいひて物にたとへなともせぬ物也と云心をうけてくるほとに是物にもなそらへてと云也能〻了知すへし此哥よく叶へりともみえすたらちねのおやのかふこの眉こもりいくせくもあるかいもにあはすて小注にハ朝の霜を叶ぬ様にいへともなそらふる心二所アリ可然や侍るらん其上毛詩に比興の二を云に比ハあらはに興はかくるといへハなそらふる所あらはなれはよく叶とそいふへからんたらちねの哥又能叶へり　私聞書云朝の霜の哥置《て↓と》人の起と也きえやわたらんわか身の事也」霜のきゆるになそらへて両方をかゝへたる也是もあたれり物にもなそらへてのもの字まへにある心をうけて云也たらちねの哥心おもふ人の親の所にゐたるを其人にあはぬ程に心もとなき也まゆこもりとハ眉の中にこもりたるくはこのことくとなそらふる也いつれもよき也後ハ猶まさる也親のかふことハ子といはんため也

四には［たとへ］〈※声点アリ。上上上〉哥　わか恋ハよむともつきし

小注云是ハ萬の草木鳥獣につけて心をみする也此詞ハ又たとへ哥の注也又小注に此哥ハかくれたる所なんなきされと始のそへ哥に同しさまなれは少さまをかへたるなるへし此哥ハかくれたる所なんなきとは」濱の真砂の哥を難せり其故ハ以前もいへることく比ハあらはに興はかくるといへハおなしたとへなりともかくれたるたとへならハよろしかるへきをことの外あらハにたとへたるを嫌也されとゝハ濱の真砂の哥を云詞なり心ハ此哥あらはにてあしく侍りされとも此たとへ哥と云ハ始のそへ哥に同しやうなれは能叶哥大事なるによりて少さまをかへて真砂の哥を出せるといへる也少と〈※次行ノ鼇頭ニ不審紙アリ〉云ハ是ハ喩には叶へと十分せぬ所を少さまをかへてとハいふ也さるによりて小注にハすまのあまのしほやく煙風をいたミの哥を是や叶へからんとかける也尤此うた肝心せり所詮風も比も興も物に託する所ハ同し」されと風ハいたりてふかく興は少ふかく比はあらハなるへきにや又賦と雅とハさし事に云所ハ大かたにたるやうなれと賦ハ何事にもわたり雅ハ政道なとのことにかきるへきとそ覚侍る抑此小注を［公］〈※右肩ニ不審紙アリ〉か作ると云事は六義のたかふ所をいへハ不可然とて貫之天慶の御門の比かけりといへり殊殊勝には侍れといかゝ侍らん小注の作者あまねく人しれる事也其上貫之か心ハ六義の大旨をあけていへる斗也古人作して賢人述すと云理あれは行末くハしくせよと云の心也是古人の大意也されは貫之か心に可叶とそ私聞書毛詩ニたとへて人をほむるにあら［す］〈ハに〉いへは」こひへつらふやうなれはかくれておもてに聞えぬ様にほむる也かくれたるそへ哥同様なれはそへ哥にハなくしてしかもかくれたる哥を出さん事大事也されは先あらハなる哥を出す也すまのあまの哥の心人の他人になひきたるさまを云也たとへ哥によむともつきしの哥にはわろき也嫌之也

五にはた［ゝ］〈※右肩ニ濁点アリ〉こと哥　いつはりのなき世なりせは

小注に是ハ事のとゝのをりたゝしきを云也此詞ハたゝこと哥の注也又小注ニ此哥の心不叶とめ哥とやいふへからん　山さくらあくまて色をみつる哉花ちるへくも風ふかぬ世にとめ哥とやいふへからんとハ文字なとを「すか」〈透〉し」うつしとめたる様ノ事也それにもあらぬ事也山さくらの哥尤以肝心せり此哥ハ清慎公の御哥也といへり又平兼盛か哥と云義も是あり此小注の作者ならひあるへし私聞云雅ハ正也山桜の哥風ふかぬ古にといへるハまことに政に叶也たゝことにも叶へり

六にハいはひうた　この殿ハむへもとミけり　小注ニ是ハ世をほめて神ニ告ル也此詞又いはひ哥の注也又小注ニ此哥いはひ哥とみえすなんある　春日野にわかなつミつゝ万代をこれらや少叶へからん古をほめて神ニ告るとハ詩正義四頌者美盛徳形容以其成㓛告於神明者也ト云〻されは春日野の哥能叶へり但この殿の哥も」いはひ哥なるへし其故は古をほめたる所よくあたれは則告神明心は侍るとそおほよそ六くさにわかれん事ハえあるましきことゝハいつれの哥も六義をはなれて別にある哥ハあるましきと云義也又ハ六義をよくわかんことハ有かたき義也一禅ハ両方ともに御用の由侍し也後の義を當流にいはさるハ少心あり但小注の作者のおそれてかける詞也爰マテ祇公ノ書ヲ写也私聞書さきくさとハ槙木也三葉四葉ハ繁昌したる様也この殿の哥ハ祝の心ハあれ共告神明所みえさる也春日のゝ哥能あたれりされ共よく祝に叶へは神ニ告心もあるなり六くさにわかれん事ハかたくとハ六くさをはなれてハある」ましき也又一義にむさ〳〵と六くさにわけんことかたしと也當流に前を用也是ハ公任の詞に貫之の上を云にたれは也但又公任の卑下と云義も有也

今の世中色につき人の心花に成にけるより

色につきとハ古の末に成と云心也哥道と云物は「教誡」〈ヲシヘイマシメ〉のはしなれは色にそミなとするハ本意なき也人の心色になれハ実なき哥のミ出来也はかなき事とは思慮〈※次行ノ鼇頭ニ不審紙アリ〉もなき心

になり行也色このみとは好色の道ハ尤なる事のミ埋木ハ枕詞也実なる道ハ知人もなく成たると云也実なる人の所にハ又花なる道をはほに出さすたかひにわろき也実花あひならひてこそ古をおさむる道なれ」と云也ほに出さすとハ花をはいひも出ぬ也なりにけりを〔ナリンタリトヨム也〕又一説実なる道とハ好色の道ハむもれ実なる道のミにして花をハいひ出も無全と云心也かゝるへくもなんあらぬとハ古の御門ハ花実相兼てよかりしと申義也

春の花のあした秋の月のよ［［こ］〈※右肩ニ不濁点アリ〉とに］〈殊也清也〉　一切の事に哥をたてまつる也あるハ人の心不同にしてすなほならされハ哥と云物ハ心を發する物なれは人を以てならてハ世をおさむる心をしらぬ也其心をしらんとて也

花をそふとて使なき所に　吉野泊瀬をは尋すしてそはさまへ行也是ハ入ほかに欲情のある事をいへり此心を持てすなをなるをも入ほかなるをも知也この」氣をミて臣下の心をしろしめさむと也

しかあるのミにあらす　前段ニ君の臣をしり給ふのミにあらす下より上をあふく道をいへり

つく［は］〈※右肩ニ不濁点アリ〉〈清也〉にかけて　物の始はみなすむ也元来の心也されは爰ヨリ後はにこりてよむへし

たのし［ひ］〈味〉〔ミトヨム也〕君を身にねかへは悦も身に過也

ふしのけふりに　恋のならひ也切なる心也

松虫の音に友をしのひ　あれたるやとに松虫の音を聞てむかしの友をしのふ也

たかさこ住のえの松もあひをひのやうにおほえ

海山の両所をとり出て云也あひをひハ平等なる心也」一かあかれハ一かあくる心也時代ニあへるを云也あひを

ひは端のをゝ書也相追也生の字にあらす
男山の昔を思出て女郎花の一時をくねるにも
くねるとハあなかしかまし花も一時の心に嘲弄する也女郎花の風流のさまをくねると云也風流の様成ともたゝ
一時の事よとみる物の思ふ心也男山に女郎花の古事有てはいはす男女のかたらひも昔になれははかなき也いつ
れも定相なき心也
又春の朝に　猶くハしくいはんとて也飛花落葉をミて其理をわかすして誰か常住の思ひをなさんと也
あるハ年ことに鏡のかけに　花やかなる姿とおもへとも」年毎に老行は行末たのむましき心也
草の露水のあはをミて　きえをまつわか身もほとあらしと也
あるハ昨日はさかへ　盛者必衰の心をいへり古に侘ぬる時ハ親子朋友もうとく成行也
あるハ松山の波をかけ　偕老同穴の契も人の心の変化するハたのまれぬ也
野中の水をくミ　うとかりし物のしたしく成も又古のならひ也本の心を知人そくむの心也
秋萩の下葉をなかめ　物おもふ人をあハれミおもひやる心也下葉うつろふ今よりやの心也
暁の鴫の羽かきを　こぬ夜のかすをかそへて恨る心也」
あるは呉竹のうきふしを　〔世のうきふしを人に相語てなくさむ心也〕
吉野川をひきて　羽をならへ枝をかハさんとちきるもおとろふる＊世にハなしよしや古中とおもふことはり
也
今ハふしの山もけふりたゝす　不立不断　両説也
冷泉二条の大にかはれる義也當流は不断也昔ハ恋する人のあれはたちなけれハたゝさりし也いまは常住たてハ

おもひをたとへんかたなきの心也

なからのはしもつくる也　此橋ハつよく古たる時こそ我身のたとへにもなれ作り立たる時はたとへにもならぬ也何事も変化すれは哥のミ其心をなくさむると也なからのはし必造義ハなけれともかくそ也又再興の義も有へき也」

いにしへよりかくつたはる中にもならの御時よりそ〈※次行ノ鼇頭ニ不審紙アリ〉

此なら殊外に難義也ならハ不定也かの御奈良御時也おほき三の位は正三位也奈良とは或は聖武天皇御時をさして申也此時ハ世もさかへ哥道もさかへ仏法も繁昌せし也然も哥道を専にして万葉集を撰せし也され共柿本人丸をひしりといへハ人丸ハ聖武天皇の時はなき者也爰に難義ある也或ハ平城天皇を大同天子と申是ハ何となれは御位の後ならにましませハならの御門と申也是もあたらぬ義也たとへハ彼御時に人丸なん哥のひしりなりける君もひとも身をあはせとハ君臣合躰の義也人丸か臣として」道をゝしへたる事ハ二代なき也是ハ文武天皇を申也其時師判にまいる也文武奈良七代にてハなき也なら一代さき也ちかき故に只奈良と申也聖武天皇より延喜まてハ十六代也文武ハ聖武三代さき也延喜まてハ十九代ニあたる也定家のミあきらめて文武と付られたる也今一代の違にてあれは貫之か書也又ならと申ハ古き代を云也神代と云同心にて有へき也奈良七代とは

秋の夕立田川に　やかて御門の御哥の心也人丸か目に吉野山の桜と云ハ爰を別して書也必其哥なし但此桜をよめる哥切帋なとゝいひて有也されと對」して書と云義ニて先ハ有へき也

又山のへの赤人　哥ニあやしくたつ也奇妙の人也

人丸ハ赤人かかミに　爰を二様ニ書ハ今案者か赤人ハ劣れりと云ハわろき也人丸ハ赤人かの詞にて等同なる心あらハれたりされ共句にかへして云也

春の野に菫つミにと　此哥の心かねて爰にとまらんとハ造作せぬ也不慮にとまれる心面白也又わかの浦にの哥かたをなミに両義アリ一には潟を［なみ］〈波〉也二にハ方をなミ也是ハさためたるかたなく啼行心也猶後のは哥の様面白也

此人〳〵をゝきて　人丸赤人をゝきても勝たる人ハたえぬと也」くれ竹かた糸は枕詞也

これよりさき　不審不決也是ヨリと云ハ古今集のことさきは聖武御時を申也　口傳アリ

わつかにひとりふたり　六人を末にあけん為也

しかあれ［共］〈※右肩ニ不審紙アリ〉これかれ　哥につきてあること也

かの御時よりこのかた年ハ百年あまり世ハ十つきになん

此詞によりて大同天子と云義ある也

平世〔大同天子也〕嵯峨　淳和　仁明　文徳　清和　陽成　孝光　宇多　醍醐　是十代也年ハ百年餘り也

されは年の数も其にあへ共平世にてハなき也其故ハ聖ノ時代にハ人丸かなき也聖武にすれハ十六代也文武にすれ」は十九代也さあらは何とてかく云そなれは

ケイテイヲへりたる義也其子共にて終てあれは上から十代ニつり合たる義あり當流にハ是をも不用只十九代を用也代ハ十九代なとゝかけるハ文章わろき故に文筆の習ニてかく書ル也今爰に六人を挙れ共一人二人と云かことし

つかさくらゐたかき人をハ　おそれあれは不入也

僧正遍昭ハ哥のさまはえたれ共とハ詞つかひの様やさしく勝たる也され共ちと実のすくなき所あるへし絵にかける女と云にて可心得也然共後鳥羽院の御時六人中にハいつれか勝たるそと御尋ありしに定家〳〵隆同心」に僧正遍

昭と申されきまことなくはいかにと勅定ありしにそれを哥とハ申と答申されきされははかなき所を哥とハ云へきの心也六人いつれも然へけれ共少の得失を挙也此遍昭の哥ハミるまゝの様也玉とあさむく愛する心也我おちにきとは出家のあらぬふるまひする事をよせて云也馬よりおちてと云にかゝる時にも哥道をすてぬ寄特あらはれたり

あり［は］〈※右肩ニ不濁点アリ〉のなりひらハ　しほめる花のハは詞のたらぬ所を花のしほめるにたとへ心のあまるをハ匂ひののこれるにたとふる也哥の餘情ある事を云也月をもめてしの哥一期一首の哥とも云へき也され共俊成卿ハ月やあらぬの」哥をほめられし也

［ふ］〈※右肩ニ不濁点アリ〉んやのやすひて〔フミト云カヨミヲハネテヨム也〕詞のたくみなるハよき也其様身にお［ハ］〈ヨ・〉＊すとハいやしき所のある也吹からにの哥たくミなる哥也［御國忌］〈ミコキ〉は命日也霞の谷の哥ハたくミにもあり余情もおほく寄特なる哥也惣シテ此六人ハ得失あれ共ミなよき哥也其方〻をたてたれ共いつれをもよまるへき人〻也非ス霞谷名所也

宇治山の僧喜撰ハ　晴天の月に暁方の雲のほそ〳〵とかゝれるはかすかにも［優］〈本ノマヽ〉玄にも有也始終の心かすかなる所ニ奇特のある也此哥いへ共とはつへきを云也とはてたる所よき哥なるへし」

小野小町ハ古のそとをり［姫］〈※右肩ニ濁点アリ〉の［流］〈リウ〉也　りうなり共たくひなりともよむへし當流にハなかれなりとハよまぬ也よきおうなの〔ヲンナトヨムヘシ〕つよからぬハ女の哥にてハ不足なき也そとをり姫の流といへは其哥を爰にくはへたり

大伴のくろぬしハ　是ハ心やさしく詞かわろき也

思出て恋しき時は哥上句ハ優なれ共下句いやしき也心ハやさしき哥なるへし又鏡山の哥いさ立よりてみてゆか

んの句いやしき也心ハ有心なる哥也
このほかの人〻　其様しらぬなるへし是ハつよくあしきと云やうなれとさハなき也人の心花になりて実なる所の教誡の端となる事をわすれ只耳目のもてあそひに」する所を其さましらぬといへり
いますへら〔き〕〈※右肩ニ不濁点アリ〉〈清〉　爰斗にてすむ也実なく花にのミなりたる時分に昔をおこし給へるといへり八嶋の外までとは日本は八嶋ある也其外までの心也つくは山の麓より此両段ハ恵の深重なる事を云也万の政をと云までは政《道→徳》をあふく也きこしめすいとまとハそのひまにハ古のことをも忘しと云に一の難あり哥道ハ教誡の端と云にいとまもろ〳〵の事を捨給はぬあまりにといへは専にハなき様にみえたりされ共政道のたゝしき時節皆哥也哥ハ政の根源也道をおこなふ時は教誡の端たるにてこそあれと也古の事とハ開〔間〕〈※右肩ニ不審紙アリ〉以来」のことをは不忘と也ふりにしことをもとハ万葉より後に撰集なき也それを継也
今もみそなハし　天子の御覧ある也
〔四〕〈シ〉月〔十〕〈シウ〉八日〔ツネノコトクヨムナリ〕是ハ奏覧の日ならす事始の日也
さうくハん〔サツクハントヨム也〕　おふしかうち〔ヲツシトヨム〕
万葉集にいらぬふるき哥を　此内万葉集の哥あり延喜御代彼集をうかゝふ事まれ也其後村上の御代から源〔順〕〈シタカウ〉か点を付なとしてより人しれることになれる也さる程に万葉集をひらきてハ入ねとも古人の家集をとるとて入し也
ミつからのをも　撰者四人事なれ共先貫之かことにあ」たる也
それか中に梅をかさすより　部立也鶴亀は賀ヲ申也

夏草秋萩を　恋部也
あふ坂山に手向　離別部也　くさ〲の雑哥雑躰也すへてハ物をよせたる詞也
古今と云字ハ　鈷訓と書也いにしへいまと云異辞也鈷訓をしへ也いにしへ今をゝしふる也只をしへといはんため也
山下水の　水はそとおつれ共末へゆくたえぬ物也万代ニたえさるへき道也
今はあすか川の　古の変化する事也世は變化するとも」此道ハ弥長して行所かさゝれ石の岩ほとなるやうにあるへき也
それ［まくら］〈※左傍ニ声点アリ。平平平〉ことは　われらと云やうの事也貫之か卑下の詞也春の花秋のよハ枕詞也
匂すくなくハ卑下也なかき古までむなしき名ののこらん事を恨る心也
かつハ人の耳におそれハ人のあさけりと思也哥の心にもはちおもへとハ善悪をしらてあつめをくと云心也
たなひく雲なく鹿は　是も枕詞也只たちゐおきふしといはん為也
人丸なくなりに［ナリン中［タ］〈※右肩ニ濁点アリ〉レトヨムヘシ］哥を撰しをかるゝ時代ハ有と也」
たとひ時うつり　時代ハかはりゆけとも哥の文字あるをと云心也　青柳ノ糸皆［辟］〈本ノマヽ〉へ也鳥の跡ハ書をく事也
哥ノさまをしりハ　花実を相かぬる事也ことの心をとは哥道ハ教誡のはしと云理を得たらはと也
大空ノ月ヲ　月と云物は万ノ闇を照す也さあらは日をいふへけれ共月にハ和の道あれは也
いにしへをあふきてと云に余情おほき也いさなきいさなみの哥をあらはせしより人丸か文武天皇の時代に哥道をゝしへ奉ること也今をとハ万代にをきて此御門ノ聖代ニて此哥をあつめ給ふ事を恋申さぬ人ハあらしと也」

古今和謌集巻第一

聞書　　文明十六年十二月〃〈※合点ハ朱書〉六日辰時始之

古今—集と此集ヲなつくる事ハ古と云は文武天皇と人丸の時をさす文武ハ人丸ノ弟子ニてまします也哥道ヲ切ニ思食により道の繁昌此時也今と云ハ當代延喜帝ノ御ことゝ貫之とをさす延喜ハ貫之か弟子にて御いりありし也此集を撰する事延喜帝十七の御歳一説云古とハ天地未分陰陽あひわかぬ時ノ事也今ハ陰陽の一氣おこりて或ハ鳥の子のことく蘆かひのことく〔芽ト云字也キサストヨム〕なと日本記に云かことし是神代人代のわかれ也これを心得に法花経十如是の如是性也尺云性ハ以〔拠〕〈ヨル〉ㇾ内〔ニ〕自分不〔ヲ〕ㇾ改名〔テ〕為性〔ト〕云ゝ心は長短方圓ノかたちなとにもあらす古ノ字の心天地未分の位也今ハ如是相ノ心也尺云相ハ以〔拠〕〈ヨル〉ㇾ外覧テ而可別〔ツ〕名為相〔ト〕云ゝ心は既ニ見聞覚知ニおつる也法界ノ万法目にみえ耳に聞所也あしかひ鳥ノ子のことくと云ヨリ分別の理有也是よりよろつのことのはとなる道也相の字にあたれる也

和哥と云ハ　和ハ世界也国ノ名也哥ハ風也其国ノ風ナリたとへは屈曲アリ竹に上下の節ある様也松よ竹よと云ハ本躰也國也曲節ハ松竹の上ノ風也一説云和ハやはらく心哥ハうた也やはらく氣よりおこる人ゝの思也萬のことわさをなすハ哥也天地のことわさも風雨の時節よきハ和する也此古今集のはしまるも古をやすくせんのため也仏法」〔未〕〈ル〉ㇾ始いさなミの時は哥道を以て仏法とする也父母未生以前のことをも哥にて知也未生以前も哥ハ有と云也仏法同之今をいへは古アリ未生の時も哥ありと云ハいつれもなき時をあるに云也又ハ和哥ハ正直の二也正は高く直ハちと下れる義也此二を云に不中〔シテ〕中〔ナルヲ〕正といひ曲〔テ〕不〔曲〕〈※左下ニ不審紙アリ〉〔ナルヲ〕直と云ゝ中ハ無極の称也中と云ハ常にいふま中を中と云にてハなし無極の名也されは自性の性に通也中の心ハ仏性の性の心にて言語の不及所也直と云ハ物の政道に〔曲〕〈※左肩ニ不審紙アリ〉と云はうへハちかふやうなれ共ち

かはぬを直と云也其心は論語云集と云ハ万よき事をあつむる也わろきをあしきといふも則をしへなるへし」

春第一と云は次第也何事も次第をたつるは法度也これを不破ヲ法度と云也

春哥の上とは此上はいつくまてをさすそなれは二月廿日廿四日五日比まてを云也　古年ニ春立と云は物の一になる義を云也旧年とは古の字にあたり春立といふは今にあたる也文武帝と人丸と延喜帝と貫之との時を一に合する義なるへし

在［は］〈羽〉らの元方［わらとはヨマス］是ハ業平ノ孫也

年のうちに春ハきにけり（一）

是も古今一に成所をよめる哥也惣シテ哥の面を造作なる心［得］〈本ノマ、〉ルを古今の道と云也貫之か哥は造作なき」所ある也古今をも如此撰へるなるへしされ共色〻様〻の事ある也造作なきを本躰とハする也

袖［ひち］〈※声点アリ。上上〉てむすひし（二）

哥ハ元日の立春の心也ひちてとハひたす義むつましき心也［さむ］〈本ノマ、〉すへる水の氷も自然に面白也

又春風の吹ときたるハ珍き理也是を四季をよむなと云ハあしき也只光陰のうつれるを云也是ハたとへハむつましくあひなれたる人なとの中にむすほゝれたる事の有てへたゝりぬるか又自然にうちとけたる様のことをあひよそへてよめる也

題不知と云ハ時として當座の興なとを云也又所やなとハゝ」かりなるをもいひ又霞にせんか雪にかなと云所をも云也

よみ人不知と云ハ或ハ昔の人或ハ貴人或ハ人丸なとのことくの名［匠］〈※右傍ニ不審紙アリ〉又ハ勅勘の人又ハ生得哥ハおもしろけれとも誰共作者をしらぬ哥なと也

春霞たてるやいつこみ吉のゝよしのゝ山に雪はふりつゝ（三）
此哥は次第をかへてみよと也其故ハ春のけしきハ吉野山をこそみんとおもひしに雪打ふりて霞もやらぬよし也但このまゝ詠しつゝけてたけ高き哥也始は理を見後にハ吟する斗なるそよき也よミ人不知をあらはすことハなき也され共是ハ貫之かむすめ内侍か哥也延喜御門勅勘の者也さりなから名哥なれは名誉をあらハす」也勅勘のものなれ共集に入を正直なりとする也
〔二条の后の春の始の御哥〕
雪のうちに春ハきにけり（四）
［雪］〈※右傍下ニ不審紙アリ〉中を年のうちと云義不用也是を顕注密勘云古年ノ雪ハきえぬに日数ハはや春に成て涙もこほり雪にとちられたりける鶯のをのか時待出て春に木つたふ心もあらんとそ聞侍しとあり
〔題不知　　よミ人しらす〕
梅かえにきゐるうくひす春（五）
きゐると云ハ来居なれ共なるゝ義を云也春かけてと云ハ春に成て也是ハ乱句の哥也雪と鶯とを愛する哥也
素性ほうし　ほつしとハいはす
春たてハ花とやみらんしら雪ノ（六）」〈※次行ノ鼇頭ニ不審紙アリ〉
みるらん也行末の哥［と］〈※右傍ニ不審紙アリ〉ハ稀なる詞也鶯のなくと云は［逸］〈イツ〉せる者ハ其吟たのしミ［怨］〈※右傍ニ「ヲン」左傍ニ「エン」〉せる者ハ其吟かなしむ義也其身ニ悦のある時ハ悦ふ悲の時又おなし是ハ木にふりかゝりたる雪をわか花とミてあるに鶯もおなし心にミてなくかと也一切の事ハ我性よりおこる故也おもしろくみる心也

〔題しらす　よミ人しらす〕
心さしふかくそめてし（七）
顕昭ハ居けれハと云ハわろき也是ハ枝をおる也哥ノ心は春淡雪の枝にふれるを志のふかくて折たる故に花とみゆるかとよめる也らむと云詞ハはねてもいひ又ことはのたすけにも云也みえけるそと云心もあるへき也」此哥ニては両方ニみる也連哥にハらんをうたかはぬわろき也左ノ注ある人云前太政大臣とは忠仁公の御事也〔二条の后の東宮のミやす所ときこえける時正月三日おまへにめしておほせことあるあひたに日ハてりなから雪のかしらにふりかゝりけるをよませ給ける〕

文屋やすひて

正月［三日］〈ミカ〉　東宮のミやす所とは陽成院の御母也　文屋やすひて　［ふ］〈※右肩ニ不濁点アリ〉んやとよむへしかなよミ也ふミと云心也
春の日の光にあたる（八）
春宮の御めくみにハあつかる身なれ共老はてぬれハなからへて行末のめくミにはあひかたしとよめる也
霞たち木のめも春の（九）」
木のめも春のと云ハめくむ心也されと共爰には只春のとうつして優玄に云へき也花なき里も云ハ君徳のいつくにもいたりて目度心なるへし花なき里と云に述懐ノ心アリ
春やとは花やをそきとき丶わかん［鶯］〈※右傍ニ不審紙アリ〉たにもなかす［も］〈そ御本＊〉有ける（一〇）
花とハ何花とも名を付ぬかよき也春と花と［の］〈※左傍ニ不審紙アリ〉とくをそきことをは鶯の声にてわくへきとおもふにそへさへなかねはかこつ心也惣の心ハ春の氣のいまた熟せぬ成へし

ミ〔ふ〕〈※右肩ニ不濁点アリ〉のたゝみね　　フの字清也
〔春の初ノ哥〕
春きぬと人ハいへとも鶯ノ（一一）
此哥も鶯を証人にせんと也」
源ノまさ〔す〕〈※右肩ニ濁点アリ〉み〔スノ字濁也〕　〔近〕〈※右肩ニ濁点アリ〉院〔近ノ字濁也〕
〔寛平ノ御時きさいの宮ノ哥合ノ哥〕
谷風にとくる氷の（一二）
毛詩ニ谷風は東風也と云心をもちてよめりと云義アリ當流ニハ不然深谷まて春の心のいたれると云義也〔万〕
〈ヨロツ〉木の花をそけれと波を花とみるといへり
花のかを風の便に（一三）
花ハ梅花ノ事也やると云は鶯のとく来れとさそふ心をやるへし
〔大江千さと〕
鶯の谷より出る（一四）
是は餘ニやすき哥ときこゆ心ハ今日の御出なくハ何ことをも不為なとゝ云心也鶯をふかく感する義なるへし」
春たてと花も匂ハぬ（一五）　〔在原棟梁　業平ノ子〕
古間ハはや春に成たれ共花さかぬ山さとは物うけに鶯のなくと云也是は述懐の哥也何と述懐そといへハ我身ひとつハ花も匂はぬと云心也わか身を鶯に比シテなくと云也
〔題しらす　　よみ人しらす〕

野へちかく家ゐし（一六）
　心ハのへのかたはらなれは何の思出もなけれ共かゝる面白きこともあるおりふしなりと也
春日野ハけふハ（一七）
　いせ物語にハむさしのとあるを貫之か書かへて此集に入たる也かすか野にて面白なるへしいせ物語には恋の哥也此集にてハ野遊の哥也若草の妻と云は」冬の草かくれよりもえ出たる也春野をやく事ハ草をもえ出さんため也草ハはやもえ出る野遊の時節なれはなやきそと云也つまこめとハ契りたるをもいひ屋臺のうちニこめたるをも云へき也今日はと云ハ當日の事ならす只時節を云とみるへし
み山にハ松の雪たに（一九）
　古注ニ松ノ雪は貞［木］〈ホク〉にてはやく消と云其心不用之心ハ深山には雪たにきえぬに都ハ春になれるなるへし松ハミ山に有物なれは云斗也
かすかのゝとふ火の（一八）
　此野ハ昔烽火をたてし処也これを飛火のゝ森と云」をハ不用也若菜ノ時節を知へき物なれは出てみよと野守に云かくる也此哥表裏の心アリ其物〳〵の知へき事をいふかよき也万物にわたるへし
梓弓をして春雨（二〇）
　ある説ニをしてと云をおさへてあすハ若菜つまんと云義不用之當流の心をして弓をハはる物なれは只春といハんためと心得也あすさへふらハ若菜も生そひつむたよりあるへきの心なるへし〽〈※合点ハ朱書〉已上廿首初日講讀十二月六日仁和御門〔ニンナトヨムヘキナリ〕光孝天皇也延喜祖父也みこ〔親王御時也〕おまし〳〵〔ヲハシマシトヨムヘシ〕人に若菜を給ふとハ賀の事を云也春ノ若菜ハ七星ヲ表スル祝ノ物也是を賀の時又有ニ」

用ル也あつものなるへし〔私云若菜三七種ナツナハコヘセリシラコ五行ス丶シロ　仏ノ座〕

君かため春のゝに（二一）

われとハ御つみなけれ共人に若菜を給へハかくよミ給なり君かためとハ心さす人のため也此哥面ハ無造作面白哥にて下の心ハ若菜つむ時の雪ハうちはらふも辛労なれとも志のいたれるをつミあらはす義也是ハ有心躰の哥なるへし有心とハ上は事ハなき様にて底ニ心のこもれるを云也惣而賀の時は遊をもし祈禱をもすることなり哥たてまつれとおほせられし時よミてたてまつれはいつれの御時ともいはていへるハミな延喜ノ御時也よミて」〔ヨンテトハネテ云也〕

かすかのゝわかなつみにや（二二）　つらゆき

袖ふりはへてハ打はへて行さま也事によりてわさとゝ云也心も有也爰はうちハへての心也此哥野外の春望と云様ニみるへし必それにてよむにハあらさる也白妙の袖ハ上らうの袖にかきらす本色なる也

〔題しらす　在原行平〕

春のきる霞の衣（二三）

心ハ霞ハ春を司ル物なる故也是も遠望の心にみるへし遠かたに霞なとのあるか風もよはく霞もうすくしてうこくさまなるへし

寛平御時〔きさいの宮の哥合ニヨめる〕　亭子院の御事也宇多御門朱雀」院いつれも延喜の父御門の御事を申なり　〔源宗于朝臣〕

ときはなる松のみとりも春くれは（二四）

松の色ハ不變なる物なれ共春ハ一入みとりの増様ニみなせる心なるへし

哥たてまつれと仰られし時讀て奉りける　　貫之

わかせこか衣春雨（二五）

是は序哥也心ハ春雨のふることにのへのみとりの一入〳〵まさるとミゆる様也此哥のさま何ともなくけたかくて晴の哥なるへし

青柳の糸よりかくる（二六）

春きて柳のミとりなるに花も又咲あひて物のあひに」あへる心なるへし春しもと云てにハに心を付てみるへき也糸と云ほころふると云ハ自然の縁語なるへし

〔西大寺ノほとりノ柳ヲよめる　　僧正へんせう〕

あさみとり糸よりかけて（二七）

柳かハ哉也是も前ノ哥と同様なれ共つく《れ→り》たてたる様の哥也遍昭ノ哥ハ姿を造立たる哥おほき也自然なる哥ハまさりたる様なれとも作立たるもうつくしきハ不劣へき也

〔題しらす　　よミ人しらす〕

もゝちとりさへつる春ハ（二八）

もゝちとりと云に説〻あり鶯のことなりと範兼卿ハいへる也されとも是ハ色〻の鳥也かくひすも其中に有へき也是ハ序哥也物毎にあらたまると云ハ別の物に始て」成にあらす本のものにかへるを云へししかれ共わか身一は老ゆく心也万葉ニ〔「寒」〈フユ〉過テ「暖」〈ハルシ〉「来者」〈キヌレハ〉年月「者」〈ハ〉雖レ「新」〈アラタマレトモ〉背「人者旧去」〈ヒトハフリユク〉〉

遠近のたつきも（二九）
よふこ鳥ハ三鳥ノ大事ノ一也先ハ只春なく鳥也心ハ遠こちのたつきもしらぬ深山幽谷の霞に分入に大方の鳥なと啼ともおほつかなからんするに我をよふ心のやうニおほゆれハよめる也
鴈のこゑをきゝてこしへまかりける人をおもひてよめる凡河内〔ヲツシトヨム也〕
春くれは鴈かへる也白雲ノ（三〇）
みちゆき［ふ］〈右肩ニ濁点アリ〉りとハ道行ついてを云越なと二思人のあるにあらまし事をいへるなるへし」
帰鴈をよめる　伊せ
春霞立をみすてゝ（三一）
心は霞の立をミて花いつかさかんするそと思時分心をかりニ云かけける也　題しらす　よミ人しらす
折つれは袖こそ匂へ（三二）
梅ノ枝を手にもつにハあらす袖に匂のとまれる折節に鶯のきてなけハ其に心を付てよめるなるへし
色よりも香こそ哀と（三三）
先匂の勝たるなるへしたか袖ふれし匂の此梅ニとまるらんの心也
宿ちかく梅花うへ［し］〈※右肩ニ濁点アリ〉（三四）」
待人の香にとハ恋ノ哥にもあらす又只人を待にもあらす思つけによめる也まつ人の袖のやうにと也
梅花立よるハかり（三五）
花に映して木の本にほとをへける也
〔さか源氏右大臣左大将　嘉祥元年死ス　東三条左ノおほいまうち君〕

鶯ノ笠にぬふてふ（三六）
ある説云鶯ノ笠ぬふやうに梅ノ下をあちこちへとをるかにたりと云をは當流嫌道也笠にぬふてふと云ハむつましき義也自然に笠にゝたると云ぬふとは笠の縁笠は物をかくす理也催馬楽のぬふてふ笠ハの哥をとる也
〔題しらす　素性法し〕
よそにのミ哀とそみし（三七）
おりてミてちかまさりのしたる心也」
君ならて誰にかみせん（三八）　友則
此歌は先人を賞し又梅をも賞してよめり
〔くらふ山にてよめる　貫之〕
梅ノはなにほふ春へはくら［ふ］〈清〉山（三九）
物にたくふる時ハ濁てよむ也闇にさしむかひてよめる也
月夜に梅花をりて［人］〈※右肩ニ不審紙アリ〉の［ミ］〈※右肩ニ不審紙アリ〉けれはよめる　ミつね
月夜にハそれともみえす（四〇）
月の面白時分折てやるとてよめり無造作哥也されし共香を尋てそと云ハ何とて香を尋てハ来らぬそとよめるなるへし
春の夜の闇ハあやなし（四一）
僻案抄云あやなしとハかひなき事をあちきなくなとゝ云心也注にて心得にくゝなる也心ハ闇ハ色をかくさハ匂ひをかくせかし」又匂をあらハさは色をもあらハせかしと云也同様の詞也

泊瀬ニまうつる　貫之也はつせ詣をちとたえたる折ふしに彼宿のあるしかくさたかになんやとりハあると云心
ハ別のやとをとりて来らぬかと恨る也さてよめる哥也
人ハいさ心も（四二）
哥の心かはらぬ我を恨るハ其方の心の變するかとかへりて疑心也故郷と云ハ別にはあらすやとりたる所を云也
水ノ辺リニ梅花さきけるをミて讀る　伊せ
春ことになかるゝ川を（四三）
おられぬ水にと云ハ上の花の面白によりてかけをさへおらまほしきの心なるへし表裏ある哥也おられぬ水」と
ハ一切の事に我物にハならぬことのあるよしをいふ
年をへて花の鏡と（四四）
清き鏡ノことくなる水に花のちれるをよめり爰に花と水との間に思所のなきかちりかゝれるを思所とする心な
るへし
家ニ有ける梅花ノちりけるをよめる　貫之
くるとあくとめかれぬ（四五）
くるゝよりあけ明るよりくるゝと云心也家の梅なれはめかれせぬといへる面白也うつろふと云ハちりたるを云
又ちらねとも變するを云へし
〔寛平ノ御時哥合也〕
后の宮七条ノ后宮ノ御事也昭宣公ノ御娘也キサイノ宮也」
梅かゝを袖にうつして（四六）　よミ人しらす

うつしとゝむる物ならはと也梅をふかく愛する心也
ちるとミてあるへきものを（四七）
うたてとハうたてしきとハいはぬ也うたゝと云心也轉の字也心ハ餘にと云義はなはたしきなとの心にもある也
ちとはうたてしきにかよふ心もあり一更通ハぬ所も可有也
〔題しらす　よミ人しらす〕
ちりぬともかせたに残せ（四八）
梅を愛する心也〔〱〈※合点ハ朱書〉已上廿八首十二月十日七日八日九日泉州へ下向闕日〕
貫之
ことしより春しりそむる（四九）
人の家に花うへたる祝言に讀る也ちらぬことハなけれ共如此よめる哥道の命なるへし」
〔題しらす　よミ人しらす〕
山たかミ人もすさ（五〇）
又ハ里遠ミ両義也里遠ミに山たかミアリ山たかミに里遠ミアリされ共山たかミハ哥ノ姿まされる也いたくな侘
そとハ花をさして云也對花語ナリ
山さくらわかミにくれは（五一）
霞ノあやにくなるを恨る也長たかき哥也
〔染殿の后の御まへに花かめに桜ノ花をさゝせ給へるをよめる〕　花［か］〈※右肩ニ濁点アリ〉め
年ふれはよハひは老ぬ（五二）

花をしとハ染殿后は忠仁公の御娘にてことに清和ノ母后にてましませは栄花を申也

〔渚院にてさくらをミてよめる　在原業平〕

世中にたえ［て］〈※右肩ニ不濁点アリ〉（五三）」

春くるより花をまち咲よりちるまて心をくたくよしをよめり花に執心ふかくおほゆ

〔題しらす　よミ人しらす〕

石はしる瀧なくもかな（五四）

ある説に是ハ落花の哥也なかるゝ花なれはおられぬとよめりといへり不用之是ハまた部立も落花まてハゆかぬ
也瀧をへたてゝみる花なるへし

〔山のさくらをミてよめる　そせい〕

みてのミや人にかたらん（五五）

此哥みるより外に別義なし只ことからの面白哥也みてのミやのやの字やハととかめたる詞也やとうたかふもや
かてきこゆ此類おほかるへし

〔さくらのさかりに京をみやりてよめる〕

みわたせは柳さくらをこきませて都［は］〈そイ〉春の錦也け［り］〈るイ〉（五六）

都そ春とハ都のさまと柳さくらを賞してよめりこきませ」てハかきませてなとの心也

〔さくらの本ニて年の老ぬることを歎てよめる　きのとものり〕

色もかもおなしむかしに（五七）

としふる人にあらたまると云ハ花の上に何事のかはらんするそとおもへ共老ぬる人のめにハ昔の花ともみえぬ

と也人あらたまるにハあらす前の百千鳥の哥にハかはれり
〔おれるさくらをよめる　貫之〕
たれしかもとめて折つる（五八）
誰［而］〈モト〉云説アリさあらハ誰しかと云へき也不用之文字たらねはしともとそへて讀りかく斗うつくし
きを誰か折と云心なるへし
〔哥たてまつれと仰られし時よミて奉りける〕
さくら花咲にけらしな（五九）
幽玄躰ノ哥又ハ晴ノ哥也是貫之自讃ノ哥也支證在之」
〔寛平ノ御時后宮ノ哥合ノ哥　友則〕
みよしのゝ山へにさける（六〇）
彼山ハ雪深き所なるに遠望ノなりの面白哥也遠望山花なとの題の心歟
〔やよひにうるふ月有ける年よミける　いせ〕
さくら花春くはゝれる（六一）
顕昭云あかれやハするとこそ云へけれはといへり不用之かゝる閏月のある年たに何とて人にあかぬそと也あか
れぬとハ満足せよとをしふるなるへし弥生に閏月とこと書にあれは下巻に入へけれ共哥のおもて落花なとにて
もなけれは春ノ上哥ニいれり此集につきて哥を本にいるゝもあり又事書を本にする所もアリ
よミ人しらす
あたなりと名にこそ（六二）」

桜と云物ハあたなる名ノたつ物なれ共人を待つけたれハあたならぬと云也下心ハ恋ノ哥なるへし
〔かへし　哥義ナシ〕
けふこすはあすは（六三）
〔題しらす　よミ人しらす〕〈※次行ノ鼇頭ニ不審紙アリ〉
ちりぬれはこふれとしるしなき物をけふこそ桜おらは折てめ（六四）
これもくもりなき哥也され共やう〳〵ちりかたになれる花をよめるちと時節を存る哥也
折とらハおしけにもある［か］〈哉也〉桜花いさやとかりてちるまて［を］〈※右肩ニ不審紙アリ〉みん（六五）
花に主有ておしけにもあるかと云にハ非ス是ハ折とらハ花もおしミやせんと花の心を察るなるへし
さくら色に衣ハふかく（六六）　きのありとも
花にふかく心を染るよりよめる也是を何色とハ定へからす」たゝ花染なるへしうつくしき色を云也
わかやとの花見［か］〈※右肩ニ濁点アリ〉［て］〈※右肩ニ不濁点アリ〉らに（六七）　みつね
此来れる人も花故にこそとへとちりなん後のことをよもとはしと今よりおもふ心なるへし
〔亭子院哥合ノ時よめる　いせ〕
みる人もなき山さとの（六八）
いつくもおなし花ノ時分ハ山ふかくとふ人もあらしとよめり詞つかひの面白哥也是ハ伊せか亭子院の御思人なりし時にちと述懐の心ありてよめる也面に恨るなと云ハわろし五句ノ外に心のうかひて餘情ある哥也〔〽〈※合点ハ朱書〉已上廿首十二月十一日〕
〔二行分空白〕

古今和歌集巻第二

春下　乙己卯月十一日又始之

春霞たなひく山のさくら花（六九）　讀人しらす

うつろはんとやをちらんとにやと云ハわろし是ハかはる色の深淺を云也かすめる方の花を打なかめてよめる遠望の心有て幽玄なる哥なるへし

まてといふにちらてし（七〇）

桜ハはかなくちる故にこそ愛する心もふかけれ長〻とちらてある物ならはかくまては執心もやなからんとよめり此思ますをたゝおもふと斗みるは曲なかるへし

のこりなくちるそめてたき（七一）」

めてたきは愛したきと云也正月やうのめてたきにハあらす餘なからへすこせは古中のはてのおもふに叶ぬ事あれは其心を花によせてよめる也寿者ハ恥おほしの心なるへし

この里に旅ねしぬへし（七二）

花のちるか面白けれは其に家ちをまかせて旅ねせんとよめり

うつせミの世にも（七三）

此花桜を色〻に申せ共只うつせミの古ににたる花とつゝけんためなるへし此外にも花桜ハあるへけれ共山さくら家桜なと云やうにはあらさる也只桜花をかへしていへるなるへし

〔僧正遍昭によミて送ける　惟高御子〕

さくら花ちらはちらなん（七四）

爰に故郷人と云ハ遍昭か事也哥ノ心は花もむつましと思ふ」人のためこそおもふにたつねこねハかゝる身ひとつにハ全なけれはちらハちれと讀給へる哀ふかき御哥とて古来風躰に俊成卿云此御子のいかにおもひてかかゝる御哥をあそはしけんとほめ申されしと也〔惟高母従五位上紀静子名虎女〕

雲林院　文字にて書時ハうんりん院とよミかなにて書時はうりんと讀へしかける可随事也　［そ］〈※右肩ニ濁点アリ〉う［く］〈※右肩ニ不濁点アリ〉法し

承均の均ノ字誤レリ垢の字たるへき歟

さくらちる花の所は（七五）

さらに冬の空に雪のふるやうなりとちる所を感してよめり

〔さくらの花ノちり侍りけるをミてよめる　そせい法し〕

花ちらす風のやとりは（七六）

理は明也首ノ珍重哥にてそあるらん心のはたらける哥也」

〔うりん院にてさくらの花をよめる　そうく法し〕

いさ桜我もちりなん（七七）

ありて古中ノ哥におなし理也

〔あひ［さ］〈※左傍に不審紙アリ〉れりける人のまうてきてかへりにけるのちによミてはなにさしてつかはしける　つらゆき〕

一めみし君もやくるとさくら花けふハまちミてちらハ散なん（七八）

今日は待［え］〈みゝ〉てと云ハけふより後はちるとも花ハ恨もあらしとよめりかくよミて花を折てやるハとへ

と云心なり

〔山のさくらをミてよめる〕

春霞何かくすらんさくら花ちるまをたにもミるへき物を（七九）

ちるまをみるへきと花を切に思ふなり

心ちそこなひて煩ける時風にあたらしとておろしこめてのミ侍けるあひたにさくらのちり方になれりけるをミてよめる　　よるかの朝臣

たれ［こめて］〈※声点アリ。上上上〉春の行ゑも（八〇）」

是ハ事書にて哀なる哥也風にあたらしと云に心あり風にあたるもあたらぬ花もつゐにハちる浪をのかれぬ理をよめり不例の人の親心にてあはれなる哥也

〔東宮雅院にて桜ノ花ノみかは水にちりてなかれけるをミてよめる　　すかのゝたか世〕

〔東宮雅院と云ハ東宮ノ内ノ坊也やかて太子ノ物なとならひたまへるゝ（ママ）坊なるへし〕

〔延長元年哥也追入之　　待賢門院内北《王↓壬》生東

枝よりもあたに（八一）

此哥ハ延喜御門崩御の後ニはるかに年をへたてゝ入たり已後ニ入たる子細あり一にハ此哥風流なるによりて入たり一にハ御門ましく〳〵ける時の事ニ崩御の後ノ在様とを此哥ニ思よせて入たるにや此哥に表裏アリ枝よりもと云ハ生死の」中ノ生の心水ノ泡ハ死の心生死共に物にあつからぬかろき心をよめる也生死ほとまつはれたる物はなけれとも思かへせは大空寂ノ理なるへき也集を撰するに以後ニ哥をくハへたる事まゝ有にや

〔さく［ら］〈ノ〉花ノちりけるをよミける　　つらゆき〕

［こ］〈※右肩ニ濁点アリ〉［と］〈※右肩ニ不濁点アリ〉なら［は］〈※右肩ニ濁点アリ〉さかすやハあらぬ（八二）
　如此ならはの心也さあらハさかすともあれかしと切花をおもふなるへし
　さくらほととくちるものハなしと人のいひけれはよめる
さくら花とくちりぬともおもほえす（八三）
　この哥事書にて理あらハ也後世かけて契りをきし人も変すれは冬のこほり夏の暑ニむかへることくにすさまし
　くおほゆる也花は猶變する程の可有とよめりとそ」
久堅のひかりのとけき（八四）　　　　きのとものり
　いと心なきといふハわろき也一天四海風もふかす閑なる折節に花のちるを恨る也しつ心なくハしつかならぬ心
　なるへし
東宮のたちは《な↓き》の陣にて桜の花のちるをよめる
たちはきの［ち］〈※右肩ニ濁点アリ〉ん東宮の内ニアリ陣は家なとの心也人の官ニアリ東宮ならては此官ある
　へからす
春風は花のあたりをよきてふけ（八五）　　　　藤原好風
　花を風のよきてふかはちるとも風に恨のあるましきとよめりよきては除てと云心也
［さくらのちるをよめる］
雪とのミふるたにあるを（八六）　　　　凡河内ミつね
　花のひとりはつ〳〵とちる比に又あやにくに吹ちらしそへたるさま」なるへし心ハ不運なる人の上にわろき事
　のかさなるなとをおもひてよめるよし也

ひえにのほりてかへりまうてきてよめる　　　　　　　　つらゆき
山たかミみつゝ我こし桜花（八七）
　山高ミといふに道の遠き心ありみつゝわかこしと云に時のうつる心アリ風ハ心にと云に我こゝろにハえ任せぬと云理あらは也我ハ心ノまゝにもあらて帰りきぬる跡に風ハ心にそまかすらんと也花に風縁有物なれはかくいへりちるも桜も残るもミな風の心まかせなるへきと也
〔題しらす　　大伴黒主〕
春雨のはるは涙か（八八）
　春雨は時雨のことくハなくてあまねき雨なれは世になへて」花をおしむ涙に比してよめり春雨の閑にふる日あたら花をと思て心をすましてかくよめるなるへし
〔亭子院の哥合に　　つらゆき〕
さくら花ちりぬる風のなこりにハ水なき空に波そたちける（八九）
　桜の風にちるは大空に波ノたつ様也といへり水なき空と云詞は花をなミとみるにまうけたる詞也
奈良ノ御門と申に三人まします也爰は大同天子平城天皇の御事也大同四年の内ハ御在位其後ならに隠遁しましま す也
〔ならの御門ノ御哥　　平城天皇大同天子〕
故郷となりにしならの（九〇）
　是ハ我御身ノおとろへたる所を述懐して讀給へる也
　よしミねの［貞］〈※右傍ニ不審紙アリ〉宗僧正遍昭か俗名也貞宗ともかき」遍昭共書所ノあるハ在家出家の

時〻によめるかはりめ有へし又ハ僧俗の身に似合たる哥を心得分て書也又ハ時により所にもよるへし　春の哥とてよめる　　　　　　　　　　よしみねの宗貞
花の色ハ霞にこめてみせすとも香をたにぬすめ春のやま風（九一）
香をたにぬすめと云ハかをなりともせめてひそかにさそへと云心也ぬすむと云事爰にあれとも當時ハおもひハかるへき也
寛平御時后宮ノ哥合ノうた　　　　　　　　　　そせい法し
花の木も今ハほりうへしあち［き］〈※右傍ニ不審紙アリ〉なくうつろふ色に人ならひけり（九二）
花をハ愛シテ植をきたれ共人の心うつろひやすけれは思返してうへをかしとよめり惣シテ人の心物に著し染らるゝ事を色にそむなといさむる心なるへし」
〔題しらす　　よミ人しらす〕
春の色のいたりいたらぬ里ハあらし（九三）
花には遅速あれ共春はいつくにもいたるへきの心也さけるさかさると云ハ時にあふ人あはぬ人のあるをいへり
一平等説所不同の心なるへきとそ春と云ハ遍の事を申へき也
〽〈※合点ハ朱書〉已上廿五首　卯月十一日
〔春の哥とてよめる　　貫之〕
三わ山を［しか］〈声点アリ。上上〉もかくすか春霞人にしられぬ花やさくらん（九四）
然と云字也さもと云心もありかくと云心もアリ爰にてハかくも也心ハ人にしられぬ花の有て其花ノためにくすかと霞をうたかふ也万葉云　三輪山ヲ［然］〈シカ〉［毛］〈モ〉［隠］〈カクス〉［賀］〈カ〉雲谷毛［情］〈コヽ

ロ〉［有］〈アラ〉［南］〈ナン〉［可］〈ナ〉［苦］〈ク〉［佐］〈サ〉［布］〈フ〉［倍］〈ヘ〉［思］〈シ〉［哉］〈ヤ〉
いさけふハ春ノ山へニ（九五）」
暮なはなけのとハくれなはなかるへき花のかけかハ花にハひかりあれはくれぬ共山にましりて花をも見春をも
したはんと也遍昭ハ姿をえたり素性か哥は心ふかき也
雲林院のみこのもとに花見ニ北山のほとりにまかれる時によめる
いつまてか野へに心のあくかれん花しちらすハ千世もへぬへし（九六）
面白哥也ある聞書云三ノ句まてハうちあふきて云様也思返して花しちらすハ千世もへんするやと心の師と成て
ハかなき事を歎なるへし古上の義を云也花を愛する義ハ勿論なれ共ハかなき心を云也
〔題しらす　よミ人しらす〕
春ことに花のさかりはありなめ［と］〈※右肩ニ濁点アリ〉相みんことはいのち也けり（九七）
ありなめとゝハあらんすらめと云詞也」
花のこと世のつねならはすくしてし昔ハ又もかへりきなまし（九八）
はなをハつねにハはかなき物にいへりされ共春さく物なれは常住なりと云也
吹風にあつらへつ［く］〈※右肩ニ濁点アリ〉る物ならハ此一［本］〈枝イ〉ハよきよといはまし（九九）
いつれの花をもちらせハ一本のかけにやとりておしむ心のはかなしこと也
まつ人もこぬ物ゆへに鶯の鳴つるえたをおりてける哉（一〇〇）
心ハ花を折て後ハ鶯のこぬにもあらす又鶯のうれへし花をおりしにもあらす只人のため花をおりたるにこねは
ことくさにいへる也自然の心也

〔寛平御時哥合のうた　　藤原興風〕
開花は千くさなからにあたなれと（一〇一）」
花てふ花ハあたなりといへりさりとてあたなる花そとて誰か又春を恨はてゝ花をミぬ物のあるへきそと也
春霞色のちくさにみえつるハ（一〇二）
此ちくさハまへのにハかはれり花のうつろひかたの山のはに花ニ映して霞の色〻にみゆる様なるへし陰と云ハ花の光也遠望の心なるへしみえつるハみえぬるの心也ぬるといへは［鈍］〈※右傍ニ不審紙アリ〉なれはつるといへり
霞たつ春の山へハ遠けれと（一〇三）　　在原元方
霞のたちこめたる山よりおほつかなく吹くる風の花ノ香したるハ端的也面白躰也
　　ミつね
花ミれは心さへにそうつりける色にハいてし［と］〈※右傍ニ不審紙アリ〉人もこそしれ（一〇四）」
うつろふ色ニ人ならひけりの哥と同心也花ニ着して人にあさハかにみえんする心をかへりミるなるへし
〔題しらす　　よミ人しらす〕
鶯の鳴野へことにきてみれはうつろふ花に風そ吹ける（一〇五）
是を鶯ノしきりになけハのへにきてみると云はわろき也是ハ野遊ノ哥也只みたるさまの哥也
吹風を啼てうらみよ鶯ハ我やは花にてたにふれたる（一〇六）
花のちる折節に鶯のなけハ我をかこちて啼かと見なしてよめる也
〔［典］〈※右肩ニ濁点アリ〉侍　内侍一也〕

ちる花のなくにしとまる物ならハ我鶯に（一〇七）　〔哥ニ義なし〕
仁〔和〕〈ナ〉の中将のミや〔す〕〈ン〉所〔ミヤストヨムヘシ〕仁和中将宮す所と云ハ光孝天皇の御方に中将
の宮す所と云人ありし也中将の官の人ノ」子に手をかけ給ひし也
〔蔵人左少将中納言　有穂アリホノ子　藤原後蔭〕
花のちることやわひしき春霞立田の山のうくひすのこゑ（一〇八）
花のちる時分に鶯のなくをよめり此わひしきハかなしきなとにハあらすたゝならぬと云心也かくミれは幽玄也
侘しきと云によりて恋わひて思わひてなと云ハ切なる心なるへし同詞なれ共事によりてかはるならひアル也
そせい
木つたへはをのか（一〇九）
我やハ花ニてたにふれつると云哥と同心也こゝらはおほきこと也心はうらむるなるへし
鶯の花の木にてなくをよめる　みつね
しるしなき音をもなくかな（一一〇）」
理ハ分明也古上に此ことハりおほかるへし此哥鶯のと云文字にて幽玄にきこゆる也
〔題しらす　よミ人しらす〕
駒なへていさミにゆかん（一一一）
なめてと云も同事也ならへて也雪とのミといへる故郷の花ミる人もなきによく似合たる也たけ高き哥なるへし
ちる花を何かうらミん古中に我身もともにあらんものかは（一一二）
是を無造作みれは不面白也作者の心にもそむくへし花をおしむ時ハ誠ニ惜ミとむへきやうに思也され共我をう

ち捨てちる花を思返してよめるなるへし

〔小まち〕

花の色ハうつりにけりな（一一三）」

先世ニふると云ハとにかくになかめかちにて過し様なるへし」小町好色ノ身なれは世を恨人をかこちなとする心のある人也それを思返してよめりうつろふ花を打なかめてわか身の衰たるを花によせて述懐したる心也此哥に文字四あれともきゝにくからすよくよめる哥也我身世にふると心にて句をきるへし詞にてきるはわろき也又徒にわか身世ニふると下へつゝけても心得へき也

仁和中将の宮す所の家に哥合のうた　そせい

おしとおもふ心ハ糸によられなん（一一四）

是も花を思余りにわりなくよめる也

志賀の山こえに女のおほく［有］〈※右傍ニ不審紙アリ〉けるニよみてつかハしける　貫之

梓弓春の山へを（一一五）」

是はしかの山こえにて女のあるを落花にたとへて道もさりあへすとハ心の女にうつろひまとひて過かたき事をよめり

〔寛平御時后宮ノ哥合ノうた〕

春のゝにわかなつまんと（一一六）

わかなつむ折節ハ必道もなき雪をかき分てつむ物なるに今又花に道をまとふ心なるへし光陰の早き事をおもへり

山寺にまうてたりける二よめる

やとりして春の山へにねたる（一一七）

是は無造作此まゝの哥なるへし

〔事書前同〕

吹風と谷の水とし（一一八）

こまかなる躰の哥也惣の心ハ花のためにはちらす風なかす水もつらきに深山の花の見かたきを此二物の徳によりて」みれは恨あ忘るゝ也山ちにかゝりて奥ふかくみえぬ花をミてよめるなるへし　〽〈※合点ハ朱書〉已上廿五首　同月十二日

〔しかよりかへりけるをうなともの花山にいりて藤の花のもとにたちよりてかへりけるに讀て送けるおうな〔ヲンナトヨムヘシ〕花山と云ハ山しなにあり女ともは自然の知人なるへし〕

よそにみて帰らん人に（一一九）　遍昭

この藤の花の面白を女ともの情なく見捨て行をとゝめよと藤花にいひかけたる也枝は折ともと云ハ此方にちと口舌なとハありともと云也猶心ハ僧にてしやれたる人なれはかくよめるなり小町なとにもかさねはうとしいさふたりねんなとよミかけ給へる人なり

家二藤の花さけりけるを人の立とまりて見けるをよめる　ミつね」

我宿にさける藤なミ立かへり（一二〇）

常にハわかやとをかへりミする人はなきを花故ニかへりミる人もありやとよめり

題しらす　讀人しらす

今もかも開にほふらんたち（一二一）
　元来此山吹をミたる人のよめる哥なるへし今もかもとはいまもや咲匂ふらんの心也もの字ハそへ字也
〔万葉云〕
　［室戸在］〈ヤトニアル〉［桜］〈ノ〉花［者］〈ハ〉今［毛香毛］〈モカモ〉松風［疾地尓落良武］〈ハヤシツチニオツラン〉
春雨ににほへる色もあかなくに香さへなつかし山吹の花（一二二）
　山吹のうつろひかたに春雨のふりかゝりて面白様を＊よめり匂へる色とハうつろふ色の心也又はえもいはぬ色の心也〔色香も賞してよめる也〕
款冬はあやなくさきそ（一二三）」
　かひなくハな咲そと云心也家主ノよそへ行たる跡にてよめり帰るをまちてさきやすらふと也
　よしの川のほとりに［て］〈※右傍ニ不審紙アリ〉山吹のさけりけるをよめる　つらゆき
吉野川岸の山吹ふく風に（一二四）
　うへうつろへは下うつろふ心なり
〔題しらす　よミ人しらす〕
蛙なく井ての款冬（一二五）
　時鳥なくやさ月の哥のやうにて是ハ序哥なれとも此かはつなくはちと心あるへき也左注ニ橘清友とある説諸兄
　卿の孫也と云説アリ可尋
おもふとち春の山へに（一二六）　そせい

たひねしてしか〔哉也清テヨムヘシ〕いつくとも所定す旅ねせはやと」よめり花を心にもてる哥也
ミつね

梓弓春たちしより年月の（一二七）
正月元日より程なく春のうつり行心を讀り月日とこそいはめ年月といへる大様ニて面白なるへし又説云こと書
により て春の哥に入て面白けれ共一年の中の事をいへる哥也又春の末に行末をも思やれるなるへし

〔弥生ニ鶯のこゑ久しうきこえさりけるをよめる　つらゆき〕
啼とむる花しなけれは鶯もはてハものうく成ぬへら也（一二八）
いつの春なけはとて春のとまる理なけれは鶯も末にハかなく啼といへり物うくひすと云は必うきにあらす物く
さき心也又所によりてうき心斗もあるへし

ふかやふ〔つこもりかたと云ハたゝつこもり也かたと云て幽玄になる也三月也〕
花ちれる水のまに〳〵（一二九）
次第〳〵に春のなく成にハあらす梢ハみとりに茂りて花も残ぬ比山水なとに流くるをミて山に春もなきとちや
とおとろける心なるへし水のまに〳〵ハ水にまかする心也

〔春をおしミてよめる　もとかた〕
おしめともとゝまらなくに春霞かへる道にし（一三〇）
春霞とハ常には朝霞なとの様ニ一に讀を爰ハ春霞と二によめる也霞ノ主ハ春也春ノかへれハ霞のへたつと云也
立とハたち行也旅立なとの心なるへし二の物いつれもとゝまらすと也上句へ打返しておしめ共とまらすと也心
ハ春と霞とをかこつ也ハかなき心なるへし

〔寛平御時后宮ノ哥合ノうた〕
声たえすなけや鶯（一三一）」　　　　　　　　　興風
残りすくなき春の中たになけと云也
〔花つミとは愛し用ルこと也一説春ノ中ニいつにてもあれ一切無縁の亡魂をとふらふ事ありそれを云也されと
先始の説によるへし〕
と丶むへき物とはなしに（一三二）　　　　　　　　ミつね
女ともに心のたくふなるへし
ぬれつ丶そしゐて折つる年のうちに（一三三）　　　在原業平
すてに弥生のつこもりにいくかと云事いは［ぬ］〈れ歟〉＊やうなれ共大やうにていへるなるへし春ノ物ハ春
ノうちか賞翫なれはしゐて雨になれて折と云なるへし
けふのみと春をおもはぬ（一三四）　　　　　　　　ミつね
今日春も暮ハつるなれはかく限の花のたちうきたちうきとよめり　〽〈※合点ハ朱書〉已上廿六首　同十二日
夕」

古今和謌集巻第三

夏哥　　題不知　　讀人不知

〔此哥ある人柿本ノ人丸哥也云〕

わかやとの池の藤なミ（一三五）

これを藤咲ぬれハ時鳥をきゝそへまほしきと云ハわろき也只藤さきぬれハ時鳥もいつきなかんするそとよめり

春過夏来光陰のうつり安き心也左注ニ作者の名ヲ書事は其人を賞する心也但王神なとをハ左注にハかゝす

〔卯月にさけるさくらをミてよめる〕　　きのとしさた

あはれてふことをあまたに（一三六）

哀ハ愛する義面白心也春にをくれておほくの花のちりハてたるに一本さけは哀を他の花ニやらしとて咲かと也

無心なる花に心を付てよめり咲らんと云に桜をたち入たると云は」わろししゐて折つるの哥も名をハいはす

〔題しらす　　よミ人しらす〕

さ月まつ山ほとゝきす（一三七）

枕詞のやうに心得へき也うちはふきハ羽を打ひろけて鳴也去年あまねくきゝしこゑを今も又なけと云なるへし

五月こは啼もふりなん（一三八）　　よミ人しらす

あまねからぬさきに一こゑきかまほしき也

さ月まつ花たち（一三九）

いせ物語にハかはれり是ハ昔の人を思出たる折節に橘の匂にうちふれてよめる也

いつの間にさ月きぬらん（一四〇）
　時鳥のなくを聞てさ月になれることをあらたにおとろく心なるへし」
けさ来なきいまた旅なる（一四一）
　時鳥のうかれて鳴をきゝて爰にやすらハせまほしき心なり又時鳥も橘の宿ハ心のとまらんと也
　音羽山をこえける時郭公をきゝてよめる　　紀友則
音羽山今朝こえ（一四二）
　兼てもこえし人のよめるなるへし心ハいつかハと待こしにけさあらたに啼をよめり梢はるかにと云ハ山中にて
　ほのかになける様なるへし
〔時鳥のはしめてなきけるをきゝて　　そせい〕
時鳥なくこゑきけハ（一四三）
　夏部哥ハ次第をたてす是ハ時鳥の始に入へき哥也はたと云ハまさにと云と又と云との心あり将の字也但爰にて
　もいつ」かたへも心を付ぬ也只大かたにそへ字ノやうに心得へき也主さたまらぬ恋とハ哀心ある人もかなもろ
　ともにきかんと也
奈良のいそのかミにて時鳥のなくをよめる此事書をしらぬ人ハ難する也是はならを過ていそのかミへ行なるへし
　大様ニかける也
石上ふるき（一四四）
　枕詞の様ニいへり古き都ハならの事也何事も故郷のかはり行に杜宇の聲のミかはらぬを愛する也
夏山になく時鳥（一四五）　　よミ人しらす

ものおもふ折節に時鳥のなけハいとゝおもひのそふ心也時鳥ハつま恋をする鳥なれは物おもひの端となる心をよめり

時鳥なくこゑきけは（一四六）」

旅なとにてよめり下に不如帰の心をもてり

時鳥な［か］〈※右肩ニ濁点アリ〉なく（一四七）

こなたかなたの里をわかすなけは哀とハおもへ共うとましき心のある也伊せ物語にハかはりて恋へハゆかぬ哥也

おもひ出るときはの山の（一四八）

是ハ思出る時とつゝけたり紅のふり出てとハ或説云紅花をおろして布に染付て後にふりいたすと云義ありされ共是は只ふり出てハふりはへてなと云心也唐紅と云は花やかに聲の色をそへて鳴也我物思のふかくなる也是は恋と時鳥とをかねてよめる哥也

聲はして涙ハみえぬ（一四九）」

ひつハいたくぬれたる也心ハ時鳥ハ聲はすれとも涙のみえぬ也我はねにたてねとも涙ハしけき也されはわか涙をかれかしとよめり思のやるかたなくてかくよめるなるへし

足引の山時鳥おりはへてたれかまさると（一五〇）

誰かまさると云ハ時鳥とほとゝきすの心をよめり又ハ時鳥をハ序哥の様に云てわかなく事をいへりと云義もあり折ハへてと云ハうちハへてなとの心也折を早くえてと云義不用之

今さらに山辺かへるな（一五一）

常の今更にと云にてハ此哥心不叶是ハ今［更］〈※声点アリ。上〉にと句をきりて心得へし

やよやまて山時鳥ことつけん我世中にすみわひぬとよ（一五二）

［み〈※右肩ニ不審紙アリ〉くにのまち］〈※六字分右傍ニ圏点アリ〉

ことつけんとハ無人の方への心也哀ふかき哥也

〔寛平御時后宮ノ哥合〕

五月雨にものおもひをれは（一五三）

さみたれの時分かきくらして物をおもふ折節時鳥の啼て過行を我思のやるかたなさにうらむる心なるへし時鳥ハ行になくさむ心も有へきと也

よやくらき道やまよへる（一五四）

わか宿の邊を過かてになくを聞てよのくらきか又自然ニ道をまとへるかとよめり是ハちと述懐の心をふくめり

大江千里

やとりせし花橘も（一五五）

かれなくにを枯ぬと云ハあらけなき也只かはらぬにと心得へし

つらゆき

夏の夜のふすかとすれは（一五六）」

短夜の事をいひたてたるなるへし

ミ［ふ］〈※右肩ニ不濁点アリ〉のたゝみね　壬生　スンテヨムヘシ

くるゝかとみれは明ぬる（一五七）

心同前又時鳥ハ夜なく鳥の心なり

紀秋峯

夏山に恋しき人や（一五八）

恋しきハ時鳥［故］〈※右傍ニ不審紙アリ〉の心に恋しき也入ぬらんと云を恋しき人なとやと心得れハ幽玄になる也　〽〈※合点ハ朱書〉〈※合点ハ朱書〉已上廿四首　十三日

〔題しらす　よミ人〕

こその夏なきふるし（一五九）

今あらたに端的に聞時ハ去年鳴ふるしたる聲に『ト』もあらすされ共こゑのかはらぬハこそきゝしほとゝきすかといふ也それかあらぬかとは一定せぬ心也」

貫之

五月雨の空もと［ゝ］〈※右肩ニ濁点アリ〉ろに（一六〇）

空のうこく心也夜たゝは御抄云夜もしつまらすさはきなく心也胸中に思ある人のきけはあちきなくてものおもふ身ハかくにそ過けるよとわか心よりいへるなるへし

〔さふらひにてをのことものさけたうへてけるにめして時鳥まつ哥よめとありけれはよめる　さふらひの大内〇《ママ》［天上］〈本ノマ、〉の事也〕　た［か］〈※右傍ニ不審紙アリ〉つね〈※次行ノ鼇頭ニ不審紙アリ〉

時鳥こゑも聞えす山ひこハ外になく音をこたへやはせぬ（一六一）

心ハかゝる勅命には時鳥爰こそなかすともよそになくこゑをなりともこたへよと云也をのこともをめして酒な

とくたさるゝ勅にしたかひてかく讀る

〔山ニ郭公ノ鳴けるをきゝてよめる〕　　　　つらゆき

時鳥人まつ山になくなれは（一六二）「我人待とてなくかと」思なれる也かく云も我人をこふる心にてよめる也

時鳥殿か人待と云心つよく啼をきゝて人を待とてなくかと」思なれる也かく云も我人をこふる心にてよめる也

〔はやく住ける所にて時鳥のなきけるをきゝてよめる

はやく住ける所ハ昔すめる所也故郷なとの心なるへし　たゝみね〕

むかし［へ］〈※右肩ニ濁点アリ〉や今も恋しき（一六三）

へハやすめ字也御抄にもかくあり又昔なとやと云心もあるへし時鳥の心にも昔をハしたふかといへり此しもと

云詞感ふかき也

〔ほとゝきすのなきけるをきゝてよめる　　　　みつね〕

子規われとハなしにうの花の（一六四）

是に二の心あり我ともろ共にはなにゝ鳴そと云心と又われこそうき古中になくも理なれ時鳥の我にてもなくて

鳴ハおほつかなしと云心あり後のハ猶まされり卯花のうき古中かさね詞也卯花用に不立間末に入たり

〔はちすの花をみてよめる〕　　　　遍昭

蓮葉のにこりにしまぬ（一六五）」

人の性ハにこれはにこる物也されれ共本性ハにこらぬものなれハ蓮葉のにこりにしまぬといへり泥中より生て清

浄なる蓮をかりてわか心をあらはせり此哥序哥の様ニいへりされ共蓮ノ露をミてよめる也あさむくと云ハ愛す

る義也露を玉とみるハいつはれる心なるへしにこらぬ心もて露を玉とハ何とてミるそ不正直と云心也

ふかやふ

夏の夜ハいまた宵なから（一六六）

短夜の事を云にわつらひなし雲ハたゝよしにいへる也月ハかたふかて有へきとおもふに夜のあくれハ月の入道理ニてよめる也

ミつね

となりよりとこなつの花こひにをこせたるニおしミて此哥を遣ける

ちりをたにすへしとそ（一六七）」

いもとわかぬる花なれは塵をもすへしと也又一説いもとわかぬる床のやうにちりをもすへしと賞してよめり

〔六月晦日ニヨメル〕

夏と秋と行かふ（一六八）

行通と云義あれ共行ちかふかよき也かたへハ夏ハ暑ク秋ハ涼しけれはかた〱の心也片字也半の心もある也

〔〽〈※合点ハ朱書〉已上十首　十三日夕〕

慈鎮和尚御詠ニ

夏衣かたへ涼しく成にけり夜や更ぬらん行合の空

（一行分空白）

古今和歌集巻第四　秋哥上

〔立秋にヨメル〕　藤原敏行

秋きぬとめにハ（一六九）

さやかに清と云字也心ハ昨日まては暑氣の苦になれきて涼」風のあらたにかはれる事をよめる

〔立秋の日うへのをのこ共賀茂の川原に川逍遙しけるともにまかりてよめる　つらゆき〕

河風の涼しくもある［か］〈哉也〉（一七〇）

逍遙遊の心なるへし此哥晴の哥と云来れり誠ニ所のさまも逍遙ノ様もきれいなる哥也

〔題しらす〕　よミ人しらす

わかせこか衣のすそを吹かへし（一七一）

うらめつらしきとハ何となく珍重心也君なくてけふりたえにし塩かまのうらさひしくもといへると塩かまの浦とハつゝけたれとも是も何となくさひしき心也是ハ序哥なれともちとハめつらしくなつかしき心あるへし涼風を賞する哥也

昨日こそ早苗とりしか（一七二）」

是は時節のうつる事也然共景気ニのそめる哥なるへし

秋風の吹にし日より（一七三）

天の川原ハ是ハ七夕ニ我なりてよめる也七夕の哥ハ多分如此心ハ別し朝よりまたぬ事はなけれ［共］〈とも御本〉既に秋になれは心いそかハしくて今いくかありてなとおもへる也

久堅の天の川原の（一七四）

あかぬ別をおもひやりてかへりわたすなとよめり

天川紅葉を橋に（一七五）

紅葉を橋にわたす事ハなきことなるを二星のわたりかよふことは秋にかきることなれは紅葉をや橋にわたすらんとなり但これを始として後にハもみちの橋のある物の様ニよめり

〔実方中将哥〕　天川かよふうき木にことゝはん紅葉のはしはちるやちらすや〕

こひ〳〵て逢夜はこよひ（一七六）

是もこひ〳〵て稀にあへる七夕の別を思やりてよめる也

〔寛平御時七日夜かへるさふらふをのこ共哥たてまつれと仰られけれハ人にかはりてよめる〕　友則

天川あさせ白波（一七七）

是に二の心あり浅瀬と白波とをたとると云義と又浅せを不知によりてたとると云義アリ此哥あへる哥の様ニなけれはあはてかへるとみるハわろし二星の契ハ不變中なれはハかなくあへると心得へしあふほともなきなるへし

〔同御時后宮の哥合のうた〕　藤原興風

契りけん心そつらき（一七八）

年ニ一夜のはかなき契をハちきりし始を恨る心面白き哥也

〔ちきりきなかたミに袖をしほりつゝ末の松山波こさしとは　是もかハれる事をはいはてちきりしことをうら

ミたる也〕」

〔七日ノ夜よめる〕　ミつね

年ことにあふとハ（一七九）

此哥をはおもくミへしと也さあれは哥哀になる也惣して哥によりて物〱しく又ハしめ〱と吟スルもアリ理分明也

七夕にかしつる（一八〇）

ねかひの糸とて竹に糸をかけて手向也年のをとハ年〻相續の義也打はへても長き心也ハかなきちきりなから七夕の心になりてかくよめる也

〔題シラス〕　そせい

今夜こん人にハ（一八一）

其人とさして云にハあらす只七夕の契りの一夜なることをいミてあらまし事にいへるなるへし

〔七日ノヨノ暁によめる〕　源宗于朝臣

今ハとてわかるゝ時ハ（一八二）」

〔八日ニヨメル〕　たゝミね

けふよりハ今こん年の（一八三）

たくミによめる也いつしかと云に二の義あり人の變する心なとを云也是ハいつかと云義也し文字ハそへ字也いつしかいもか手枕にの哥同之

〔題しらす〕　よミ人しらす

木のまよりもりくる（一八四）
　もり侘たる月をミて心をつくす也
　秋ハ元来心をつくす物なれは心を秋にうつして云也
大かたの秋くるからに（一八五）
　物おもふ人の烁になりてこしかた行末をおもひつゝけておもひをのふる哥也
我ためにくる秋にしも（一八六）」
　わかためよかれとの烁ならねとも打つけに物悲しき心なるへし
物ことに秋そかなしき（一八七）
　紅葉如暮秋のもみちならねとも秋になれはやかて色付さまの木もあるへき也いせ物語にかえての紅葉なといへる類也惣の心ハわか身の上も限アル物なれは万ひさしかるましきとおもへるに眼前にかきりある物をミてかくよめり此哥初秋にいへるによりて感情ふかゝるへし
ひとりぬる床ハ（一八八）
　秋くる宵ハと行末の烁の夜の長てかなしからんすることをおもひつゝけてよめり
　　　〔これさたのみこの家ノ哥合ノ哥〕
い［つはとは］〈※声点アリ。上上上上〉時ハ（一八九）」
　はハそへ字也物おもふことハいつはと時ハわかね共かきりの思のおほき事也定家卿の哥〔いつはとハわかぬときはの山人もとよミ給へり〕
〔雷鳴のつほにて人〻あつまりて秋のよおしむ哥よみけるつゐてによめる　かんなりのつほ大裏のこと也〕

かくはかりおしとおもふ夜を（一九〇）
おしと思ふよといひて其理をハいはす涼風の音虫ノ音なとのあはれを心にもてるにや
〔題しらす〕　讀人しらす
しら雲に羽うちかはし（一九一）
空のたかく遠き心をよめり無造作哥なれ共たけ高き哥なるへし月前鴈なとによくよれり御抄にくハしくアリ
さよ中と夜や更ぬら「ん」〈※右下ニ不審紙アリ〉（一九二）
小夜も更ぬらんと思ふ折節にうち鳴て月は西ノ山の」はちかくなれるさまなるへし〔いはん方なく面白哥なりとそ是ハ万葉の哥也〕
〔是貞みこの家の哥合ノうた　大江千里〕
月みれはちゝに（一九三）
月ミる時ハ思のなき人もあちきなく心のすむ物なるにわか身ひとつの様ニおほえて悲しき事をいへり独月ミるをいむも此心歟鴨長明哥ニ我身一の嶺の松風といへるも此哥にかはらぬにや　〔以上〽〈※合点ハ朱書〉廿五首　十七日〕
忠峯
久堅の月のかつらも（一九四）
紅葉すると云事ハなけれ共秋ハ月の光もてりまされはもみちするにやと疑おもへる也花や咲らんも同心也此哥紅葉の橋の心に同
〔月をよめる　在原元方〕

秋の夜の月の光しあかけれハ（一九五）　義あらハ也」
〔人のもとにまかれりける夜きり〳〵すのなきけるをきゝてよめる　人のもとにと云ハおもはすの旅ねなれは夜のなかき心のある也」

藤原忠房

きり〳〵すいたくなゝきそ（一九六）
又人のもとゝハ始て人に相たるよ蛬の鳴をきゝて行末のなかき思になるへき事をおもひてよめり
〔是貞の家ノ哥合ノ哥〕

としゆきの朝臣

秋の夜のあくるも（一九七）
しきりになく心なるへしよのあくれは鳴やむものなれハかくよめり
〔題しらす〕

よミ人しらす

秋はきも色付ぬれは（一九八）
色付時分ハ夜の物かなしくてねられぬにきり〳〵すなけは心をうつしてよめる也
秋のよは露こそことに（一九九）
露ハいつも置物なれ共秋ハことに置そふ物なれハさむからしとよめり」
君しのふ草にやつるゝ（二〇〇）
是ハ人を思侘て荒たる宿に独残て松虫ノ音をきけるさま也
秋のゝに道もまとひぬ（二〇一）
是ハ旅にてハなし野遊の心なるへし松虫ニ其縁にてよめり

姝の野に人まつ虫のこゑす也（二〇二）
　若わか事にや候とて行て松虫をなくさめむと也
紅葉はのちりてつもれる（二〇三）
　秋ハゝや暮ハてゝ紅葉ちり敷たるにかゝるやとりをは誰かとふへきそ松虫のしきりに啼ハとよめり
ひくらしのなきつるなへに（二〇四）
　なへハからにと云心也日晩のなけハ折にあひて日もくれぬる」とおもへるにさハなくて山の陰にて有けるよと打おとろける心也
〔初鴈を〕　元方
待人にあらぬものから（二〇六）
　まつ人の心ちするなるへし待つけたる心也
〔是さたノ家ノ哥合〕　友則
秋風に初鴈かねそ（二〇七）
　姝風涼しく吹たるに初かりの鳴をきゝて打おとろける端的ハたか〈※次行ノ鼇頭ニ不審紙アリ〉玉つさをかけてきつらんとおもふ心あるへし［物］〈※右傍ニ不審紙アリ〉の字感ふかき也下にハ古事を以ていへ共心ハ端的當座の氣を本とすへし
〔題しらす〕　よミ人しらす
わか門にいなおほせとりの（二〇八）
　御抄云此鳥さま〳〵に清輔朝臣等の人〻の説〻を書てことゝきさるへし此鳥鴈と云説ハ不可有時の景氣秋風」

涼しく成行此庭たゝきなれきておとろへ行秋草の中におりゐて色もこゑもめつらしき比初鴈の空にきこゆる当時ある事なれハ常の人の庭門なとになれこん鳥を遠くもとめ出さてめの前にミゆる事につくへしと思給ふ也いはまほしからん人ハ鳳共鸞共心にまかせて云なしてたかひにしかるへからす後年追注ある好士安藝國にまかれりけるに宿所より立出たりけるに庭たゝきのおりゐて鳴けるを女の有けるかみていなおほせ鳥よと云けるを聞てなと此鳥をいなおほせ鳥とハ云そといひけれハ此鳥来てなく時田より稲をおひて家〻にはこひをけは也と云ける国〻田舎の人ハかやうの事をやすく〳〵と云出すをかしく」きこゆ此事を聞て後安藝にかよふ人にとへハみなおなしさまにきゝたる由申也一里一村にもかく申さんに取てハひとへにをしていはんよりハ可用但可随人〻所扱

〽〈※合点ハ朱書〉已上十五首　十四日夕

い［とはやも］〈※声点アリ。上上上上〉なき［つる］〈ぬるイ〉鴈［か］〈哉也〉白露の色とる木〻も紅葉あへなくに（二〇九）

いとはやくもと云詞也色とると云ハ露のことわさにする事なれともそれもまたしきに初鴈のわたれるさまの面白をいへるなるへし梢の露置乱てうす〳〵と色つける時節を心にもては面白也八月斗の梢のさまにや

春霞かすみていにし（二一〇）

鴈かねのわかるゝ時ハ程遠くなる聲のうらめしき様に」ありしか秋霧の上に初かりのなけはこしかたの恨を忘るゝ心也春秋の去来にて世間の有様をも可知也

夜をさむミ衣かりかね（二一一）

〔此哥はある人のいはく人丸か哥也〕

衣かりかねの事誰か讀そめしことゝもしらすさむき時に衣をかりける人の古事有けるにやそれより鳫にハいひおほせたるへし萩の下葉も色かハり行時分の景気面白也寒き心ならて衣かり金とよめる哥稀なり

寛平御時后宮哥合のうた　　藤原菅根朝臣

秌風にこゑをほにあけてくる舟ハ天のとわたる鳫にそ有ける（二一二）

鳥をは舟にたとふる也惣シテ鳥のうかふをミて舟を作るをいふ義アリほにあけてハあらハなる義也哥の心はそれ」ともみえぬ鳫の遠かたより啼くるを打なかめて〔景気ニ望テヨメル〕〈※次行ノ鼇頭ニ不審紙アリ〉

〔鳫のなきけるを「ミ」〈※文字ノ上ニ不審紙アリ〉てよめる〕

うきことをおもひつらねて鳫かねのなきこそ（二一三）

こしかた行末のことをおもひつゝぬるね覚に鳫のなくを聞てわかおもひを鳫によせてよめる也

〔これさたのみこの哥合のうた〕　　忠峯

山さとは秌こそことに（二一四）

いつれの時もわひしからすハあらねとも鹿のなきそむる比なとの一しほ侘しき心也わひしきと云ハ一事にとまらぬ也「菊」〈※右肩ニ不審紙アリ〉をおもふ心なり山里ハ物のさひしきの哥心同かるへしさひしきハ一事にとまれるなるへし

おく山に紅葉ふミ分なく（二一五）

此哥につきて一の大事アリ猿丸大夫か哥也〔百人一首是貞御子」寛平帝弟〕の時分よりハ遙ニ上代の人也時節相違せり

伊せ物語の哥なと拾遺に入時ハ作者かハれり昔の人の習にて同哥なとをよミ合たる歟爰にてハ猿丸大夫か哥と

ハみるましき也哥の心ハ外山の紅葉ちり行は鹿か次第〳〵に奥ふかくなく物也ものゝきハまり行事のかなしき時節の心をよめり俊恵法師かふかくも鹿のそよ〳〵と讀又ミ山にふかきさをしかのこゑなとよめるも同心なるへし

秋萩にうらひれをれは足引の山下［と］〈※右肩ニ不濁点アリ〉よみ鹿のなくらん（二一六）

山下［と］〈清也〉よミうらひれとハなつみ物おもふ様也すくよかならぬ躰なるへしかゝる折節ハ萩も花おち葉の［し］〈※右肩ニ不審紙アリ〉れて」物おもひの相にあへる也さるに鹿の一聲ならすしけくなくをことハりにて有とそよめる鹿の心をハしらねとも我思によりて如此聞なせるなるへし又鹿は何とてなくそ聲をきけハ物かなしきにととかむる心也らんと云ハ何とてと云心ある也御抄云うらひれとハうらふれと云詞物思うれへたる心也しなへうらふれなと云ミな同心也

秋はきをしからミ（二一七）

水のしからみなとする様にハあらすかなたこなたへ分通ふさま也又萩を領すると云心のある也

〔これさたのミこの哥合〕　藤原としゆき

秋はきの花開にけり（二一八）〈※次行ノ鼇頭ニ不審紙アリ〉

たかさこ云事爰にハ名所にあらす山にをきても深山を」云へき也哥の心は爰の萩をミて高砂の事をハかるなるへし此哥にてハ萩高砂の付合たるへからす未此集にてハ可付歟

〔昔あひしりて侍人の秋のゝにあひてものかたりしけるついてによめる〕　ミつね

秋萩のふる枝に（二一九）

こしかたなれにし人に二たひあへるなるへし
あき萩の下葉色つく（二二〇）
是ハおもひある人のたゝ独ゐてわか物思ならす古中の人ものおもひつゝひとりなかむるもあるらんとよめり
なき渡る鴈の涙や（二二一）
物おもふ宿の萩に露うちをきてものかなしき折に鴈の啼わたれるは大かたの露ともみえねハ鴈の涙にてもやあるらんとなり
［ある人のいはく此哥ハならの御門の御哥也］
萩の露玉にぬかんと（二二二）
はきの露面白をけるを其まゝにて誰もみよとよめり王道の御心にて此萩にをける露の景氣を人にみせまほしくおほしめす也左注に奈良の御門是聖武天皇の御こと也
おりてみはおちそしぬへき烌萩の枝もたはゝに（二二三）
たハゝとをゝいつれもなひくさま也
萩花ちるらんをのゝ露（二二四）
かゝる折節にぬれ〳〵も行たらは我おもふ人なとも哀とそおもはんするとよめり恋の哥なるへし又かゝる時節の面白を夜ハふけ露にぬるゝとも分てミむと也此義」にてハ只秋の哥也
［これさたのみこの家ノ哥合に］　文屋やすひて
秋のゝにをく白露は（二二五）
くものいに露の玉眼前也

〔題しらす〕　　　　　　　　　　　　　　　　僧正遍昭
名にめてゝおれる（二二六）
これは題不知とかける心面白序にはさかのにて馬よりおちてと有それは本のことく也僧正遍昭か哥なれハ只我
おちにきとよめるたはふれことにて面白也
〔僧正遍昭かもとにならへまかりける時に男山にて女郎花をミてよめる〕
　　　　　　　　　　　　　　　　布留今道
女郎花うしとミつゝそ行過る（二二七）
事書を大やうにみてをく所もアリ事書によりて理のあらハるゝ也奈良の遍昭のもとへ行とてよめる也遍昭ハ清
浄無染に」道心ふかき人也人のもとへゆけハ其人〻のうかふなるに所こそあれ男山に女郎花のさけるをうしと
思也遍昭か心をおもひ出るなるへし
〔是さたの御子の家ノ哥合　　　　　　　としゆきの朝臣〕
秋のゝにやとりハすへし女郎花（二二八）
旅にてあらされはさして行方もなし女の名のむつましけれハ爰にやとりせんと也
〔題不知〕　　　　　　　　　　　　　　をのゝよし［ゆ］〈※文字ノ上ニ不審紙アリ〉き
〈※次行ノ鼇頭ニ不審紙二紙アリ〉
女郎花おほかるのへに（二二九）
あやなくハあちきなく又せんなき心也
〔朱雀院ノ女郎花合によミてたてまつりける　是ハ延喜ノ朱雀院にてなし延喜ノ御門ノ御親也〕

女郎花秋ノ野風に（二三〇）　〔左のおほいまうち君〕
心をもをかす誰になひくそと也又うらもなくなひくハ其主誰ソト也」
秋ならてあふ事かたき女郎花（二三一）　〔藤原定方朝臣三条右大臣〕
必七月時分ならてさかぬものなる心なるへし
たか秋にあらぬものゆへ（二三二）　貫之
心は女郎花故の秋にてこそあるにいかにそ思の色にはやくうつろふハとなり
妻こふる鹿そ鳴なる（二三三）　ミつね
をミなへしのさける野につれなき妻をこふる鹿の音をきゝて女郎花をわか妻にしてなくさめよかしとよめりミ
つね賀哥ハおほくは巧によめる也
〽〈※合点ハ朱書〉已上廿五首　卯月十五日夕
女郎花吹過てける秋風は（二三四）　無造作哥也
人のミることやくるしき（二三五）　たゝミね
秋のゝの霧のたえまに女郎花のみえかくれするを心をつけてよめる

ひとりのミなかむるよりハ（二三六）
二の心あり荒たる宿に只ひとりうちなかめて物をおもハんよりハ女郎花をうへて妻ともミてわか心をなくさめんと也又云独のミ女郎花故のなかむるよりハ荒たるやとなりともうつしうへてをミなへしをなくさめんと也野徑なとにてよめるにや
〔ものへまかりけるに人の家に女郎花うへけるをミてよめる〕
兼覧王
女郎花うしろめたくも（二三七）
あれたるやとのやもめ住なるにあふなしとよめり老心也」
〔寛平御時蔵人所のをのこ共さかのに花みんとてまかりける時かへるとてミな哥よミけるつゐてによめる〕
平さたふん
花にあかて何かへるらん（二三八）
秋のゝの花にあかぬ心面ハ無造作也事書を長〻としてあるハ心ちとあり蔵人所ハ禁中ニあり朝家奉公の身なれは法度ニ任て自由ならねハあかてのミともなひかへるハあちきなき心也とよめり心に任ぬ世のなかをいへり
これさたのみこの家の哥合によめる
としゆきの朝臣
なに人かきてぬきかけし（二三九）
秋ことにのへの匂ふハいかやうなる人のぬきかけしそとよめりその人からの心也たか袖ふれし宿の梅そもの同心也
〔ふちはかまを［ミ］〈※右傍ニ不審紙アリ〉てよミて人につかはしける〕　つらゆき

やとりせし人のかたミかふちハかま（二四〇）」
〔心ハわかおもふ人の所へ行やとりして有し時のふちはかまをおもひいてゝよミてつかはしける〕
〔ふちはかまをよミける〕　そせい
主しらぬ香こそにほへれ秋のゝにたかぬき（二四一）
〔なに人かきての哥同心也〕
〔題しらす〕　平さたふん
今よりハうへてたにミし花薄（二四二）
〔秋のくれつかたに薄のほに出るをミて物かなしさのあまりにすゝきをさへうへしとおもへる也〕
〔寛平御時后宮哥合ノうた〕　在原棟梁
秋のゝの草のたもとか（二四三）
〔是ハ尾花をさして訓尺したる也後鳥羽院定家卿に御尋有て云袂と袖とを御哥一首にあそはさんこと如何
答此哥を申されし也当座面目なりし事也〕
我のミやあはれとおもはん（二四四）
〔荒たる宿ノ物さひしきに撫子の咲てきり〳〵すの鳴を独のみ哀とみる夕暮の様也又説撫子をは子といへは誰もさこそ哀とおもふらんとよめり〕
〔題しらす〕　よミ人しらす
みとりなるひとつ草とそ春ハ見し（二四五）」
〔無造作但表裏アリ一気おこりてより万のことわさの出来て造作ノおほくなる事をよめりみとりなると云より

一気おこる也〕

もゝ草の花のひもとく（二四六）

〔たはれんハたつさハらん也定心なき也されは人なとかめそといへりたはれ人も不実の心也〕

月草にころもハすらん（二四七）

〔是ハ人丸の哥也衣ハすらんと云ハあさき心也当座面白けれは行末までの事をハおもはぬ也哥人の心をは如此もつへきとそ是万葉哥也〕

僧正遍昭

〔仁和の御門みこにおはしましける時ふるノ瀧御らんせんとておハしける道ニ遍昭か母の家ニやとり給へりける時に庭ヲ秋のゝに作りて御物かたりのつゐてによミて奉りける　母の家ならに有也〕

里ハあれて人はふりにしやとなれや庭も籬も秋のゝらなる（二四八）

わか母の事を云也　〽〈※合点ハ朱書〉已上十五首同十五日夕」

（一行分空白）

古今和歌集巻第五　秋哥下＊

〔是貞みこの家の哥合のうた〕

吹からに秋の草木のしほるれハむへ山風をあらしといふらん（二四九）

〔道理心也〕

むへ山風を嵐云ハ山風とかく文字の説あるましき也不用之只荒き心にミるへき也一吹ふけハ草も木も打しほれ行ハ道理也と讀り姿をたしなミて讀る哥也

草も木も色かはれともわ［たつ］〈上清下濁〉ミの波の花にそ秋なかりける（二五〇）

別義なし但此哥家集云たとへハ人のもとへ行たれは機嫌わろかりしに又内裏の大はん所へまいるに人〻の様も優玄に心うつくしきをミて大内ハかく有物也と少人の心をあさましく思也大海にハ秋なかりけりとは［飽］〈アク〉心のなき也さるに哥合の時はいかてか此哥を出すへきと云に胸中」によミける哥を哥合ニ出しける難斗の事なるへし

〔秋の哥合しける時よめる　紀淑望〕

紅葉せぬ常盤の山はふく風の音にや秋をきゝわたるらん（二五一）

さしむきて面白哥也

〔題不知　よミ人しらす〕

霧立て鴈そ鳴なる片岡のあしたの原は紅葉しぬらん（二五二）

心も風情もあきらかなる哥也第五の句をとれりと云義あれとも面白哥なるへし頓阿此哥を取て

〔霧たちてうつら鳴也山しなの岩田のをのゝ秋の夕くれ〕

神無月時雨もいまたふらなくにかねてうつろふ神南備の杜（二五三）
　神無月とハ時雨といはんする枕詞也行末をかくミて先うつろふこゝろなるへし
ちはやふる神なひ山の紅葉ゝに思ハかけしうつろふ物を（二五四）」
　色にハ出しうつろふ物をと云へる哥の類也心ハさかりなるもみちをうつろ［ふへ］〈本ノマヽ〉は思をかけし
　と讀り
〔貞観御時綾綺殿のまへに梅の木ありける西の方にさせりける枝の紅葉し始たりけるをさふらふをのこ共の讀ける
　つゐてによめる　　　　　　　　　　　　　　　　藤原かちをん〕
同し枝をわきて木葉のうつろふハ西こそ秋のはしめ成けれ（二五五）
　木葉こと書にみえたり秋のにしより来ると云事を爰にてそ［殊］〈本ノマヽ〉もしたる也
秋風ハ吹にけらしな音羽山峯の梢も色付にけり（二五六）
　はや吹初ぬると思へハやかて梢うつろふを云也光陰の早きこゝろみえたり景の面白哥也
〔是貞《の→×》みこの家の哥合のうた〕
しら露の色はひとつをいかにして秋の木葉をちゝにそむらん（二五七）
　無造作哥也」
　　　　　　　　　　　　　　　　ミふのたゝみね
秋の夜の露をはつゆとをきなから鴈の涙や野へをそむらん（二五八）
　露ハふかき物にてことに木草の色を染るをはさしをきて鴈のこゑに映して面白ミゆる成るへしさなから鴈の涙
の染たるやうにミゆる心也〔〻〈※合点ハ朱書〉已上十首卯月十六日〕

〔題しらす　　　　　讀人不知〕
秋の露色〳〵ことにをけはこそ山の木葉のちくさなるらめ（二五九）
物［こと］〈毎也〉にものによりて露か映してをけるいはれなるへしとも是を色〳〵［こ］〈清也〉とにと云説
アリ
〔もる山のほとりにてよめる　　あらハ也　　貫之〕
白露も時雨もいたくもる山は下葉のこらす色付にけり（二六〇）
〔元方〕
雨ふれと露ももらしを笠とりの山はいかてか紅葉そめけん（二六一）
かさをとると云心ハなきなるへしたゝ雨の縁に笠と云へり
〔神の社のあたりをまかりける時に井垣の内のもみちをミてよめる〕
貫之」
ちはやふる神のいかきにはふ葛も秋にはあへすうつろひにけり（二六二）
秋にハあへすハたへすと云詞也心ハ神垣をたのミてはふ葛も色かはる理ハみえたるへし
〔忠岑〕
雨ふれは笠とり山のもみち葉ハゆきかふ人の袖さへそてる（二六三）
爰にてハとると云字の用に立様ナレ共これもとると云ニハあらすとるといへハ優玄ならす祇公伝受の時師匠に
問云笠取〈※次行ノ鼇頭ニ不審紙アリ〉山の哥二首の中へち［と］〈※右傍ニ不審紙アリ〉せふるの哥入事如
何答云両首笠取山の歌様かはれる故也始のハ理を訓釈して讀る也後の笠取山ハすくによめるによりて哥の次第

にまかせてへたてゝ入たる也

寛平御時后宮の哥合　讀人不知

ちらねともへたてそおしき紅葉ゝハ今は限の色と見つれは（二六四）」

いまハ限のとハ染〳〵たる色なれはちらん事一定也〔ミてるをかく理也〕

〔大和國にまかりける時さほ山の霧のたてるをミてよめる〕

友則

たかための錦なれはか秋霧のさほの山邊を立かくすらん（二六五）〈※次行ノ鼇頭ニ不審紙アリ〉

たかためとハ我思ふ人のために秘蔵する［こ］〈※右傍ニ不審紙アリ〉と也かく云ハ霧殿のたかため也おしむ

心にてはなし　讀人しらす

秋霧はけさはなたちそさほ山の柞の紅葉よそにてもみん（二六六）

ミたる朝の端的ナリもみちをしたふ心也　坂上これのり

さほ山の柞の色ハうすけれと秋ハふかくも成にける哉（二六七）

柞の紅葉ハ色うすき物也秋ハふかくもといふをちと引しつめて重〳〵吟すれは哥も面白世間の観心にもなるへ

し

〔人の前栽に菊をむすひつけて〕　業平〈※次行ノ鼇頭ニ不審紙アリ〉

う［つ］〈※右肩ニ不審紙アリ〉しうへハ秋なき時やさかさらん花こそちらめ根さへかれめや（二六八）」

重詞也されと共かくうへをかはと云心有也秋なき時やを毎秋咲へしと云ハ曲なかるへし是は若秋なき年のあらは

咲ぬ時やあらんと也伊せ物語に同心也

〔寛平御時菊の花をよませ給ふける〕　としゆき
久堅の雲の上にてみる菊ハ天津星とそあやまたれける（二六九）
左注に昇殿して讀とあれは殿上にて始てよめは天津星と讀る事殊勝也〔此哥ハいまた殿上ゆるされさりける時にめしあけられてつかうまつりけるとなん〕
〔是貞みこの家の哥合〕　友則
露なから折てかさゝん菊の花老せぬ秋のひさしかるへく（二七〇）
これは仙郷の心也　〔寛平御時后宮の哥合哥〕　大江千里
うへし時花まちとをにありし菊うつろふ秋にあハんとやみし（二七一）
これも無造作あハんとやみしと云へハ萬哀ふかき哥なるへし」
〔同時せられける菊合にすはまを作て菊の花うへたりけるにくハへたりける哥吹上の濱のかたに菊うへたりけるによめる〕
延喜元年以後贈位以前仍姓朝臣書之　菅原朝臣
秋風の吹上にたてる白きくハ花かあらぬか波のよするか（二七二）
此事書に菊合に加へたる哥と云諸人色〻の哥をよめる中ニ吹上の様を讀るなるへし花かあらぬかと時の興に乗して讀る誠に相叶へる詞也ほめてあらたに讀るなるへし
〔仙宮に菊ヲ分て人のいたれる方ヲよめる　是又同時造物也或人語云源三位頼政家ニ素性化現而曰我〔道〕〈本ノマヽ〉僊其実歟但非正説我者へにケン仙之心也〕
そせい

ぬれてほす山路の菊の露の間にいつかちとせをわれはへにけん（二七三）
　仙家の菊を繪にかけるをミて讀りいつの間の露にかと云心也菊を分たる人の様に我身をなして讀る也ぬれてハ
　袖のことナリ」
　　〔大澤の池のかたに菊うへたりけるをよめる」〈※次行ノ鼇頭ニ不審紙アリ〉
一本と思ひし［菊］〈花歟　※朱書〉を大澤の池の底にも誰かうへけん（二七五）
　此池の底にさなから菊をうへたるよとみたる端的によめる也うつる影をミてといへは無曲也
　　〔世中のはかなかりけることを思ける折にきくの花をミてよめる」
　　　　　　　　　　　　　　　　　　　　　貫之〈※次行ノ鼇頭ニ不審紙アリ〉
秋の菊匂ふかきりハかさしてん花よりさき［に］〈※右傍ニ不審紙アリ〉しらぬ我身を（二七六）
　こと書に聞たり古上のはかなき事を云へり
　　　　　　　　　　　　　　　　　　　　　凡河内躬恒
心あてにおらはやおらん初霜のをきまとはせる白菊の花（二七七）
　おらはや〱とは重詞也霜の朝なとに花もしもゝ面白様讀り霜に埋て菊のみえぬにはあらすおらはやおらんハ
　いつれもあらまし事なるへし
　　〔是貞ミこの家ノ哥合ニ」　　　　　　　　讀人不知」
色かはる秋の菊をは一とせに二たひ匂ふ花とこそみれ（二七八）
　一草の菊に二色の花さくかとみたる端的也気を轉〈※次行ノ鼇頭ニ不審紙アリ〉して讀る也〔仁和寺に菊の花
　めしける時に哥そへて奉れと仰られはよミて奉りける」

秋をゝきて時こそ有けれ菊の花うつろふからに色のまされは（二七九）
面はさかりの秋［を］〈除〉ゝきて＊うつろふ色の又面白也仁和寺にと云ハ寛平帝位をすへりて仁和寺にまし〳〵て哥をめしけるに讀りとアリ哥の心ハ御位をさり給て後も猶さかりましますと云心を讀る也寛平帝を祝てよめる也神無月に時こそ有けれは源氏によめるは秋より後に讀る面白心也此哥は秋中の哥也
〔人ノ家なりける菊の花をうつしうへたりけるをよめる〕
貫之」

さき初し宿しかはれは菊の花色さへにこそうつろひにけれ（二八〇）
よミ人しらす

さほ山のはゝその紅葉散ぬ［へミ］〈可也〉よるさへミよと照す月かけ（二八一）
ちりつへきか夜さへみよと月殿の照すはちりかたちかき紅葉を人にみせたく思ふかと也
〔宮仕ひさしくつかうまつりて山さとにこもり侍りける［に］〈※右傍ニ不審紙アリ〉よめる〕
藤原関雄

おく山の岩垣もみち散ぬへしてる日の光みる時なくて（二八二）
天子の御心にそむきて山里に籠居して讀る也岩かきハ垣のやうにめくれる岩に有紅葉也てる日のひかりとは君恩をもへたてはてゝ我身の徒にかきりと成とをそへり此紅葉を蔦なと云義不用之
〔題不知〕
よミ人不知

立田川紅葉ミたれてなかるめり渡らは錦中やたえなん（二八三）」
風情の面白御哥也口傳に上句ハ上代の気也下句ハ今代の気也上代ハ物をことハらさる也此奈良御門は文武天皇

御事也〔又云神龜三十九聖武帝立田河幸之時人丸令供養詠云〻或云聖武御製云〕
たつた河紅葉はなかる神なひのミむろの山に時雨ふるらし（二八四）
そめ初たる時雨の比なとを思ひやれる様也此両首口傳アリ
〔飛鳥川云立田川の南也和州ヨリ河内へ流ル川也又ハ飛鳥川紅葉はなかるゝ共此哥不注他本同之〕
恋しくハミても忍はん紅葉ゝを吹なちらしそ山おろしの風（二八五）
木本の落葉をミて梢を著心也〔他本云野分山下風必大風也〕
秋風にあへすちり［に］〈※右傍ニ不審紙アリ〉し紅葉はの行ゑさためぬ我そかなしき（二八六）〈※次行ノ鼇頭ニ不審紙アリ〉
上は序哥の様に云へりさり共されは共もみちをミてわか身をハかなくおもへるにあれも行末さためすちると云也
又一」の心は秋風にさら〳〵と紅葉のちるをミてハかなきやうなれともあれは落着もあるらんわか身そはかな
きと云也そ文字にあたりてミるへし
秋はきぬ紅葉ハ宿にふりしきぬ道ふミ分てとふ人ハなし（二八七）
秋ハきぬとは来の字にあらすつきぬなと云こゝろ也さひしきやう也
ふミ分てさらにやとはん紅葉ゝのふりかくしてし道とミなから（二八八）
更にと常に云ハ二たひと云心也是はわさと問んと云心也又一の心ハふりかくしてしとは以前はや此道をふミ分
たると聞たり二度問んと云にもあたれり
あきの月山辺さやかにてらせるハおつる紅葉の数をみよとか（二八九）」
よるさへみよとの哥の心也

吹風の色のちくさにみえつるハ秋の木のはのちれは也けり（二九〇）
木葉ニ映して吹ちらせは風の色になるをミておもしろやとミるは秋の木葉のちるはと末に［了］〈本ノマヽ〉拝したる也

関雄

霜のたて露のぬきこそよハからし山の錦のをれはかつちる（二九一）〈※次行ノ鼇頭ニ不審紙アリ〉
〔〽〈※合点ハ朱書〉以上卅首卯月十七日〕
心染てなかめ来れるにハかなくちるをミて心を付て讀る也山の錦［ハ］〈※左傍ニ不審紙アリ〉露霜の所作也
〔うりんゐんの木のかけにたゝすミてよめる〕

遍昭

侘人のわきて立よる木の本ハたのむ陰なくもみち散けり（二九二）
世中はハかなくあやにくなる物と也ちらすハ心もとまり身をも〈※次行ノ鼇頭ニ不審紙アリ〉たのむ心も有へきに中〳〵ちるも面白と思返す心也情とハ」むすほゝれしの心也〔遍昭仁明ノ臣也君崩後出家侘人ノ理也〕
〔二条后ノ春宮ノ御息所と申けるに御屛風に立田川に紅葉なかれたるかたを書りけるを題にてよめる〕

そせい＊

もみち葉のなかれてとまる湊にハくれなゐ深き波や立らん（二九三）
無造作也かく讀るは何事そなれは湊と云所と海河の通路にて舟おほくあつまる所也二条后を憑て爰に諸人来也
紅ハめくミのふかき也

業平

千早振神代もきかす立田川から紅に水くゝるとは（二九四）
伊せ物語に龍田川の邊にてと云へり心ハ神無月の比紅に水のくゝる様をミて神代もきかすと讀り題は前哥同けれ共爰をつよくほめたる也后の御屛風の繪なれは也此哥を定家卿〔三吉野の瀧津河内の春風に神代もきかぬ花そミなきる〕」
是貞の御子の家の哥合うた　としゆき
我きつる方もしられすくらふ山木ゝの木葉のちるとまかふに（二九五）
ちりまかふにとハそへ字也只散まかふ也
忠岑
神南備の御室の山を秋行は錦たちきる心ちこそすれ（二九六）
錦をきたると云本文をもてさなから錦をきたるとよめり
〔北山にもみちおらんとてまかりける時によめる〕
貫之
ミる人もなくて散ぬるおく山の紅葉ハよるのにしき也けり（二九七）
事書に紅葉をおらんとてといへハ我たに爰へ来らすハよるの錦なるへきとよめり
〔秋ノ哥とて〕　兼覽〈※次行ノ鼇頭ニ不審紙アリ〉
龍田［山］〈※右傍ニ不審紙アリ〉手向る神のあれはこそ秋の木葉のぬさとちるらめ（二九八）〈※次行ノ鼇頭ニ不審紙アリ〉
あ［ら］〈※右傍ニ不審紙アリ〉ハ哥なれ共ちと心アリ立田姫の染し紅葉のちるハやかて」立田姫殿の手向給

ふ神のあれハこそと讀る也

〔小野と云所に住侍りける時もみちをミてよめる〕

貫之

秋の山もミちをぬさとたむくれはすむ我さへそ旅心ちする（二九九）

心ハ秋の山から山殿の手向をミれは我も旅の様なりと也ぬさ必旅たつ人のちらすわさ也

〔神なひの山を過て立田河ヲわたりける時よめる〕

深養父

神なひの山を過行秋なれは立田川にそ〔鹿〕〈※右傍ニ不審紙アリ〉ハたむくる（三〇〇）

過行ハ我過るを秋殿の過るに云なせる也旅立行とよめり

〔寛平ノ御時后宮ノ哥合〕

藤原興風

しら波に秋の木葉のうかへるを蜑のなかせる舟かとそ見る（三〇一）

假令白浪と云面白心也白〳〵としたる波に木葉のうかふをミて興に乗して秋のかなしさをも世のうさをも忘つるに木葉の波にとゝまらすなかれ〳〵するをみてなくさむ心の便をうしなへると云心也舟なかしたるあまの心是同かるへし」

〔たつた川ノ邊ニテよめる〕

坂上是則

紅葉ゝのなかれさりせハ立田川水の秋をは誰かしらまし（三〇二）

ミ山かくれの花をミましやの哥の同心也水になかるゝハ同しけれとも水の上の秋は面白也一説ハ水は常住不変にして秋の色なき也只今初て水の秋をミるさま也

〔しかの山こえにてよめる〕　　はるみちのつらき
山川に風のかけたるしからミハ（三〇三）
かせのしからミと云物はなき事なるをなかるゝ水に山風の落葉をうかへて跡もみえぬを讀り下句は重てことハれる也
〔池ノ邊にてもミちちるをミて　　ミつね
風ふけは落る紅葉ゝ水清みちらぬ陰さへ底にみえつゝ（三〇四）
ちるもちらぬも底にミゆると也
〔亭子院の御屛風ノ絵に川わたらんとする人の紅葉のちる木本に馬をひかへてたてるをよませ給ひけれはつかうまつりける〕
立とまりみてをわたらん紅葉ゝハ雨とふるとも水ハまさらし（三〇五）」
絵の人にかはりて讀る也寛平法皇に奉ル屛風也
〔是貞ノみこノ家ノ哥合のうた　　たゝミね〕
山田もる秋のかり［ほ］〈※右肩ニ不審紙アリ〉にをく露はいなおほせ鳥の涙也けり（三〇六）
これはいなおほせ鳥をたうと云事當流ニ不用ノ稲といふ縁にて讀る也爰にてハ何鳥ともいはぬかよき也哥人のミるめ也
〔題不知　　讀人しらす〕
穂にも出ぬ山田をもると藤衣いな葉の露にぬれぬ日そなき（三〇七）
ほにいてぬ時よりもる心也ことわさの衣なるを云也是ハ猿丸大夫か哥也家集には恋の部にアリ＊

かれる田におふるひつちのほにいてぬ［れハ］〈本ノマ、〉世を今さらに秋果ぬとか（三〇八）
我身の出身すさましき事をひつちによせて讀る也ニたひさかりなき心なるへし」
〔北山に僧正遍昭とたけかりにまかれりけるによめる〕
そせい
紅葉ゝは袖にこき入て［もて］〈※右傍ニ不審紙アリ〉出なん秋ハかきりとみん人のため（三〇九）
心ハ秋もはや暮ハて紅葉もなく成ぬと思人にみせたきと也たけかりと云は茸狩也
〔寛平御時古き哥たてまつれと仰られけれは立田川もみち葉なかると云哥を書てそのおなしこゝろをよめる〕
興風
太山より落くる水の色ミてそ秋ハかきりとおもひしりぬる（三一〇）
此水を木葉の後とミる人アリわろき也紅葉ゝなかると云古哥を讀る程に紅葉一定也是を定家卿古哥に［合］〈本ノマ、〉テ云ミ山より落くる水をハ立田川に合す秋はかきりと云を時雨ふるらしに合する也俊成卿合云秋ハ限と云を上句立田川に合しおちくる水を時雨ふるらしに合し給ふ也俊成卿のハ猶勝たりとそ」〈※次行ノ鼇頭ニ不審紙アリ〉＊
〔秋はつる心ヲ立田河［を］〈※文字ノ上ニ不審紙アリ〉おもひやりてよめる〕
貫之
年ことに紅葉ゝなかる立田河ミなとや秋のとまりなるらん（三一一）
湊と云ハもみちのなかれとまる所ハ湊にてあるらん毎年秋も暮行と也なかるゝ水はつゐに湊へ行物也
〔長月ノ晦日に大井にてよめる〕

夕月夜小倉の山になく鹿のこゑのうちにや秋ハくるらん（三一二）

長月晦日に夕月夜と讀る尤不審也只是ハ小倉といはん為の枕詞也月夜のほのくらきと云心也夕月よの時分より鳴そめしと云ハわろき也〔をくら山在西山亀山辺歟夕月ハ宵ノ月也〕

〔同晦日よめる〕　ミつね

道しらハたつねもゆかんもみちはを祓と手向て秋はいぬめり（三一三）

長月の晦日折節に紅葉けふを限の様にちれは行秋殿かもみちをちらして行さま也道しらは我も尋可行の心也

〽〈※合点ハ朱書〉已上廿三首　卯月十八日」＊

〈※次行ノ鼇頭ニ不審紙アリ〉
古今和謌集巻第六
冬哥〔四季部ヲ六巻ニスル事ハ六義ヲ表スル也四季ハ人の一生ノ三昧ナリ六義ハ六根ヲ表スルナリ〕
〔題不知　よミ人しらす〕
立田川錦をりかく神無月しくれの雨をたてぬきにして（三一四）
此哥さしむきて落葉の錦に似たる心也秋の哥にも落葉の錦ハおほけれ共此哥ハ冬の落葉とミゆる也時雨の雨をたてぬきにしてをれる様也當座をほめたる心也此二の理後の用に立へシ
〔冬ノ哥とてよめる　源宗于〕
山里は冬そさひしさまさりける人めも（三一五）
四季にわたりて山里ハさひしけれ共春ハ花の便リ夏ハ時鳥の縁秋は菊紅葉に付てとはるゝ便も有に梢も落葉し草も枯はてゝたよりもなき心なるへし」
〔題不知　よミ人しらす〕
大空の月のひかりし清けれは影みし水そまつこほりける（三一六）
清くとして一塵の雲もなく寒たる月に映して水のこほれるをミて早くもこほりけると云也イ本影ミし水のこと
〔老子云大ハ日姓也月ハ水ノ姓也月寒而水凍云也〕
夕されは衣［手］〈※右傍ニ不審紙アリ〉さむし御吉野のよしのゝ山に深雪ふるらし（三一七）
景気のある哥也芳野山に［間］〈ホト〉有へきかさしむかひてハよまぬ哥也夕されは夕暮と云程の事なれ共夕によくなれると云心也たゝ風情をもつことは也

〔万云御雪内裏庭雪ヲ云也是ハ真雪也難消也或深雪故黄門ハ三冬雪云〕

今よりハつきてふらなんわか宿の薄をし〔なミ〕〈靡也〉ふれるしら雪（三一八）

相續してふれと也薄をしなミハ打なひきて隠れ程の雪也かやうなる面白けれハ又もふれと也ふかくつもれとにハあらす」天きる雪のなへても同詞也

ふる雪ハかつそけぬらし足引の山の瀧津せ音まさるなり（三一九）

雪ハふる中にもきゆるなるへし

此川に紅葉ゝなかる奥山の雪けの水そ今まさるらし（三二〇）

雪けの水山よりなかれ出てすこしまされハしらぬ木葉のなかるゝ様也此河ハいつくにてもさしむける川なるへし

此川云或紀川紀州也粉川云〔同前〕仍粉川縁記昔河内國人娘得山病難愈親詣觀世音深歎于時女人来云吾此疾可治則与薬〔ヲ〕夜間〔ニ〕平愈〔ス〕観喜而此女〔仁〕与髣何〔ニ〕御座〔ソト〕問和州〔ニ〕白流〔ル〕川水上〔ニ〕住〔ス〕可尋云女後謂尋之有白川水上有一宇草堂本尊観世音也果告与女人髣薩埵持之然者化而治彼病人此川白流〔ハ〕此時驗計而後〔ハ〕不然之仍」号粉川云〻

故郷ハよしのゝ山しちかけハはひともミ雪ふらぬ日はなし（三二一）

このふる郷とハ都の心に用てミるへし是ハ吉野の内の故郷ナリ皇居の在所也よそにては一日も深雪とハ不可讀之

〔冬の哥とて〕　　貫之〈※次行ノ鼇頭ニ不審紙アリ〉

雪ふれは冬こもりせる草も木も春にしられぬ花そ咲ける（三二三）

御抄云冬こもりとハ草も木も《春↓花》も葉もなく霜雪に埋れたるを云也
我宿ハ雪ふりしきて道もなしふみ分てとふ人しなけれは（三二二）
安き哥也されとも雪にハ道のたえぬ物也人のとはぬにたゆるそと也
〔志賀ノ山こえにてよめる　紀あきミね〕
しら雪の所もわかす降しけハ巖にもさく花とこそミれ（三二四）」
岩ほにも所〻にふれるをミて讀る也一説志賀の山ハ花の在所なれハ岩ほまても花のさくとよめり
〔奈良の京ニまかれる時ニやとりける所にて　坂上是則〕
みよしのゝ山のしら雪積るらし故郷さむく成まさる也（三二五）
景気の面白き哥也雅経卿此哥をとりて三吉野の山の秋風とよめり
〔寛平ノ御時后宮哥合哥　藤原興風〕
浦ちかくふりくる雪ハしらなミのすゑの松山こすかとそみる（三二六）
うらちかき所にてミる雪也末の松山ハ思よせて讀る也
三吉野の山のしら雪踏分て入にし人の音信もせぬ（三二七）
大かたの時たにも入人稀なるミ山の雪に分入し人ハ音信もせぬハ思し事よと云也世のうきこと此うちにこもる也
〔ミつね〕
白雪のふりてつもれる山里はすむ人さへやおもひきゆらん」（三二八）
心は何事も跡ハかなく思きゆらんと也雪に山家の心ある様をミてさひしくかなしき心のうかふなるへし

雪ふりて人もかよはぬ道なれや跡はかもなく思ひきゆらん（三二九）
　跡ハかもなくとは萬思ふことハ胸中に跡もなき心也諸相を思ふにいつれか跡のあると讀る也道なきハ跡なきに
　　たとふる也覧ハ姿を助る詞也
　　　　　　　　　　　　　　　　　　　清原深養父
冬なから空より花のちりくるハ雲のあなたハ春にや有らん（三三〇）
　無造作哥也花の様なれハ春にやあるらんと也
　　　　　　　　　　　　　　　　　　　貫之
冬こもり思ひかけぬを木のまより花とみるまて雪そ降くる（三三一）
　心はしん〳〵としたる所に木の間より花の様ニみえたるをゆきそふりくると了簡シタル也けるの詞よく叶へる
　也」
〔和州へまかれる時ニ雪のふりけるをミて讀る　　　　坂上是則〕
朝朗あり明の月とミる（三三二）
　雪も月もうすけれハかく云へり眺望の哥なるへし
〔題不知　　　　　　　　　　　　　　よミ人しらす〕
けぬか上に又も降しけ春霞たちなはミ雪稀にこそミめ（三三三）
　春かすミといひて景気をもたせたる也
梅花それともみえす久堅の天きる雪のなへてふれゝは（三三四）
　あまきるハ曇にとりても空のうすひかりてきら〳〵とする躰也梅をふりかくしたるにあらす梅にかゝりたる雪

も花も面白をそれともわかすと讀る也〔此哥柿本人丸哥也〕
〔小野篁〕
花の色ハ雪にましりてみえすとも香をたに匂へ人のしるへく（三三五）
香をたにのをの字不審也但かをなり共匂へと云へハ心たかはす
〔雪中梅花をよめる　貫之〕
梅かゝのふりをける雪にまかひせは誰か［こと〳〵］〈※声点アリ。上上上上〉くわきておらまし（三三六）
まかひせハと云はまかひなはといへはよハき故也ことことゝは悉と云にはあらす是ハこれ〳〵と云心也又こと
ことゝ濁て讀へき也是は雪是は梅と云心也くハしき心なるへし
〔紀友則〕
雪ふれは木ことに花そ咲にけるいつれを梅とわきておらまし（三三七）〈※次行ノ鼇頭ニ不審紙アリ〉
古注に梅と云字ハ木毎にと［云］〈※右傍ニ不審紙アリ〉書といふハ比興のこと也嫌道也
〔ものへまかりける人ヲ待てしハすの晦日によめる〕
〔ミつね〕
わかまたぬ年ハきぬれと冬草のかれにし人ハをとつれもせぬ（三三八）
歳暮の来ると云ハわろし十二月晦なれは行年のくるとミるへし我またぬ人を待心也冬草のと云句優玄也
〔としのはてによめる　在ハらの元方〕
あらたまの年のをはりに成ことに雪も我身もふりまさりつゝ（三三九）
一とせのはやくうつる心哀なる哥也あら玉のハ枕詞なれ共立春初てヨリの心なるへし」

〔寛平ノ御時后宮の哥合のうた　　讀人不知〕
雪ふりて年の暮ぬる時にこそつゐにもみちぬ松もみえけれ（三四〇）
貞松ハ年の寒にあらはるゝと云心也また雪もふらす年も暮ぬ程ハなにとかあらんすると思し也みえけれと云此心成へし
昨日といひけふとくらして飛鳥川流て早き月日なりけり（三四一）
此哥歳暮の哥とハみえねとも事書によりていれり惣の心ハ千年をふるとも人の心は如此なるへき也
哥たてまつれ　只如此あるハ延喜御事也當代なれはナリ
行年のおしくも有哉白銅鏡ミる影さへに暮ぬとおもへは（三四二）
ミる影さへにとは今みるかけさへあるにいま一年の春にあハゝいかゝと思ふ也行年を歎く心也鏡ハ只かゝミ也」
〔〽〈※合点ハ朱書〉已上廿九首卯月十九日〕

古今和謌集巻第七

賀歌

〔題不知　よミ人しらす〕

我君ハちよにや千世にさゝれ石の巖となりて苔のむすまて（三四三）

や文字てには也八千世とハよます

わたつうオの濱の真砂をかそへつゝ君かちとせの有数にせん（三四四）

四海惣名也理分明也

しほの山さしての磯に住千鳥君か御代をはやちよとそ鳴（三四五）

甲斐ハ海なき国也され共磯と云文字によりてちとりを讀る歟又屛風の絵なとに賀の時にて此磯をかけるをミて千鳥を讀る歟いつれにも不審也八千世とそなくとハわかい」はひ奉る心にて千鳥の鳴聲をきけは千世〱とな

くやうなれはかく讀り

我よハひ君かやちよにとりそへてとゝめをきては思出にせよ（三四六）

おもひ［出］〈いて〉にせよと字餘りに讀へし賀の時の帝王の御哥と又賀をする人の知人なとの讀る歟をきて

ハの字に心なし〔仁和御時遍昭に七十の賀給ひける時の御哥光孝天皇　仁和二三十六日〕

かくしつゝとにもかくにもなからへて君か八千世に逢由もかな（三四七）

心ハ天子とハ成給へる御身なから政ことにつけてもさせる御事もましまさねとも御寿命なからへて遍昭か八千

世にあひたきとよミ給へる也かくしつゝの御詞述懐ふかき御心ナリ

〔仁和ノ御門ノみこにおはしましける時に御をハのやそちの賀に銀をつえに作れりけるをは彼御をハにかはりてよめりける
遍昭〕」
ちはやふる神やきりけんつくからにちとせの坂もこえぬへら也（三四八）
此杖をつけハ千とせの坂もこえぬへき心のする也されは神やきりけんと讀る御をはゝうはの御事也
〔ほり河ノおほいまうち君の四十ノ賀九条の家にてしける時によめる〕
在原業平
桜花ちりかひくもれ（三四九）
ちりかひくもれ道もまかふやうにと讀る賀の哥にかにと云あてたる面白也わさと讀るにハあらす自然に行あたる也伊勢物かたり同心ナリ
〔さた時のみこのをはの四十の賀を大井にてしける日よめる〕
〔貞辰清和第七
紀のこれを〕
亀のおの山の岩ねをとめて落る瀧の白玉ちよのかすかも（三五〇）
山の岩ねはうこきなき物をかさねて讀り岩のあひを落る水也」
〔さたやすのみこの后宮の五十賀たてまつりける時御屛風に桜の花のちる下に人の花ミたるかたかけるをよめる〕
藤原興風
いたつらに過る月日は［おほけれと］〈イ本ニおもほえ［て］〈※右肩ニ濁点アリ〉〉（三五一）
て文字清て讀ハわろし徒に過る時ハ何とも思ハて花みる春の程なく暮ぬるにおとろける心也事書により賀の部に入也

〔もとやすのみこの七十賀のうしろの屛風によミてかきける　仁明第四三品中務卿親王昌泰二年二月八日〕

貫之

春くれは宿に先さくむめの花君かちとせのかさしとそみる（三五二）

梅ハ諸木にさきたつ也あまたの梅の中に先一木咲といふ義也賞翫の心なるへし

そせい

いにしへにありきあらすハしらね共ちとせのためし君にはしめん（三五三）

古ハ千年へたる人のありなしをハしらす此君をハしめにせんと祝奉る心也」

ふして思ひおきてかそふる万代は（三五四）

晝夜をわかす千秋万歳と祈心をは神知らんと也此哥を取テ定家卿君をそ祈る身を思ふとてと讀る其ははるかにおとりたる哥也身を思ふとてハ下れる代の心也上代の哥人ハかくこまかにハなきと云也神そしるらんと云うき身をおもふなれと云事のある也

藤原の三春か六十賀ニよミたるイ古門子也　在原滋春

つる龜もちとせの後はしらなくに（三五五）

明なる哥也定家卿云等類のかなしさハいつれかさきに讀るなと云事の有てはしめの哥かけかるゝ也云〻

〔よしミねのつねなりか四十の賀にむすめにかはりてよミ侍りける于時中納言遍昭兄也［或］〈※右傍ニ不審紙アリ〉人云此哥在原『の』時春と云　そせい〕」

万代を松にそ君をいはひつる（三五六）

むすめにかはりて讀るハ親のかけをちとせのかけと云也松にそと云に待心アリつると云詞もちとハ祝へる心歟

内侍のかミ延喜の御をは也満子と申せし也兄の右大将定國の賀に讀給へる也賀にハうしろの屏風必すあるにや
〔イ本内侍ハ藤原の定國の娘也右大将ハ定国勧修寺内大臣高藤二男屏風にハ四季の絵ヲかける〕
〔満子内大臣高藤二女延喜十七従二位奉養延喜聖皇定國延喜ノ六年承平七年薨六十五〕
〔延喜二年八月也〕
春日野にわかなつみつゝ萬代を［祝］〈本ノマヽ〉ふこゝろハ神そしるらん（三五七）
山たかミ雲井にミゆるさくら花（三五八）
是ハ躬恒か哥也心詞たくいなくたけ高き哥也
夏　　　　貫之哥也分明ナリ」
めつらしき聲ならなくに時鳥こゝらの年をあかすもあるかな（三五九）
秌
住の江の松を秌風吹からにこゑうちそふる興つしら波（三六〇）
躬恒か名哥也秀逸躰にたかき哥也経信卿松のしつえをあらふ白波の哥を此躬恒か哥に可及とおもはれたる也
千鳥鳴さほの川霧立ぬらし山の木葉も色まさり行（三六一）
忠岑か哥也遠白躰也理分明也幽躰也
秋くれと色もかはらぬ常盤山（三六二）
これも忠岑哥也落葉を風の吹かけたるさま也一説常盤山に秋風の冷しく吹おちたるをミてよその紅葉をしらする道理ニて讀り」
冬

しら雪のふり敷時は三吉野の山した風に花そちりける（三六三）
貫之哥也ふりしくハしきりなる心也つもると心得てハわろき也さら〳〵とふる様なるへし此七首の内そせい一人の名を顕して残の作者を不顕事心アリ
素性ハ能書なるによりて此屛風の奉行にて有し程にそせい一人か名をあらハして一首入たる証拠を尋ぬれハ古今ハ四人して撰つれ共貫之か一人ノ撰と云也又古今の千余首あれ共ミな延喜帝御哥一首と云義もある也
〔東宮ノ生れ給へりける時にまいりてよめる〕典侍藤原因香朝臣
峯高きかすかの山に出る日ハくもる時なくてらすへらなり（三六四）〕
春宮の女御藤原氏人なれは春日山を讀り出る日はとハ天照太神と春日明神とは君臣合躰の御神なれは也
〔延喜十二年三月十九日延喜第六御子保明親王生給也王子者喩春日山出日者何大明神者百皇氏也殊御母藤原高藤御娘ナレハ明神者藤氏先祖也無曇時云此太子賢聖御座而世ヲ照玉ヘト也　〽〈※合点ハ朱書〉已上廿二首　卯月廿日〕
〔文彦太子保明親王延喜三誕生四年二月十日［六一太］〈※右傍ニ不審紙アリ〉子十六年十月元服廿二年三月廿一薨廿一本名宗象二年〕
（一行分空白）

古今和謌集巻第八

離別哥

〔題不知〕

在原行平朝臣

立別いな［は］〈清テヨム也〉の山の嶺に（三六五）

待としきかはとハ我をハ誰かまたんと思氣より讀りやかてこんと也俊成卿云此哥ハくさりもちて行て末にいま帰り」こんといへる肝要と也是以知ぬさのミくさりつゝくましき也

〔行平為因州太守下向時詠阿保親王第二子平城経清和陽成時人也〕

讀人不知

［す］〈※右肩ニ不濁点アリ〉［か］〈※右肩ニ濁点アリ〉るなく秋の萩原あさ立て旅行人をいつとかまたん（三六六）

鹿の別名也心ハ物哀に鹿の鳴萩原にもかゝる興を忘て立もやすらハて行人をはいつをたのミまたんすると讀り

〔俊頼ハ小鹿一定也〕

かきりなき雲井のよそにわかるとも（三六七）

遠き心也をくるゝハ我とまりて人のゆく也行人に我成て人をとゝむるををくらすとハ云也遍昭か哥

〔をのゝちふるかミちのくにのすけにまかりける時にはゝのよめる〕

たらちねの親のまもりと（三六八）」

此介ハ大やけ事にてミちの國へ行はとゝめまほしく思へとも叶ハされは心をなり共関なとゝめそと公界へ云へ

るなるへし
〔さたときの御子の家にて藤原のきよふかあふミのすけにまかりける時にむまのはなむけしけるよゝめる〕
紀のとしさた
けふ別あすはあふみと思へとも（三六九）
近江をそへたる袖の露涙なるへけれともさハいはて袖の露けきとはてたる面白也　きよふ字清生ウトヨムヘシ
〔万葉云〕　今朝去而明日［者来］〈ハコン〉牟［等云］〈トイフ〉子［鹿丹旦妻舟］〈カスカニアリツマニ〉霞［霏靆］〈タナヒク〉
〔こしへまかりける人によミてつかハしける〕
帰る山ありとハきけと春霞たち別なは恋しかるへし（三七〇）
こしにある山の名也春霞とをけるに優になる也
〔人のむまのはなむけによめる〕　つらゆき〕
おしむから恋しき物をしら雲のたちなん後は何こゝちせん（三七一）〕
〔只今の別をおしむから行末の恋しき気のあるになに心ちせんとはわかれなはせんかたあるましき心をいへり
宗岡大頼賀州下向〕　〔在原滋春〕
別てハ程をへたつと（三七二）
〔かつミなからハかく見なから也〕
〔あつまのかたへまかりける人につかはしける［いかこのあつゆき］〈［伊香］〈氏也〉胡敦行仁明時人也〉

おもへとも身をしわ［か］〈※右傍ニ不審紙アリ〉ねハ（三七三）
〔只大かたにハつかはぬ詞也哀別をつよくおしめ共とゝまらすせめてハつれてゆかはやとおもふも不叶又身を分はやと思へと習なけれはとやかくやとおもへともと云心也いかこハ氏也〕
〔あふさかにて人を別ける時よめる　なにはのおろつお〕
相坂の関しまさしき（三七四）
此相坂を人に相方へハやらぬ也関といはん為也〔イニ中原実躬濃州へ下向〕
〔題不知　讀人しらす〕
から衣たつ日ハきかし（三七五）
〔此哥ある人つかさを給てあたらしきめにつきて年へて住ける人をすてゝたゝあすなんたつとハかりいへりける時にともかうもいはてよミてつかはしける捨られてよめる也おきて行心也又我をとゝめをきて行心もあり〕
寵〔テウトヨム〕家隆ハメツラシ六条三位知家ハウツクシ顕昭ハメツラ」
ひたちへまかりける時に藤原のきミとしにつかはしける
あ［さ］〈※右肩ニ不濁点アリ〉な［け］〈※右肩ニ濁点アリ〉にミへき君とし（三七六）
朝夕の心也万葉にハあさにけにと云詞也つれなき人なれは朝夕にミるへきにもあらねは旅立行とよめり草枕と云に旅と云心也是は君としをたち入たる歟事書にきんとしと書へきをきミとしとかけり立入てよミてそあるらんされともたゝよめりとみるかよき也
〔紀のむねさかたか東へまかりける時人の家にやとりて暁出たつとてまかり申けれは女のよミていたせりけるこのむねさたハ貫之父兄弟也〕

えそしらぬ今心みよ（三七七）
　只今ハ分別しかたきの心也〔仲原秀茂娘貫之妻むさしへ下向也〕
雲井にもかよふ心の（三七八）　　　　　　　ふかやふ
　千里をへたてゝも心は行物なる理也
〔友のあつまへまかりける時よめる　　　　よし〔む〕〈※右肩ニ不審紙アリ〉ねのひてをか〕
白雲のこなたかなたに立わかれ（三七九）」
　五文字ハ枕詞也一所にある物の二所になる心也旅には必手向のぬさあれはよそへていへる也
〔ミちのくにへまかりける人につかはしける　　　つらゆき〕
白雲ノやへにかさなる（三八〇）
　そこはく遠さかるとも心へたつなと也君をおもひ奉らん人に心へたつなと也かくいへるハ落居わか方也
　　人をわかるゝ時よめる　明也
別てふことは色にも（三八一）
　あひしりて侍りける人のこしの国へまかりてとしへて京にまうてきて又かへりける時によめる
　　　　　　　　　　　　　　　　　　　　ミつね
かへる山何そハありて（三八二）
　心はこしより京へ立かへりて其まゝにもあらす又こしへまかるはかへる山の名にてはなきそと也
　こしの國へまかりける人につかはしける
よそにのミ恋やわたらん白やまのゆきみるへくも（三八三）〔行に雪をそへたり〕

つらゆき
音羽山木高く啼て（三八四）」
木高くといふ所にて人の別を惜心の切なる也〔へらはおしミつへしとなり〕
〔藤原後蔭かから物のつかひに長月のつこもりかたにまかりけるにうへのをのことも酒たうへけるつゐてによめる
藤原兼茂シケ〕
もろともに鳴てとゝめよきり〳〵す（三八五）
心は長月晦日なれは蛬ハ秋に別我は人にわかるゝ心也
〔〽〈※合点ハ朱書〉已上廿一首卯月廿一日遣唐使にハアラテ帰朝ノ時ノ使也モロコシ判官延喜六年九月自大唐貢舟来朝于時勅使常陸守藤原後蔭任〕
秋霧のともに立出て（三八六）
是も同唐物の使也立出ていつくに行そとおもひやりて讀也
〔源のさねかつくしへゆあミんとてまかりける時山さきにて別おしミける所にてよめるさねと云人二人アリいつれも嵯峨天皇ノ末の御子なり信ト云字と真と云字トノカハリ目也爰ハ真ノ字也しろめは遊女一人ノ名ナリ　白女
江口遊君差《（ママ）》我天皇思人也〕
いのちたに心にかなふ物ならは（三八七）
女房の哥にて思入て哀ふかき也　源〕
〔山サキヨリ神なひのもりまて送にまかりて別おしミけるニよめる〕
人やりの道ならなくに（三八八）

心は神なひのもりまて行也人やりとハ我心から行道なれはいさうちつれてかへらんとよめる也かく云ハ送人を
大切に思て也
今ハ是よりかへりねとさねかいひけるおりよめる　藤原かねもち
したはれてきにし心の（三八九）
わか心とハこぬ道なれハきたりつる道もおほえすされは帰道をもしらすと也
藤原のこれおかゝ武蔵のすけにまかりける時に相坂をこゆとてよめる
國信大納言子也延喜御時
つらゆき
かつこえて別もゆくか（三九〇）
かくこえて行也相坂ハたのもしき名なれ共別ゆけはかひなき名也とよめる也
大江の千ふるかこしへまかりける馬のはなむけによめる千古ト云もの二人有
藤原かねすけの朝臣
君か行こしの白山（三九一）」
雪に任て跡を尋んと也
〔人の花山にまうてきて夕さりつかたかへりなんとしける時よめる〕
遍昭
夕暮の籬は山と（三九二）
来れる人を切にとめまほしくてあるましきことを云也〈※次行ノ鼇頭ニ不審紙アリ〉

山に［と］〈※右傍ニ不審紙アリ〉てかへりまうてきて人〻わかれける次によめる　是ハ不審也されとも幽仙法師か山に小坊ありて山ヨリ宿坊へ帰てそれより人〻のわかるゝなり山ハひえの山也幽仙は天台座主宗匠中納言子也

幽仙法し

別をは山のさくらに（三九三）

花のまに〳〵とあれは是非共に山中にての哥と聞たり

雲林院ノ御子ノ舎利會ニ山にのほりて帰けるに桜の花ノ下にてよめる毎年三月十五日舎利會ヲ行ハル

遍昭

山風に桜吹まき（三九四）

山風にのに文字不審心得かたき也されと共山風ノ中ニ乱ヨト云也もしや立とまるとの心也　御子ハ［「常」〈※左肩ニ不審紙アリ〉康」〈トコヤス〉親王と申せし也

ことならは君とまるへく（三九五）」

あかぬ人をかへすは花のためうきにてハなきかと花をせめてよめる

仁和ノ御門みこにおはしましける時ふるの瀧御覧しにおハしましてかへり給ひにけるによめる

兼藝法し

あかすしてわかるゝ涙（三九六）

しもとハ川末の人ハミるらんと也

かんなりのつほにめしたりける日おほみきなとたうへて雨のいたうふりけれハ夕さりまて侍て罷出ける折に盃とりて　大裏也

貫之

秋萩の花をは（三九七）

君は兼覧王をさして云也み［ゝゝ］〈御本〉たうへてハ［タヘテトヨムヘシ］

兼覧王

おしむらん人の心を（三九八）

此返哥ノ心おしミける人も有けるをしらぬまに身ノふりけるをかねてましまるゝと［しら］〈本ノマヽ〉は徒に過ぬる身とハ思ふましきをとよめり師説云此返哥の面目によりてまへの哥ハさ程なけれ共入タリトナン

［かねミのおほ君に始て物かたりして別ける時よめる於和州長谷寺参詣］

ミつね

わかるれとうれしくもあるか（三九九）」

始てあひての心明也

題しらす　よミ人しらす

あかすしてわかるゝ袖の（四〇〇）

わかるゝ人のよめる也わか涙ハいつもめつらかならねともわかるゝきさミの玉をかたみとつゝミて行也

かきりなくおもふ涙にそ［ほ］〈※右肩ニ不濁点アリ〉〈尾〉ち［つ］〈※右傍ニ不審紙アリ〉ゝ（四〇一）

かきりなき涙なれはかハかしと也五文字面白哥也

かきくらし［こ］〈※右肩ニ濁点アリ〉〈濁也如也〉とハふらなん（四〇二）

先行人に雨のふるか悲しき也され共とてもふらは君かとゝまる程ふれとの心也ぬれ衣の本説云をは嫌也〈※次行ノ鼇頭ニ不審紙アリ〉

しゐて行人をとゝ［む］〈※右下ニ不審紙アリ〉る（四〇三）

志賀の山こえにていしゐのもとにて人の別けるおりによめる
貫之
むすふ手の雫に（四〇四）
此心ハあかてもと云を世間にハむすふ手のあかによそへてよめりいかにとなれは少水ハ雫の落てにこれは手の垢成といへり當流」にハ是をかなしむ也手のあかなとゝ云事を取出ては言語比興の事なるへし山の井ハそとある水也さと水を掬すれは雫にこりて又くまんとするにくまれぬ也されは満足せぬをあかてと云也是ハ勝たる名哥也俊成卿所〻にむすふ手の雫月やあらぬ春やむかしの両首をほめ給へり
道にあへりける人の車に物をいひつきて別ける所にてよめる
友のり
下のおひの道はかた〳〵（四〇五）
ゆきめくるといふに車の縁ちと可有歟〔〽〈※合点ハ朱書〉已上廿首卯月廿二日〕
〔五行分空白〕」

古今和謌集巻第九　　羇旅哥

〔もろこしにて月をミてよめる〕　　安倍仲丸

天の原ふりさけミれは春日なるみかさの山に出し月かも（四〇六）

〔羇旅は旅ノ中路也離別ハ旅ノ始ツ方也帰朝せんと思立に月をミて讀る也〕

ふりさけとは一にハふりあふきての心二にハ［ひ］〈提〉つさけてみる心也三にハふり分ると云説アリ奈良京にてミなれし月の今夜清天なるを手の裏に入たるやうにミたるなりをはすてひろ澤なと丶云よりももろこしの月に御笠山を讀る能かけあひてたけたかくくもりなき哥也安倍仲麿ハ元明元正の比の人と云可尋之奈良の都此時分にあたれりめい［し］〈※右肩ニ不濁点アリ〉〈清也〉う　明州なるへし

〔おきの国になかされける時舟にのりて出たつとて京なる人のもとにつかはしけける〕

小野篁朝臣」

和田の原八十嶋かけて漕出ぬと人にハ告よ蜑のつり舟（四〇七）

先五文字にて面白哥也やそ嶋必八十嶋にあらす心ハ此世のさかひをもハなる丶様の心也流人の心哀にみえたり

只今對する物は釣舟斗なるへし此哥を都へ云やりたる也

〔〽〈※合点ハ朱書〉已上廿『二歟』首卯月廿二日〕

〔題不知　　讀人しらす〕

都出てけふミかの原いつミ川河かせさむしころもかせや［ま］〈※右下ニ不審紙アリ〉（四〇八）

〔衣カセトハ寒しき縁ニ讀リ〕

〔事書いせ物かたりニ同之　　在原業平〕

から衣きつゝなれにしつましあれははる〳〵きぬる旅をしそ思ふ（四一〇）
〔事書いせ物かたりニ同之〕
名にしおはゝいさことゝはん都鳥わかおもふ人ハ有やなしやと（四一一）
〔題不知　　　　　　　　　　　よミ人しらす〕
北へ行鴈そなくなるつれてこし数ハたらてそ帰へらなる（四一二）
〔此哥はしけはるか妻の哥也しけはるうせて後せめて都へもと思てのほる時鴈のなくをきゝて讀る也鴈ハ秋おほくつれてくれ共帰る折ハひとつ二つはかなく啼をきゝてわか身のさまを思よせて讀るなるへし〕
から衣の哥の注書おとすによりて追而書継之
杜若折句之序哥也心ハなれにし妻といはん為也」はる〳〵きぬる旅をしそ思ふとハなれたる妻を都に置て遙にきぬる心中に千萬の事も有へきをそれをハいはて旅をしと云へる其感甚深也心餘て詞たらぬも此なるへきよ
都鳥の段の注又継之
しもつふさ〔ウサトヨムヘシ〕限なく遠くもと云へるハ旅行のかなしひの心こもれりくれぬ日暮ぬ両本アリ暮ぬといふか東の下野殿の流の規模也日くれぬとハ帝王の御入滅なとを申せハ略之但堯好の御本なとにも日も暮ぬと有之両説可心得也京に思ふ人とハ誰共いはぬ也皆人京のことのミ思出て恋しき折節とへハ都鳥とこたふると感を催す也事書を能〻ミるへき也こと書ハ長〳〵とハ」かゝぬ物なれ共事書か全なることにハ長〳〵と書也有やなしやとハ一日をへたてゝも思人ハ心もとなき心有へきにや餘情おほき哥也
ほの〳〵とあかしのうらの朝霧に嶋かくれ行舟をしそ思ふ（四〇九）
浦の朝霧とは海路に我思ふ人のおもむくを讀る哥也こき出るより次第〳〵とほの〳〵となる心也あかしの浦は

所の道地也たとへは舟出して行人をしたふ心也霧の村〻立てある時はかすかになり又さやかにみゆる折も侍る猶みるまゝに嶋かくれはてぬるを今はいつくにかゆくらんいかやうにか成ぬらんなと一かたならす思やる由也大方の旅の空さへ哀にもかなしくも侍をまして万里の波崎を思ふ人の別ゆかん」を思ひやる心限なふ哀ふかゝるへきにこそ此哥旅に入こと尤の奥義也霧を病なと云ハ不用當流にハ秘する事心詞とゝのをりてしかも優玄にたけたかく情あれは也哥道の大切不可過之専可仰之

〔東のかたより京へマウテクルトテヨメル〕　おと

山かくす春の霞そうらめしきいつれ都のさかひ成らん（四一三）

此事書にハなけれ共都よりいなかへ女の下にハ大りやく男につれて下也男うせて後遠國にハたのむ便なけれは都へ思立てのほれハ漸都の山もミゆへきと思ふにかすミたち渡りて都のさかひもみえぬ心なるへし

きえはつる時しなけれハこし路なる白山の名ハ雪にそ有ける（四一四）

心ハ明也旅の部に入へき哥ならねとも事書によりて入たる也」

東へまかりける時道にて　貫之

糸による物ならなくに別ちの心ほそくもおもほゆるかな（四一五）＊

惣してハ離別の哥なれ共事書によりて羇旅部に入也餘情なき哥なれ共大かたハ哀なる哥也

か［ゝ］〈※右傍ニ不審紙アリ〉の國へまかりける時道にてよめる　ミつね

夜を寒ミをく初霜をハらひつゝ草の枕にあまた旅ねぬ（四一六）

拂つゝとハ霜ふりそめてより夜〻をかさねたる心也度〻ねたる心也

但馬國ノゆへまかりけるとき二見のうらにて　藤原かねすけ

夕月夜おほつかなきを玉くしけふたミの浦ハあけてこそみめ〔四一七〕
ゆふ月よハおほ［つ］〈※右傍ニ不審紙アリ〉かなきの枕詞也され共心一アリ此二見のわたりハ面白在所なるにひるハ既ニ苦てよるの月ハまたさたかならねハ明てこそミめと云へる此在所但馬國也」
〔惟喬ノ御子ノトモニ狩ニマカリケル時ニアマノカハト云所ノほとりにおりゐて酒なとのミけるツヰテニ御子ノいひけらくかりして天川にイタルト云心ヲヨミテサカツキハサセトいひけれハよめる御子ノいひケラクトハいひ給へる也けらくハそへ字也〕業平
かりくらし七夕つめに宿からん天川原に我ハきにけり〔四一八〕
七夕つめは妻也當座の哥なれは無造作
紀有常
一とせに一たひきます君まてハ［や］〈上清下濁〉とかす人もあらしとそ思ふ〔四一九〕
〔朱雀院ノならにおハしましたりける時に手向山にてよめる〕
〔おハしますハ奈良に御座アルにてハなし奈良へ行幸あること也〕
このたひハぬさもとりあへす手向山紅葉のにしき神のまに〳〵〔四二〇〕
哥の心ハ御門の御ともなれは公義を本として私を不願也されはいとまなくて手向をもなさぬと也紅葉を神に任する心也此たひハ旅にハあらす
そせい
手向にハつゝりの袖もきるへきに紅葉にあける神やかへさん〔四二一〕」
袖衣をつゝりと云ハわろし是ハ桑門の卑下の詞也〈※次行ノ鼇頭ニ不審紙アリ〉

〔〽〈※合点ハ朱書〉以上廿四首　卯月廿四日〕

（一行分空白）

古今和謌集巻第十

物名文明十八年二月八日又始之

物名と云事秘事也此巻の惣の心ハ其物にして然も其物にあらさる也敵をうつ計こと共云也そのことをすくにいひてハならぬ事のある故也悪も善も帰する理也物といふ事日本記に人物いまた不定之時云ハ人物とハ一切の万物と我身と也有物先天地無形本寂寥能為万像主不逐四時凋されは此物と云ハ形なとハなき也禅宗に本来の面目なと云かことく也寂寥と云ハ閑なる心なれ共平生いふ」にはかハりてうこかぬ形を云也四時にしほますとはひらきしほむ事のなき也神道に是は天地未分とさす〔所〕〈※左傍ニ不審紙アリ〉也此物とは萬物の根源也我と云人と云松よ竹よと云ハ皆自の理の名也元来ハ松竹と云名ハなき也遂に一物なくて出来する時は色〳〵に有へき也

〔うくひす　藤原敏行〕

心から花の雫にそほちつゝうくひすとのみ鳥のなくらん（四二二）

哥の心ハ花にたはるゝ鳥の我から雫にぬれてうくひす憂不干と恨る心也此鳥ハ鶯をハはなれて大方の鳥なるへし

〔ほとゝきす〕

くへきほとときすきぬれや待侘て鳴なる聲の人をとよむる（四二三）

「と」〈清也〉よます是は恋の哥也くへき人の時過ぬれハ恨そひてわかなく聲に大かたの世の人をさへ動ますると也」

〔うつせみ〕

波のうつせミれは玉そ乱けるひろハヽ袖にはかなからんや（四二四）
　是ハ義なし下心ハたとひ寶珠成共とるへき道ならすハ不可取也落たるをもひろハされの心也からんやハ真の玉
　ならねははかなかるへきの詞也

　　　返し　　　　　　　　　　　　　　ミふの忠岑

袂よりハなれて玉をつヽまめや是なんそれとうつせミんかし（四二五）
　玉と云物は袖をはなれてハつヽまるましき也されはつヽめる玉を袖より打うつせミんと也

〔うめ〕　　　　　　　　　　　　　　　　よミ人しらす

あなうめに常なるへくもみえぬ哉恋しかるへき香ハ匂ひつヽ（四二六）
　花なとを讀る心也うちミる時ハ常にハみえすしてハかなき様なれ共恋しき時ハあるへきと也なあうとハ観する
　心也あなうと切て又め目也にと切て心得へき也香は人のよそほひ也」下の心は常なるへくもみえぬと云ハ無明
　に對する法性也万物法性にハ侍れト又實ニソレトナシ香ハ匂ひつヽハ法性の用也恋しカルヘキハ法性ノ理也サ
　レトモ無明法性トモニ無実也法性ハ常住ニ無明ニ変化す法性ハかうハしく無明は悲しき物也あなうめニトハ目
　前ノ無明ノ常ならぬこと也二になる時ハカナシクモカウはしクモおもハるヽ也一如にミれハ法性モ又常ナルへ
　クモミえぬ也此花梅にあらさる也

〔かにはさくら〕

かつけとも波のなかにハさくられて風吹ことにうきしつむ玉（四二七）
　なミノ中ニハ〔カニハトヨムヘシ〕さ〔く〕〈※右肩ニ濁点アリ〉〈濁也〉られ〔て〕〈※右肩ニ濁点アリ〉〈同〉
　水のあはのつき〳〵とうかふヲ玉とミテトラむトスレハトラレぬ由也上にみえたる玉ノ底にハナキナルヘシ下

ニハ内外ニ心ヲわけて可心得」＊波風は人の心不定ノ義ニスル也人ノ心ハ十年廿年なれてもしられぬ物なるへし〔其〕〈ソレ〉ハ心ふかくてしられぬにハあらす不定不実にて不知也波ノナカニハカクラレテトハ不実なる心也風吹ことにとハ物をよく云ものゝあらぬコトヲ云サマ也タマトハオモシロクイヒナシナトスルコトハナリ是をまことかとおもへハさもなきヤウノタトヘ也

〔すもゝのはな〕

今いくか春しなけれハ鶯も物はなかめて思ふへら也（四二八）

ものはなかめてトハ何となく詠るさま也下心ハ萬ニ程ナキヲ観スル也

〔からもゝの花〕

あふからも物は猶こそかなしけれわかれん事をかねておもへは（四二九）

あふ事あらハ憂もつらきもなくさまんと思しにあふにつけてかなしさのそふ也下心ハ一切にあたる也

〔たちはな〕　　　　　　　　　　　　　　　　小野しけかけ

足引の山たちはなれ行雲のやとり定ぬ世にこそ有けれ（四三〇）」

やとりさためぬを旅なとゝみるへからす千秋万歳とみえたる人の上も猶如此上句ハ序也なそらへ哥也

三吉野のよしのゝ瀧とうかひ出るあはをか玉のきゆとみつらん（四三一）

をか玉の木　三ヶ大事の一ナリ　讀人不知

〔ヤマカキノキ〕

秋はきぬ今や籬のきり〳〵す夜な〳〵なかん風のさむさに（四三二）

山〔か〕〈※右肩ニ濁点アリ〉き實のちいさくて山になる柿也哥に無義〈※次行ノ鼇頭ニ不審紙アリ〉

〔あふひかつら〕
かく斗あふひの稀になる人［の］〈※右傍ニ不審紙アリ〉いかゝつらしと思はさるへき（四三三）
葵桂二種ナリ哥義なし
人めゆへ後にあふ日のはるけくハわかつらきにやおもひなされん（四三四）
題同前忍恋也人めをはゞかる心也下心人目を本として實ならすハ天地わかあやまちとすへき由也あふひの」稀になるハ不実の心也首尾のあはぬことを風する也
〔くたに〕　遍昭
ちりぬれハ後はあくたになる花を思しらすもまとふてふ哉（四三五）
くたにハ苦丹也牡丹の類也面ハ蝶の花に迷ふ心也下心はわか心のひく物を花にたとふミな跡なき事を哀とおもへは其方へ着する也此哥談義の時やかて上に下の心アリと云へき也後ハあくたにといへは花のかひなき様なれは也これを故実と云へきとそ
〔さう［ひ］〈※右肩ニ濁点アリ〉〕　貫之
我はけさかひに［そ］〈※右肩ニ濁点アリ〉ミつる花の色をあたなる物といふへかりけり（四三六）
心ハよの間に咲たる花をミてうゐにけさとハ云也あたなる物と云へかりけりハ思ひ返したる義也
〔をミなへし〕　友則
白露を玉にぬくとやさゝかにの花にも葉にも糸をミなへし（四三七）
哥に義なし玉にぬかん［と］〈イ本ニアリ〉〔ヲミナメシトヨム也〕
朝露をわけそほちつゝ花ミんとけふそ野山をミなへしりぬる（四三八）

そほちと讀一義アリ當流ハそをちと讀也花に心をうつして朝より夕まて野山を尋ねみる由也
〔朱雀院の女郎花合の時をミなへしと云五もしを句の首にをきてよめる寛平の御こと也〕

貫之

小倉山ミね立ならし鳴鹿のへにけん秋をしる人そなき（四三九）
心は幾世の秋をかへにけんとおもふ餘情のこもる哥也物の名ともみえすおもしろき哥とそ
〔きちかうの花〕

友則

秋ちかう野ハなりにけり（四四〇）
桔梗也秋ちかう成て漸草の色うつろふと也下ノ心ハ君臣の中に詞しけく物を云をきて君をも臣をもかすむれと
もつゐに其色あらはれぬる辟＊也
〔しおに〕

よミ人しらす

ふりはへていさ故郷の花ミんとこしを匂ひそうつろひにける（四四一）」
故郷の花ハ紫苑也花を恨たる心也下心人の約を變する風也
〔りうたんのはな〕

わかやとの花ふミちらすとりうたん野ハなけれはやこゝにしもくる（四四二）
此花ハ龍膽也野ハなき物の様にいかて爰にハくるそとなり下心［片］〈※文字ノ上ニ不審紙アリ〉に入て人の
心をはからぬ人の心を風する也いつくにてもなすへき事を人のいとふ所にてわさとことをなす事をいさむる也
〔おはな〕

ありとミてたのむそかたきうつせミの世をはなしとや思ひなしてん（四四三）

心はたのむにたのまれかたき心也一切無為の境界の様なり

〔牽牛子〕　やたへのなさね

うちつけにこしとや花の色をミん（四四四）

二条后東宮のミやす所と申ける時めとにけつり花させりけるをよめる　文屋やすひて

花の木にあらさらめとも咲にけり（四四五）

あらさらめとも著草也けつり花ハ法事なとにけつりはなをさすことのある也造花也當時たえたる事なり公・の人〻も不知と也めとゝ云草けつり花さす歟不慥にハ不届事也三ヶ大事也哥ノ心ハ述懐ノ哥也花の木にあらさらめとも咲と云は造花ニも花ノ咲にわか身に成就せぬ事の悲しきと也」下心官位なとに成ましき人のなるを云也

〽〈※合点ハ朱書〉已上廿四首　二月八日

牽牛子ノ注云書落ニ付テ爰ニ書付　名［さ］〈※右肩ニ不濁点アリ〉ね花の色をもうちつけにうつくしなとみへきにあらす色に出るもはかなき露のしわさなれはなり下心ハ心［を］〈本〉折ふし色をよくするハ仁あることすくなしの文の心なり

〔しのふ草〕

山高ミ常に嵐の（四四六）

哥ハ明也下心ハ花をはやハらき道ある人にたとふ也仁の心なき人の其下にハ道アル人ハとゝまりかたき風也わかかけに人のやとる様ニ気をもつへきなり

やまし　平あつゆき

時鳥ミねの雲にやましりにし（四四七）〈※次行ノ鼇頭ニ不審紙アリ〉
やまし俗ニ牛膝と云草也又ハシノ根ト云説アル也山ニアルニヨリテヤマシト云ナリ哥ハ分明ナリ
下心人の悪事ナトの隠たる風也しらぬをたのミてつゐにハあらはれ身をうしなふのをしへ也
よミ人しらす

〔からはき〕
うつせみのからハ木ことにとゝむれと（四四八）
哥ニ義ナシ下心からハ木ことにとハ一切衆生ノ住所をたとふ玉とハたとふミぬそかなしきハ道ある人をミぬか
悲しきの風也

うは玉の夢に何かはなくさまん（四四九）　ふかやふ」
是も三ヶ大事也　たかむらのとしはる
さ［か］〈※右肩ニ濁点アリ〉り［こ］〈※右肩ニ不濁点アリ〉け

花ノ色ハたゝ一さかりこけれとも（四五〇）
哥ニ義ナシさ［か］〈※右肩ニ濁点アリ〉り［こ］〈※右肩ニ不濁点アリ〉け心ハ世間に人の志のすこしきを思
けつましきのたとへ也云心ハ露ノ返ゝそむれはその身のため随分なるへしおもひけしましき也
に［か］〈※右肩ニ濁点アリ〉たけ　滋春

命とて［妻］〈※右傍ニ不審紙アリ〉をたのむにかたけれハ（四五一）
苦竹と云ハなよ竹ニ似たりたのむにたのミかたけれは云心なり
かはたけ　かけのりのおほきミ

さよ更てなかはたけ行久堅の（四五二）
常ニ河ニある竹をも中殿ニある竹をも申也六百番にみえたり
わら［ひ］〈※右肩ニ濁点アリ〉　しんせい法し
けふりたちもゆともみえぬ草のはを（四五三）
真世法し讀る心ハわらをたける火也惣の心ハ草ノ事をよむ也うへに云所は火也
さゝ　まつ　ひは　はせをは
い［さ］〈※左肩ニ不濁点アリ〉［ゝ］〈※左肩ニ濁点アリ〉めにときまつまにそ日ハへぬる心はせをは（四五四）
心［は］〈※右肩ニ濁点アリ〉せをは哥ノ面ハいさゝめハしハし也しハしの間と思たつ所に日をうつし心のきハをみえてしかもならぬ事をよそふる也ならぬものゆへ心を人にみえしと也心はせハ心つかひなり
なし　なつめ　くるミ」
あちきなしなけきなつめそうき事ニ（四五五）
此哥ハ能思入て吟味すへき也さすれは感のふかき也
からことゝ云所にて春の立ける日　安倍清行朝臣
波のをとけさからことにきこゆるハ（四五六）
立春の日なれはけさからことにと云也あらたなる心也
いかゝさき　兼覧王
梶にあたる波の雫を春なれは（四五七）
折節春なれはと云心也

からさき　　　　あほのつねミ

かのかたにいつからさきにわたりけん（四五八）

かのかたにと云ハむかひにと云心也いつからとハいつからかと云心也さきにとハ先也さあれ共跡ハなしと也阿

保尾アヲトヨムヘシ

伊せ〈※次行ノ鼇頭ニ不審紙アリ〉

波の［音］〈※右傍ニ不審紙アリ〉おきからさきて（四五九）

心は風にふかれて花ノ咲也題同前

かミや川　　　　貫之

うは玉のわかくろ髪やかはるらん（四六〇）

うは玉とハ爰にてハ髪のくろき心也但万葉にむは玉の夜わたる月と云ハ只枕詞也

よと川

足引の山へにおれは（四六一）　分明也

かた野　　　　たゝミね

夏草のうへハ茂れる（四六二）」

沼水を心に比する也なくさむかたなきなるへし

かつらのミや　　　　源のほとこす

秋くれと月のかつらの（四六三）

百和合　　　　忠〔ホトコストヨムヘシ〕哥ハ明也

花ことにあかすちらしゝ風なれは（四六四）　よミ人しらす
哥ノ心ハ風ハ花ニあかすして又ハちらし〳〵あかぬ心也是をわかつらくおもふ心也百和合（三清也ハクワカウトヨム）合香ノ名也

すミなかし　滋春
春霞なかし通ちなかりせは（四六五）
なかしかよひちハ中し通路也しハやすめ字也中に通路也

をき火
なかれ出るかたたにみえぬ（四六六）　大江千里
哥ノ心ハ置火也火ヲヽク也涙川ノふかさハ磯ノひたる分にてはしらるましきの心也

ちまき
のちまきのをくれておふる苗なれと（四六七）
をそく種をまく也たのミハ田ノミをちとそへたり下心学問の方にとりて学せハあたなるましきの風也晩学ナリトモ

はをはしめるをはてにてなかめをかけて時の哥よめと人のいひけれはよミける　僧正聖寶」
花のなかめに（四六八）
心ハ花の中我目に満足するやと分別は心さへちりて猶あかぬよし也僧正聖寶と云正の字そはに付る事昔ハなかりしを定家卿入られたる也心は此時は僧正にてハなきか後極官したるゆへ歟又僧聖寶と古き本ニあれは押てハ

いかゝとてそはにかけるかと也

〽〈※合点ハ朱書〉已上廿三首　二月十日　九日闕

〔本〕一校了」

古今尺〈※表紙右上書込〉
鈷訓和謌集聞書〔月〕〈※題簽〉」
古今和謌集巻第十一
恋哥一　恋ヲ五巻ニスルコト五躰ヲ表スル也五躰ヨリ恋ハ〔ヲコル〕故也
題シラス　　よミ人しらす
時鳥なくやさ月ノ〔四六九〕
人ヲこふるあまりニわか心ほれ〳〵しくかひなく成てあやめもしらふなりにたりと云也あやめとハ錦ぬひ物を始てかめのこう貝ノカラマテ文ナキ物ハ少し又あミのめこのめきぬめぬひめうちめなと云て物の色ふしみえわかれくらからぬ時ハあやとめとのわかれぬことなきを心もほれめもみえぬ時ハあやめもわかすしらぬ也夕ノくらく成侍るを物ノあやめもわかれぬ程ニなと古」き物に常に書たる也
〔延喜第六御子守平親王御哥也橘長盛娘也是ヲ恋テノ哥也美女也〕そせい
音にのミ菊ノ白露〔四七〇〕
をとに人をきゝてヨリ後ハよもすからおもひあかしひるはひねもすに歎くらして其おもひをもとけすして思ひきえもやせんとよめり上ハ序哥なれ共心ある也
〔延喜二年九月八日春日社ノ哥合ニ詠之〕　貫之
吉野川岩波たかく行水ノはやくそ人ヲおもひそめてし〔四七一〕
岩波ノ様ニ心ノ成て胸中ノさハくコトヲ云也はやくとハそのかミノ事也
藤原勝臣〔カチヲントヨムヘシ〕

白浪ノ跡ナキ方ニ行舟も（四七二）
なミハわか心のさはくかた跡なきハ便なき也かく便なき人」人に自然玉さかのゆかりある時縁として云よらん心也

在原元方

音羽山音にきゝつゝ（四七三）　哥〔二〕義ナシ
立帰り哀とそおもふ（四七四）
御抄云此哥ノ心よその思にてさそとたにしられぬことを歎とをし返しおもへハそれも哀とおほゆさるへき契り有てなと思入たる由也しら波とハ人ニ心をかけたりと云心也
此集ノ奥ニなと世中ノ玉たすきなると云も中〳〵に心をかけたるをくるしと讀り〔〔仲〕〈本ノマ、〉原ノ宗行右大弁ノ娘ヲ恋テ詠之〕

貫之

古中ハかくこそ有けれ（四七五）
恋しくおもふ時のことくさ也われとくとく心也又一説我わりなく物おもふにより古上のわりなき事をハ思也是ハ」恋に不限〔日折ノ日ハ内侍所ノ祭也祭ノ日ハ不定也此時は貞観七年三月十二日也向ニ立ル車ノ女ハ西三条右大臣良相染殿内侍也業平妻滋春母也滋春ハ業平二男ナリ〕
右近ノ馬場ノ日おりノ日　御抄云まゆみの手〔結〕〈クミ〉ニとねり共のまさしく褐をひきおりてきたるをひおりといはんハたかはす聞ゆ荒手結ニも同し姿なれともあらて結ハかたの様なる事ニて真手結をむねとしたれは此事あたりてきこゆ

見すもあらすみもせぬ〔四七六〕　在原業平

〔返し〕

知しらすなにかあやなく〔四七七〕

業平ノ哥ノ心ほのかにみし人のいやましに恋しくならハと云也あやなくハあちきなくと云心也返哥の心は何か」あやなくわきていはんハ了解不了解の心也思のみこそハそなたのこころさしによるへきの心也

〔春日の祭ニまかれりける時に物見に出たりける女ノもとに家を尋てつかハせりける〕

ミふのたゝミね

春日のゝ雪まを分て［生］〈本ノマヽ〉てくる草のはつかにみえる君はも〔四七八〕

此祭二月初申也哥ノ心ハ雪まの草ノ若ヤカナル時分也ハつかにといはんためノ序也君［は］〈和〉も〔ワトヨムヘシ〕いかにと尋ぬる心ノ詞也〔イ本ニ花橘ハ式部大輔宗岳大官カ娘於志賀こと也花見ニ行テ詠之〕

〔人の花つミしける所ニまかりてそこなりけるもとに後によミてつかはしける〕

貫之

山桜かすミノ間ヨリ〔四七九〕

物へたてゝ人をみしより思そめし心也花ハうつろひ安きものなれハいかなる人にかうつろひもやせんと思ふ心也」

題不知

たよりにもあらぬおもひのあやしきハ心を人につくる也けり〔四八〇〕

明也一切世間に何事も便なくてハ思ハぬ物なるニ便もなくて人をおもふ事のあやしきと也

寄鴈恋〔寛平九三月三日　哥合ニ〕　凡河内躬恒
初鴈ノハつかにこゑをきゝしより中空にのミものおもふかな（四八一）
たとへハこゑを聞ハよそにミるへきにきゝながら相ミねは中空になる心也おちつかす便なき心也
貫之
あふ事ハ雲井はるかになる神の音にきゝつゝ恋わたる哉（四八二）
いつあハんともなく聲をのミきくハあちきなきさま也
よミ人しらす」
かた糸をこなたかなたに（四八三）
人をおもひそめてとやいひよらんかくやいひよらんと思にあハすハいたつらニ思こそきえめと也〔イ本仁明第六王子弘仁親王ノ御哥也染殿ノ后ヲ恋也文徳ノ弟也〕
〔滋春カ四条ノ后ヲ恋テヨメル也行平ノ娘也滋春カ従父兄弟〕
夕暮ハ雲ノはたてに（四八四）
御抄云雲ノはたてとハ日ノ入ぬる山に光のすち〳〵と立のほりたるやうニミゆる雲ノ旗ノ手にもにたるを云也蛛の手ノよし書たる物もあれと天津空なとよめる哥雲ならてうたかふへき事なし重て蛛と讀たるも雲のはたてなれと蛛によそへてよまんことなかるへきにあらす云〻天津空なる人とハ及なき人をこふる也」
かりこもの思ミたれて我こふといもしるらめや人し告すハ（四八五）
こもハミたれやすき物なれハ序ニ云也しるらめやハよもしらし〈※次行鼇頭ニ不審紙アリ〉の詞也當時ハ此詞かハれ［る］〈※右傍ニ不審紙アリ〉人もやしらんと云様ニ用る也いもとハ契りたる中をこそいはめとおもふ

に是ハあハぬ恋なれは只女ノことまてを云なるへし〔内裏哥合ニ仁和御門ノ御哥也〕

つれもなき人をやねたく白露ノをくとハなけき（四八六）

徒ニつれなき人と思つゝ晝夜こふる心也おきてハ朝に歎き夕にハ独ねんかなしさと又忍ふ也ねたくは口惜なと云心なり〔四条中宮哥合　自詠之〕

ちはやふるかもの社のゆふ襷（四八七）

序哥也され共太社なれはゆふたすきかけぬ日ハなしと云心」なり自然ノ事也

我恋ハむなしき空ニミちぬらし（四八八）

〽〈※合点ハ朱書〉已上廿首　卯月廿六日

一天ニみちてそあるらん行かたもなきと也心の行かたもなきは思の不達也〔イ本ニ三条右大弁家ニ千句連哥日女ヲミテ詠之大弁良忠娘也　良忠ハ良国三男也〕

するかなるたこの浦波（四八九）

此浦ハなミのたかき所なれ共それハ猶も波ノたゝぬ日ハありともこひぬ日ハなきと也〔さし出たる崎ニて波不断絶と也二条后ヲ恋奉りて兄昭宣公詠也〕

〔寛平六年大内哥合ニ中宮ノ御哥〕

夕月夜さすや岡への松の葉のいつともわかぬ恋もするかな（四九〇）

序哥也夕月よに心なしおもしろき様を云也いつともわかぬとハ人の心のミさほにして年月を送るを思侘てよめる也一説ハ我心のいつをきハともなく人を思やむ期もなきを云也

〔染殿内侍ヲ恋テ平定文詠之　文集曰　早心加湯水迷後代争待万世之〕」

足引ノ山下水ノ木かくれて（四九一）
　思ハ人にしられすして下ノ心ハたきるなるをせきかねぬる也
吉野川岩［き］〈濁也〉りとをし行水ノ音にハたてしこひハしぬとも（四九二）
　岩きる水のやうに心のたきれハかくて恋ハしぬとも音にハたてしと忍恋也極忍心也〔二条后里居御時清和御詠
　也里ト云父長良ノ家也〕
瀧つせの中にもよとハありてふをなとわか恋のふちせともなき（四九三）
　いかなる瀧にもよとハあるへきをわか思のよとむ事なきを歎心也よとをハ渕ニたとへたきるをハ瀬にたとふる
　也
山高ミ下行水の下にのミなかれてこひん恋はしぬとも（四九四）
　〔敏行ヲ恋ニ女詠也業平ノ妹也初草ノ女ナリ〕
　山高ミと云より人にしられすと云心あり下にのミなからへてこひんと也〔イ本ニ下ゆく水ハ我身次成と云也延
　喜七宮ヲ恋テ貫之詠也〕」
おもひ出るときはの山の（四九五）
　思出るときとつゝくる哥おほしいはねはといはん為ノ序也此哥ハ真雅僧正ノ業平へ讀てつかハしける哥と也可
　尋之
　　　　〔此哥理明也〕
人しれす思へハくるし紅のすゑつむ花の色にいてなん（四九六）
秋のの丶尾花にましり咲花の（四九七）

是は思草ノこと也顕註密勘ニ定家卿云秋ハ、や長月の末ニ成て霜枯の時分りんたうのはなやかに咲出たる事なりといへり色は紫にてをそく咲草花也哥の心ハ色にいてゝやこひんあふよしハなくての心也又の心ハさてあふよしのなき物から色にや出てこひんと也薄ハ草の男也〔右哥ハ惟高親王ノ橘ノ清友カ娘ヲ恋給ふ哥也〕」

わかそのゝ梅のほ［つ］〈※右肩ニ濁点アリ〉えに鶯の音になきぬへき恋もする哉（四九八）

つほむ枝を云也心はまた花もひらかぬさきハ鶯のなく音もきかぬ梅の色付は鶯も又啼也わか思の色まされはなく音をもたてんとよめり又つほめる花を人の心のとけぬかたにも云也

足引の山杜鵑わかことや（四九九）

我人ヲ恋テいねかてにする折節時鳥ノうちなけは君に恋て啼かと云也物おもひのきさミなれはいへる也

夏なれはやとにふすふるかやり火の（五〇〇）

蚊やり火ハもえはてぬ物也されは下もえにくゆり〳〵してかなしき物なれハいつまてのおもひそと也」

恋せしとみたらし（五〇一）

心ハ先逢事を祈ニ不叶して人ハいよ〳〵つれなく思ハ切ニなる程に御祓して忘んとおもふにそれをさへうけすやなると云也

〔寛平九年哥合助ノ内侍讀〕

哀てふことたになくは何をかは恋のみたれのつかねをにせん（五〇二）

つかねをとハみたるゝ糸をおさむる也哀をもかけは恋ノ乱をつかねをにせんと也あはれてふハ我云コト也

〔理明也〕

おもふにハしのふることそまけにける（五〇三）

〔同法皇御哥〕

わか恋を人しるらめやしきたへの（五〇四）

是ハよもしらしの心なり

あさちふのをのゝしの原しのふとも人しるらめやいふ人なしに（五〇五）

小野にハあさちもしの原も有也序哥也いふ人なく」てハよもしらしと也〔イ本云源定國大将娘ヲ昭宣公見テ詠也延喜三年三月三日八幡参ニ〕

〔伊せ哥也〕

人しれぬ思やなそと芦かきのまちかけれとも逢よしのなき（五〇六）

芦かきのまちかきと云事色〻の説あれ共物へたてゝまちかき義也思やなそとハかくまちかき程なるにいかなれはあはぬそととかむる詞也と文字ハそへ字也忍恋也

おもふともこふとも（五〇七）

物な［る］〈※右肩ニ不審紙アリ〉れと云詞也人にハ逢ましき心なるに何とて手のたゆきまてひものとくるそと也是ハつれなき女の人にあはしとよめる也又心に任ぬ身なれはひもハとくるともあハしと也〔イ本助ノ内侍ヲ思テ躬恒カ哥也〕

〔小町ヲ恋テ平中興か哥也〕　〔舟ニタマル湯ノ行方ナキ心也清輔ハ舟にセカル、水ト也〕

い［て］〈※右肩ニ濁点アリ〉我を人なとかめそ大舟のゆたのたゆたにものおもふ比そ（五〇八）

大［ふ］〈※右肩ニ不濁点アリ〉〈清也〉ねのゆ［た］〈※右肩ニ濁点アリ〉のたゆ［た］〈※右肩ニ濁点アリ〉に〔二濁也〕いてハ發言ノ詞とて先云出たる也たゆたふ心をよめり大船はゆる事もつよからす又はやくゆりも

しつまらぬ物なるを我思の様ニよせたり
〔仁明后ノ哥也忠臣公姉也五条后共冬嗣ノ娘也〕
いせの海に釣する蜑のうけなれや心ひとつをさためかねたる（五〇九）
哥ノ心ハとやあらんかくやあらんと心のおちつかぬなるへし
伊勢の海ノあまのつり縄打ハへてくるしとのミや思わたらん（五一〇）
つりの糸のこと也くるしとのミや思わたらん吟したるにい」つをかきりともなく哀なる也〔イ哥貞辰親王ノ連子内親王ヲ思テ詠之連子ハ基康親王ノ御娘也〕
涙川なに水上を（五一一）
水上を尋し事ハなけれ共ものおもふ時の我身にあるよとおもふ気よりよめる也〔イ遍昭人ニ千首ス丶メシ時陽成院アソハシテ送玉フ〕
種しあれハ岩にも松ハ生にけり恋をし恋ハあハさらめやも（五一二）
恋しこひとはこふると恋たらハと云心也思初シ心ノ種と成也
朝な〳〵たつ河霧の空にのミうきておもひのある世なりけり（五一三）
うきて思のとハ人の領解せぬを云也朝な〳〵ハ思不断心也
〽〈※合点ハ朱書〉〔巳上廿五首卯月廿七日〕　〔イ紀宗良備前守シテ帰京時於播〔更〕〈本〉川自向〕渡女ヲ見テ詠遣六条大納言國基娘ナリ國基ハ高藤大臣ノ子也改名定方云〻〕
忘らる丶時しなけれハあしたつのおもひミたれて音をのミそ啼（五一四）
芦たつとハ芦の中ニすむ鶴也芦ニよせて乱てとよむ也連哥にハ只田鶴の名とて植物水邉ニ不嫌也

〔イ常康親王思良峯安世娘被詠也哥ノ心ハ鶴飛乱テ啼如ク宇和天シテ泣云〻日本記云景行第二御子日本武尊良丸娘恋シニ不叶而為鶴空ヲカケリテ終南殿ニ出シニ羽上ニノセテ雲上ニ入其心ヲ詠之〕
〔清和御門ニ仕シ伊世弁ヲ思テ橘長盛哥也女ハ祭主頼基娘也〕　〔切なる恋也〕
から衣日も夕暮になる時はかへす〳〵そ人は恋しき（五一五）」
よひ〳〵に枕さためん方もなしいかにねし夜か夢にみえけん（五一六）
いかにねし夜かと云所に心を付て見るへし思切なれハ更にねられぬものなれは猶も夢にみし程のことはおもひも等閑に有けるかと云也〔是ハ延喜御時大内哥合ニ后宮ノ御製也〕
恋しきに命をかふる物ならハしにハやすくそあるへかりける（五一七）
人のつれなきにしぬへく成てよめる也あふことにかゆるいのちならハ跡におもひをく事もなくてしぬへきことの安からましと云心也〔イ伊勢家哥合ニ藤原長門詠之〕
〔延喜三年内哥合橘忠幹詠之〕〈※次行ノ鼇頭ニ不審紙アリ〉
人の身［ハ］〈※右傍ニ不審紙アリ〉ならハしものをあハすしていさ心ミんこひやしぬると（五一八）
何事もならハしにてこそあれよしさらはあハすして心ミんさらても猶やしぬると又ハなくさミもやするとの心也
しのふれはくるしき物を人しれすおもふてふこと誰にかたらん（五一九）
〔大江千里　長朝娘ニ詠テ送哥也〕
人のためともくるしからす又名もたゝすしてかたらひいはむ人誰にかあらんさやうの人もかなと也かたらまほしき也又の心さありとて誰にか打とけてかたらんたへて忍へき心也

〔昭宣公惟喬御娘ヲ恨テ詠之云云〕
こん古にもはやなりなゝんめの前につれなき人を昔と思はん
後世にはやく成てつれなき人を此世なから昔とおもハんと也（五二〇）
〔陽成院御哥　春日十首ノ哥〕
つれもなき人をこふとて山ひこのこたへするまてなけきつる哉（五二一）
山もひゝくハかり歎とハ切なる思なるへし此哥つるとはてたる心難有全もなき事に歎しハ何をかひそと云也
〔小町業平ヲ恨テ詠之〕
行水にかすかくよりも（五二二）
〔日本紀云蔵人ナリケル人左大臣在原内丸娘ヲ思テ寄語女云行水ニ数ヲ可書〕
あたにはかなき心を云也〔其文字水上ニ見ン時可合云云〕
〔明也〕
人をおもふ心は我にあらねはや身のまとふたにしられさるらん（五二三）
思ひやるさかひはるかになりやするまとふ夢ちにあふ人のなき（五二四）
あふ人のなきと云も夢中ノこと也心ハさかひの遠くなれるか夢にさへあはぬハとよめり
〔忠仁公哥ナリ〕
夢の中に相ミんことをたのミつゝくらせるよひハねん方もなし（五二五）
人ハつれなく成はてゝせめて夢にとおもへハ又思の切なるによりてねんかたもなき也くらせるよひハ夜をいそく心也

恋しねとするわさならしむは玉のよるハすからに夢にみえつゝ〔五二六〕
夢にもみえす中〻思忘るゝ露のまも有へきを夢にみえ〳〵してなけかするハ恋しねとのわさと也〔二条后業平ニ詠之〕

〔明也〕

涙川枕なかるゝうきねにハ夢もさたかにみえすそ有ける〔五二七〕
〔忠仁公伊せヲ思テ送之〕
恋すれはわか身ハかけと成にけりさりとて人にそハぬ物ゆへ〔五二八〕
影となるとハおとろふるを云也さありとてそハぬものゆへ衰終てハかなきとよめり
〔わかなミたもとめて袖にやとれ月さりとて人のかけハみえねと此哥ヲトレルト也〕
かゝり火にあらぬわか身のなそもかく涙の川にうきてもゆらん〔五二九〕
思の火を涙の川にうかへてそれをかゝり火とたとへていへる也
〔融大臣娘帥内侍師輔大臣ヲ恋テ哥也〕
篝火の影となるミのわひしきハなかれて下にもゆる也けり〔五三〇〕
是ハさきの哥の影となるにハかはれり心ハ年をへて胸中ニもゆるおもひをしのひはてぬる心なるへし
〔八幡哥合時惟喬ノ御哥也〕〈※次行ノ鼇頭ニ不審紙アリ〉
はやき瀬にミるめおひせハ我袖の涙の川にうへ［て］〈※右ニ不審紙アリ〉ミましを〔五三一〕
涙の川にみるめ生よかしと也
〔光孝天皇ヲ恋奉て伊せか詠之〕

おきへにもよらぬ玉藻の波の上に乱てのミや恋わたりなん（五三二）

奥［邊］〈濁也〉也波ノ上ニみたるゝ玉ものたよりなき事をよめり

〔良門娘ヲ恋テ有常カ哥也〕

芦鴨のさハく入江のしら波のしらすや人をかくこひんとハ（五三三）

白波ハしらすと序なれ共心を思しつめすして人をこひんとハかねてしらさりけると云心也

貫之

人しれぬ思をつねにするかなる冨士の山こそわか身なりけれ（五三四）

此序ニ冨士ノ山もけふりたえすと云事にて聞たり不断也

〔在原仲平四条ノ后ヲ恋奉テ屋ノ前ニヲトスト云ゝ〕

とふ鳥のこゑもきこえぬおく山のふかき心を人ハしらなん（五三五）

おく山のことくに心のふかきと云義也又思ハ奥山ノことく深なりて人の音信たえはてたる心也面白一義也〈※次行ノ鼇頭ニ不審紙アリ〉

相坂のゆふ付鳥もわかこと［や］〈※右傍ニ不審紙アリ〉人やこひしき音にのみ鳴らん（五三六）

あふかたへハいはすゆふ付鳥のため也彼鳥ハ必妻を恋て」鳴にハあらねとも人をこふる心にてかくよめり

相坂の関になかるゝ岩清水いはて心におもひこそすれ（五三七）

是も岩清水いはてはと云序也只思也あふ坂を人にあふかたへハやるましき也〔基康親王ノ貞國親王ノ娘ヲ恋テノ哥〕

〔［仁］〈※右傍ニ不審紙アリ〉者同　明也〕

萍の上はしけれる渕なれやふかき心をしる人のなき（五三八）

〔藤原公俊哥也〕

うち侘てよはゝんこえに山彦のこたへぬ山ハあらしとそ思ふ（五三九）

わか思にハこたふる物もなき也さりとたに云人のなき心也たゝこゑをたつる程恋しけれハ山彦もこたへぬ事ハあらしと也

心かへする物にも［か］〈※右肩ニ濁点アリ〉〈ネカフ詞也〉かた恋ハくるしき物と人にしらせん（五四〇）

我心ヲ人ニなし人の心を我になしておもひしらせハやと也

よそにしてこふれハくるしいれひもの同し心にいさむすひてん」（五四一）

いれひもと云ハおひもめひもと云事のあれは其ことくに人と我と思を一に結はんと也〔行平ノ妻良相大臣ノ娘ナルヲ見初テ在原惟岡詠之入帯ト書〕

春たてハきゆる氷の残りなく君かこゝろハ我にとけなん（五四二）

水と氷とハ元来一也こほれる時ハ別なれ共とくれハ一になる也のこりなくとけんと云也〔延喜五四十三日哥合御門御哥也〕

明［たて］〈明初也〉ハ蟬のおりはへ鳴くらしよるは蛍のもえこそわたれ（五四三）

よるひるのことにせミ蛍を取出侍也鳴くらしを我なくハ勿論なれ共蟬のなくやうになくといへハ優玄ならさる也只《よる↓×》よるひるくるしむと云心也〔同延喜御詠ナリ〕

夏虫の身をいたつらになす事もひとつおもひによりて成けり（五四四）

是ハ灯と夏虫ノ思の火と混して死ぬる物也其を一思とハ」いふ也我ハたゝわれ斗の思一ニテ死なん事ノ悲しき

を云也
〔寛平四七廿八日丞相清経入道哥也長良子也　　　義ナシ〕
夕されハいとゝひかたき我袖に秋の露さへをきそはりつゝ（五四五）
〔延喜六十廿六日哥合良方詠之此哥吟スル面白哥也秋の夕ハ思ノそふゆへ也〕
いつとても恋しからすハあらねとも秋の夕ハあやしかりけり（五四六）
　秋の夕は大かたの恋しさにもあらぬ思のそへハあやしきと云也
秋の田のほにこそ人を（五四七）
　あらハれてこそ恋さらめ胸中にハいかてわすれんと也
秋の田の穂の上てらすいなつまの光の（五四八）
　上ハ序也其まにも我やハ忘るゝと云心也我やの字とかむる詞也
〔[中]〈本ノマヽ〉仁公帥内侍を恨テ哥也〕
人めもる我かはあやな花すゝきなとかほに出て恋すしもあらん（五四九）
　われと是をしらてハかなハしと忍〳〵きて思かへしてよし又ほにも出て恋よかしと也」
あは雪のたまれはか〈※右肩ニ濁点アリ〉てにくたけつゝ我物おもひのしけきころ哉（五五〇）
　かてハかたき心にあらすかつ〳〵の心也たまらぬ雪のさとふれはくたけ〳〵する也序哥也〔清原房則妻ヲ恋テ
　貫之詠之〕
〔貞観十八哥合染殿内侍哥〕
おく山のすかのねしのき降雪のけぬとかいはん恋のしけきに（五五一）

只今思きゆるとやいはんさあらは哀をやかけんとたへかねてよめる也しのきハなひく心也万葉にハすかのはと
有
〔高〕〈タカ〉山〔ノ〕之菅葉〔之奴藝零〕〈シヌキフル〉雪〔ノ〕〔消跡可曰毛〕〈ケヌトカイフモ〉恋乃〔繁鶏鳩〕
〈シケケン〉
奥山之真木〔ノ〕葉凌零雪乃〔零者〕〈フリハ〉〔雖〕〈トモ〉ㇾ〔益地尓落〕〈マスツチニヲチ〉目〔八方〕〈ヤモ〉
〔〽〈※合点ハ朱書〉已上廿八首卯月廿八日〕

（二行分空白）

古今和謌集巻第十二　　恋二　　讀人不知

〔題しらす〕

思つゝぬれはや人のみえつらん夢としりせハさめさらましを（五五二）

つゝと云詞ハちと程をふる心有也夢をはわか心からみる物なれはさまさんもわか心にてこそあらめさますまし
きものをと云なり　業平別後哥也

〔藤原仲平染殿内侍ニ別後哥也〕

うたゝねに恋しき人をミてしより（五五三）

恋しき人をかりにミしよりハかなき物は夢なりとおもひ捨ても又もやミるとたのまるゝ心〔イ藤原仲平染殿内
侍ニ別後哥〕

いとせめて恋しき時ハ（五五四）

いとせめてとハ最せめて也され共世間ニ一さかりと云心をいとさかりと云事のありしに定家卿腹ヲ立て此集に
は最と」云事のなしと作られしかハいとを恐へき也是をハ切なる恋といふへき也〔イ為業平二条后詠之　史記
云三清公思未極返夜衣白待夢契回渕公恨未盡打暮鐘尋幻前云〻三清列〕

最愛愁歎深キ妻詫多吾着孤衣返而可着必夢入来可合云信之無疑回渕失子毎打暮鐘集童子必尋合云〻

〔或遍昭哥〕　　〔そせい〕

秋風の身にさむけれハつれもなき人をそたのむくるゝ夜ことに（五五五）

やう〳〵秋風の身にも心にもしミて寒きおりふしハ年月をふるつれなさハさこそあらめかゝる折を感してつれ
なき人も哀とおもはんとてたのむ也是ハ人丸の身にさむく秋〈※次行ノ鼇頭ニ不審紙アリ〉〔か〕〈※右肩ニ不

審紙アリ〉せの吹はの哥をとれるにや

しもついつも寺或人云毘沙門堂の邊ニ有といへとも是ハ下五霊ノ昔ノ跡也人のわさハ七日〳〵の仏事也真済法

師」

〔あへのきよゆき〕

つゝめとも袖にたまらぬ白玉は人をミぬめの涙なりけり（五五六）

是ハ法花経の衣裏の玉事を云也〔イ態〔ハ〕中納言朝光四十九日也又いつも寺一条邊アリ〕

〔返し〕

〔小町〕

をろかなるなミたそ袖に玉は［ぬく］〈本ノママ〉我はせきあへす瀧津瀬なれは（五五七）

〔寛平御時哥后宮の哥合〕

〔藤原としゆき〕

恋侘て打ぬる中ニ行かよふ夢のたゝちハうつゝならなん（五五八）

たゝちハ直路也端的の心也ならなんとハうつゝにあれと云心也〈※次行ノ鼇頭ニ不審紙アリ〉

すミ［よし］〈※右肩ニ不審紙アリ〉の夢による波（五五九）

うゝつにこそ人めをはよくるならひなるに夢中にもよくるとみるハくるしきと云心也

〔中務卿敦慶親王ノ娘中務ヲ敏行詠之いせか妹也〕

〔をのゝよしきよ〕

我恋ハ太山かくれの草なれやしけ《き→さ》まされとしる人のなき（五六〇）

〔紀友則〕

宵の間もハかなくミゆる夏虫にまとひまされる恋もする哉（五六一）

物おもふ比よひ〳〵の空に蛍の哀に乱たるをかれも思に」むすほれたる物とハみれと我は猶まとふ心のハかなきをいへり

夕されは蛍よりけに〔五六二〕

蛍の身をこかすハ何事の思もあるらん我ハ心の行かたもなくもゆれとも光みえねハや人ハつれなきとよめりけにとはまさる心也勝ノ字也

〔昌泰三　十一月　哥合詠之〕

さゝのはにをく霜よりも独ぬるわか衣手そさえまさりける〔五六三〕

篠の霜ハ餘の草葉よりも猶ふかくをく物なれは彼仁對して霜夜のひとりねをわふる也

〔同時ノ哥合同人〕

我宿の草のかきねにをく霜のきえかへりてそ恋しかりける〔五六四〕

わか身ハきえ入とおもへはもとの身に又ハいきかへり〳〵して人の恋しきと也是をおもへハ草の上にをく霜」のきゆるとおもへハ白くみえ〳〵するにことならさる心なり　〔明也〕

〔忠仁公思テいせか詠之〕

川のせになひく玉ものミかくれて人にしられぬ恋もする哉〔五六五〕

〔壬生忠岑〕

かきくらしふる白雪の下きえに消て物思ふ比にも有哉〔五六六〕

上ハ序也心ハ人にもしられす胸中ニきえ入〳〵するなるへし

〔寛平二年二月十五日差我法花供養時十六人殿上人舞楽中ニ左中小将藤原定時還城楽舞［ウ、］〈本ノマ、〉

七条中宮御覧而詠之云〻令十五人左中将藤原長朝侍従藤原忠経蔵人頭藤原良行右小将藤原遠経左小将高階師尚兵庫頭高階範光式部少輔在原基平侍従藤原朝行蔵人少輔藤原道綱中将藤原保忠兵部大輔大江行基修理大夫源為忠〔小〕〈本ノマ、〉将藤原光忠　少納言中原宗方　少将平長秀等也実者非忠岑哥中宮近仕故假其名也〕

〔延喜八年哥合也〕

藤原興風

君こふる涙の床にみちぬれはミをつくしとそ我は成ぬる（五六七）

身をつくすハかりをそへたり

しぬる命いきもやすると心ミに玉のをハかりあハんといはなん（五六八）〕

人を恋てすてにを《へ→ハ》りなんとする時に誠の心さしにハ問すともちともあハんといハなんさあらはいきもやかへると心ミにいへかしとなり玉のをハすこしの心也

侘ぬれはしゐて忘れんとおもへとも夢といふものそ人たのめなる（五六九）

〔つ〕〈※右肩ニ濁点アリ〉んと人もなくなりはてゝ時世もたのミなくなれるによしさらはわすれんとしゐておもへハ又ハかなき夢のみえきて我をたのますることのかなしきと也〔中原行基娘八条出雲云女ヲ恋テ哥也〕

〔よミ人しらす〕

わりなくもねてもさめても恋しきか心をいつちやらは忘ん（五七〇）

我身にわりなき物をと也ねてもさめても恋しきハさて何と心をもちいかさまにしてか人をわすれんとおもふわりなきハさりかたき也又あやにくの心も有也〔イ是ハ聖武帝ノ光明皇后未會時御哥也皇后ハ淡海公娘也〕〕

恋しきにわひて玉しゐまとひなハむなしきからの名にやのこらん（五七一）

切なる事有て死なはからの名にやとまらんと也からハ玉しゐに對して云事なれ共さいへハおそろしき也所詮む

なしき物からの心かひなき物からの心也からをもちともつか吉也
〔イ大伴良親カ清友娘ヲ恋テノ哥也〕
〔七条中宮ヲ恋テ哥〕
君こふる涙しなくハから衣むねのあたりハ色もえなまし（五七二）
きのつらゆき
〔涙ノふかきコトヲイヘリ〕
〔〵〈※合点ハ朱書〉已上廿二首卯月廿九日〕
〔題しらす源正隆いせヲ思テ詠之〕
〔よ〕〈※左傍ニ「世也」〉とゝもになかれてそ行〔涙川〕〈水沫水尾也＊〉冬もこほらぬミなハ也けり（五七三）
常住涙ノたきると云也ミなハ、水のあハなるへし
〔延喜二　二月哥合御製也
夢路にも露やおくらんよもすからかよへる袖のひちてかはかぬ（五七四）
夢中ノさま也〕
はかなくて夢にも人をミつる夜ハあしたの床そおきうかりける（五七五）
そせい
〔さおもへは又自然に夢をミる事のハかなきをいふ也〕
〔イ惟高親王長谷寺ニテ深養父カ娘清三位ヲ見テ詠之〕
藤原たゝふさ
いつはりの涙なりせハから衣しのひに袖ハしほらさらまし（五七六）
僞の涙ならハ人にミすへきをしのふ涙の悲しきとよめり

〔尚世カ中務をこひてノ哥也真定本躰此也〕

大江ちさと

ねになきてひちにしかとも春雨にぬれにし袖ととハヽこたへん（五七七）

春雨ハしめ〳〵として涙ににたる物也又の心ハ春雨のふりくらす夕なとにものおもひをしてよめるかともみえたり

〔千里為安藝守時厳島ニて舞姫をミて詠之姫ハ佐伯廣氏息女也寛平四年卯月事也〕

としゆきの朝臣

わかことく物や悲しき時鳥ときそともなくよたゝなくらん（五七八）

時そともなくとハ我物思のよる〳〵さハく心なるへし夜たゝハよるさハく也〔夜騒鳴也　貞観十七年十二月廿八日哥合也〕」

貫之

さ月山梢をたかミ時鳥なくね空なる恋もする哉（五七九）

なくね空なるといハんため也むなしき音をなくの心也又生所ともなく啼と云也〔七条中宮を恋テノ哥也〕

凡河内躬恒

秋霧のなるゝ時なき心にはたちゐの空もおもほえなくに（五八〇）

心のほれ〳〵として何の物のあやめもわかぬ時の心也又ある空もなきと云也〔イ元慶八年九月九日惟貞御子北方住吉詣時奉見詠之北方ハ昭宣公娘也〕

清原ふかやふ

虫の［こ］〈※右肩ニ濁点アリ〉と聲にたてゝハなかねとも涙のミこそしたになかるれ〔明也〕（五八一）
〔寛平九年［十三日］〈本ノマヽ〉惟貞家哥合彼御息所哥也御子家四条ニ在云〻〕
よミ人しらす〈※次行ノ鼇頭ニ不審紙アリ〉
秋なれは山とよむまてなくしか［の］〈※右肩ニ不審紙アリ〉われをとゝめや独ぬる夜は（五八二）
是ハすこしたのむ方ある人のよめる也独ぬるよハと云所にたのむ心の有也あたらしきミ様なるへし」
〔題しらず　七宮へ送　つらゆき〕
秋の野に乱てさける花の色のちくさに（五八三）
野花にわかおもひをたとへたりみたるゝ心をちを草によせたり
ミつね
独してものをおもへハ秋の田のいなはのそよといふ人のなき（五八四）
秋の夜秋の田諸本ニかはれり哥の心ハそよと云人のなきとハわかこふる人のとハねハ云に不及古間の人も哀をかけぬと云也そよと云詞はさこそあるらめと云心也了解してけにととふらふ心也〔イ思助ノ内侍ヲ詠也〕
ふかやふ
人をおもふ心は鴈にあらねとも雲ゐにのミも鳴わたるかな（五八五）
雲ゐにのミと云ハ心を空にしてなくと云也又おもふ人に遠さかりてなくと云心也〔延喜九年哥合〕
忠岑
あき風にかきなす琴の聲にさへハかなく人の恋しかるらん」（五八六）
秋風樂の心と云ハわろし是ハ我物おもふ折節に秋風の物かなしきに誰となくひく琴に恋を［恋を］〈御本〉催

されたる心也かきなすハかきならす也〔イ延喜四年三月三日為春日勅使時紀長谷雄娘弾琴秋風楽也聴之詠也〕

つらゆき

真薦かる淀の澤水雨ふれは常よりことにまさるわかこひ（五八七）

序哥也わか恋ととまりたる哥ハわろかるへきを此哥にとりてハ聞にくからぬ也〔寛平九十二月一日哥合也〕

〔大和に侍りける人につかハしける〕

こえぬ間はよしのゝ山の桜花人つてにのミきゝわたる哉（五八八）

こえぬ間と云ハ人にあハぬまといふ心也川なとによせてわたらぬと云もおなし〔為大和介時大江惟章娘ヲ見テ詠也〕

〔やよひハかりにもののたうひける人のもとに又人まかりてせうそこすときゝてつかハしける〕

露ならぬ心を花にをきそめて風吹ことに物おもひそつく」（五八九）

かせ吹ことにと云ハ別人のかよふと云心也花の哥にてもおもしろかるへきと也〔イ延喜二年三月比躬恒カ娘ニ會ケルニ清原元任通ト聞テ詠之女ヲ喩女郎花夫ヲ喩風〕

是則

〔題不知〕

我恋ニくらふの山のさくらはな間なくちるとも数ハまさらし（五九〇）

山桜のちるか一葉〳〵にたとへても我にハよもまさらしの心也

〔宗岡大より〕

〔惟高姫君ヲ恋テ詠之〕

冬川の上ハこほれる我なれやしたになかれて恋わたるらん（五九一）

上にハ物おもふけしきみえね共下にハ思のたきる事を流てと云也又月日をふる心をも云へし五文字面白哥也

瀧つせにねさしとゝめぬ萍のうきたる恋もわれハする哉（五九二）　忠岑

萍ニ瀧をよまんと思ふ心先めつらしき也江川なとの萍ハかなき物なからたのむまも有へきを此瀧の萍ハしハしも流とゝまる事もなきを我思の落着もなく「ハかなく」うきたるにたとふる也〔延喜五年五月哥合詠之〕

〔〽〈※合点ハ朱書〉已上廿首卯月晦日〕

宵〳〵にぬ［き］〈※右肩ニ濁点アリ〉てわかぬるかり衣かけて思はぬ時のまもなく（五九三）　友則

かり衣かりきぬ也ぬきたる衣をハかけてをく物なれはかくよめり

東路のさ夜の中山中〳〵に何しか人をおもひそむけん（五九四）

心ハおもへとも〳〵其人ハ［な］〈※右傍ニ不審紙アリ〉きなるへし中〳〵にと云所をふかくおもへハ感ふかき也〔遠江名所中に云〻長ゝ也跨四州仍中山と云実儀別記之〕

敷妙の枕の下に海ハあれと（五九五）

〔大江公成カ娘ヲ恋テ哥也〕

おもひ〳〵し事ハ劫をつんてたのむことハかひなき也

年をへて消ぬ思は有なからよるの袂ハ猶こほりけり（五九六）

思の火と泪の水との勝劣なき心也〔行平カ女白川ノ娘恋哥と云〻〕」

貫之

我恋ハしらぬ山路にあらなくにまよふ心そわひしかりける（五九七）

序哥也まよふとハ人に貧着する心也〔思七条后哥也〕
紅のふり出てなく涙にハたもとのミこそ色まさりけれ（五九八）
袂のミこそと云ハ人の心のつれなさハ不変也といへり
白玉とみえし涙も年ふれはから紅にうつろひにけり（五九九）
〔哥ニ義ナシ延喜三年五月十八日哥合貫之〕
ミつね
夏虫を何かいひけん心から我もおもひにもえぬへらなり（六〇〇）
身をこかす事のはかなさよと虫をもときしか身の上になると云也〔赴敏方但馬守時ニツレテ守妻ヲ見詠返在之
身ヲステヽ思トキカハ争カハ人ニ心ノ解サラヌカモ〕
忠岑
風吹は嶺にわかるゝ白雲のたえてつれなき君かこゝろか（六〇一）
かせにわかるゝ雲の跡さりけもなきを人の心にたとふる也」終てしらさるの心也家隆卿の哥ハたえて常なき也
月影にわか身をかふる物ならはつれなき人もあハれとやミん（六〇二）
身をなす物ならハと也〔イ助内侍ヲ恋テ哥也吾身ヲ月とせハ衆人アハレニ見ント也〕
恋しなは［たか］〈高〔云〻〕〉名ハたゝし古中の常なき物といひてはなすとも（六〇三）
我恋しなは古間のハかなき無常に其方にいひ御なし候歟われ故の名ハのかれ有ましきと也すこしハ及はぬ人を
おもひてよめる也〔イ寛平九七月七日延喜東宮時哥合〕
〔つらゆき〕

津の國の難波の蘆のめもはるにしけきわか恋人しらめや（六〇四）
めもはるとハめくむ心也目もはるかにミゆる心也かく事しけきをも人ハしらしと也〔七宮ヲ恋テノ哥〕
〔同人ノ哥〕〈※次行ノ鼇頭ニ不審紙アリ〉
手もふれて月日へにけるしらま弓おきふしよるハいや［ハ］〈※右肩ニ不審紙アリ〉ねらなく（六〇五）」
人になれもせて徒にふる心也いこそと云に弓の縁有也
人しれぬ思ひのミこそかなしけれ我歎をそわれのミそしる（六〇六）
せめてかゝる歎をなりとも人の知事ならはそれにても少ハなくさむへきと也
友則
こ［と］〈※右肩ニ不濁点アリ〉〈言〉に出ていはぬ斗そみなせ川下にかよひて恋しき物を（六〇七）
ミなせ川ハ上にハみえぬ水の下をくゝるやうに詞に出て申さぬにこそあれと也〔寛平四年八月十五日忠岑哥合詠之〕
君をのミおもひ寝にねし夢なれはわか心からミつるなりけり（六〇八）
おもひ〳〵てミつるも我からの夢なれハ人の情にてハなけれハ夢にさへなくさまぬ也〔イ於甲州右馬助長義娘ヲ見テ詠之娘ハ高階為章妻也〕
命にもまさりておしく有物はみはてぬ夢のさむる也けり（六〇九）」
命にもまさると云事大事也たとへハ人ハつれなく成はてゝせめて夢にもミはやと思へとも夢にたにみえさるに自然に見つる夢のやかて覚るを惜む心也〔貫之家哥合也〕
〔はるミちのつらき〕

梓弓ひけはもとすゑわか方によるこそまされ恋のこゝろは（六一〇）
〔桓武帝姫宮勝子内親王ヲ恋奉ル哥為秘哥別記之〕
ミつね

わか恋ハ行ゑもしらす（六一一）
身の行ゑも心のはてもしらす相ミん事を恨に思ふさま也心のはう〳〵としたるなるへし〔延喜三年四月十六日八幡哥合〕
〔同時哥合〕
〔明也〕

我のミそ悲しかりける彦星もあはてすくせる年しなけれは（六一二）
〔元慶九ノ十三日滋春哥合〕
〔ふかやふ〕

今ハゝや恋しなましをあひミんとたのめし事そ命也ける（六一三）
恋しにたらは中〳〵思も有ましきを相ミんと我をちきりし」事か命と成て人のたのまるゝ事の悲しきと也
〔ミつね〕

たのめつゝあはて年ふる偽りにこりぬ心を人ハしらなん（六一四）
年ふると云に偽のしけき事あらハるゝ也しらなんハしれといふ詞也〔助内侍ヲ恨テ哥〕
友則

命やはなにそハ露のあたものをあふにしかへハさもあらハあれ（六一五）
いのちやハとハ我命を輕んする詞也何そハ露のとハたとひ万歳をふる命成共おもふ人にハかへてあふへきをましてあたなる命をあふにかへは何かおしからんするそと也

〔延喜五年三月三日哥合　〽〈※合点ハ朱書〉已上廿三首　五月一日〕

（二行分空白）」

古今和謌集巻第十三　恋哥三　五月二日

〔やよひの朔よりしのひに人に物いひて後雨そ［ほ］〈※右肩ニ不濁点アリ〉［ふ］〈※右肩ニ濁点アリ〉りにけるによミてつかハしける〕

在原業平朝臣

おきもせすねもせてよるをあかしてハ（六一六）

しのひに人に物いひて後にあめのそ［ほ］〈※右肩ニ不濁点アリ〉［ふ］〈※右肩ニ濁点アリ〉りけるに〔ソヲトヨム也〕是ハ人に通て物こしなとにもの云て帰るなるへしいまた逢恋にあらす雨そほふるハ閑にふる心也哥の心ハおくるにもぬるにもあらすして夜をハあかしてそのまゝなかめくらせるさま也春の物とてと云ハ春ハ霞わたりてはう〱としたるに終日なかめくらせるなるへし雨をよむにハあらすされ共事書に雨そほふるとあれは下にハ雨の心も有へき也面ハ詠斗也伊勢物語にてハ長雨也下に詠心をふくめり」〈※次行ノ鼇頭ニ不審紙アリ〉下に詠心をふくめり面裏のかはりめ也＊

〔貞観八年三月一日以来二条后ニ會添雨　万ニ人丸哥山川ノ岩コス浪モ白妙ニ添雨野晴間侘尓南幾〕

〔業平朝臣〔ノ〕家〔ニ〕侍りける女ノもとに讀てつかハしける〕

敏行

つれ〱のなかめにまさる涙川袖のミぬれてあふよしもなし（六一七）

物思ふ心の切なる折節に打なかめ〱してゐたれは涙のミ落そふ程に我ことわさにハ涙のミおちてあふことハなけれは其しるしもなしとよめる也なかめハ詠也雨にあらす〔ツレ〱トハ徒然トモ倩也又顔林共書〕

あさミこそ袖ハひつらめ　〔彼女ニカハリテ業平〕（六一八）

涙ハ志によるへき物ノ心也身さへなかるといへる幽玄なる詞也

〔題しらす〕
よる［へ］〈※右肩ニ濁点アリ〉なミ身をこそ遠くへたてつれ心は君かかけとなりにき（六一九）
いひよらむとおもへ共さるへき縁もなけれハよるかたなきと也」その人にさしへたてくれてふる也〔イ此哥ハ業平童成也時曼荼羅云ヲ見初テ真雅僧正詠之〕
いたつらにゆきてハ（六二〇）
心ハ明也不逢帰恋の心也〔二条后入内後扶不合成テける時業平　詠之〕
〔文武天皇ノ后ニ奉玉フトテ人丸哥ト云ゝ〕
あはぬ夜のふる白雪とつもりなハ我さへともにけぬへき物を（六二一）
心ハゆけとも〳〵あはすして帰る夜の雪と讀りたらはわか身も消ぬへきをあはぬ夜ハつもれともきゆる事ハ不叶と身を歎也此哥人丸か哥也一説此三首人丸哥ト云義アリ可尋之
秋のゝにさゝ分しあさの（六二二）
誠に露なとの心をもちてよめる也人の方へ行て心のかさりつゝせ共その帰さの袖のぬれそふさま也〔文武帝時中将桜田利名云人女ヲ思テ行共不合詠之実ハ二条后ニ業平云ゝ〕
〔小町〕
みるめなきわか身を（六二三）」
是ハ小町もとへ業平ノ行けるを恨る事有てかへせ共〳〵きたり〳〵するをよめる也業平ノ身に科ノ有を恨て也その科をはあらためすして来る事のハかなさをよめる也
〔小町光孝帝寵愛時業平不合愁テ詠之〕

あハすしてこよひ明なは春の日のなかくや人をつらしとおもハん〔六二四〕〔宗于〕
切に人を思侘て行なるにあハすして夜ハ明なんとすれはかくてハなかき恨となるへきの心也〔中務ヲ思源具実不合詠之〕

忠岑

有明のつれなくみえし〔六二五〕
久しく残る月なれはつれなしと云也みえしとハ我おもふ人のことをいへり哥の心ハ終夜人ハつれなきに月ハ山のはにかゝりて心をつくしてかへるにたとひ人にあへる別なりともうかるへき様」をよめり後鳥羽院古今第一の哥を御尋有けるに定家家隆同心〔二〕此哥を申されき又定家卿云かゝる哥一首讀て此世の思出にせはやと申されしとそ〔忠岑一期ノ秀哥秘之〕

〔在原元方〕〈※次行ノ鼇頭ニ不審紙アリ〉

あふ事のなきさにしよる波なれは恨てのミそ立かへり［ぬ］〈※右肩ニ不審紙アリ〉る〔六二六〕
もしやと行てハいたつらにかへる心也〔元方津守ノ在西宮時宇多院女房源ゝ常娘ヲ恋哥終ニ忍ニ會左大臣雅俊子中納言朝行母也〕

〔以上七首不逢帰恋也〕

かねてより風に先たつ波なれやあふ事なきにまたきたつらん〔六二七〕
風にこそ波は立に風より先になミの立様なる心也波に名ヲもたせる也されとも先たつ名とハつゝくへからすさいへは哥のさまいやしくなる也惣してハ無名立なるへし

〔柿本躬良カ家持娘ヲ恋テ哥也此躬都良ハ文武帝后ヲ犯之間大宝二年隠岐國被配流人丸子也詠哥雖多依之不入
此事不実也〕」

みちのくにありといふなる名とり川なき名とりてハくるしかりけり（六二八）〔たゝミね〕
心ハあひミて名をとら『ハ』せめてなるへきを無名とる事のせむかたなきのこゝろ也名取川なき名と重ていへ
る所面白哥也
〔橘宗元娘ヲ恋テノ哥宇多天皇於春日人々召哥時詠之〕

あやなくてまたきなき名の立田川わたらてやまんものならなくに（六二九）〔御春有助〕
かひなくて名の立事をいへりさいひてわたらてハやましと也川を渡ると云ハあふ事也なくにのに文字ハとかめ
ぬに也

人はいさ我ハた行名のおしけれハむかしも今もしらすとをいはん（六三〇）〔もとかた〕
人とハ吉間を云也むかしよりかけてもさらになき事といはんとなり此哥後撰集にいれりそれは返哥に入てあひ
てを人といへり〔千里哥合詠之〕」

こりすまに又もなき名ハ立ぬへし人にくからぬ世にしすまへは（六三一）〔よミ人しらす〕
あた名たちたりし人に又行合てもとの心を思出てよめる也是も自然物語なとまて也「又」〈※右肩ニ不審紙ア

リ〉逢恋の段まてはゆかぬなり此心顕注密勘にみえたり〔大内哥合聖武御製〕
〔東ノ五条わたりに人をしりをきてまかり通ひけりしのひなる所なりけれはかとよりしもえいらて垣のくつれよりかよひけるをたひかさなりけれはあるしきゝつけてかの道に夜ことに人をふせてまもらすれはいきけれとえあはてのミかへりてよミてやりける〕
業平朝臣

人しれぬわかゝよひ路（六三二）
〔人をしりをきてハそこへちなむたよりハ出きてまたあふことハなきなるへし〕
〔題しらす　　つらゆき〕
しのふれと恋しき時ハ足引の山より月のいてゝこそくれ（六三三）
しのひ〳〵におもへ共切に恋しき時ハ山のはより月のほのかに出るか次第〳〵にあらはれくるかことくに思の色もまさり」ゆくとよめり万葉ニ〔隱耳〕〈シタニノミ〉〔恋〕〈レ〉〔者〕〈ハ〉〔辛苦〕〈クルシ〉〔山〕〈ノ〉端〔従〕〈ニ〉出来月〔之〕〈ノ〉〔顕者〕〈アラハレハ〉〔如何〕〈イカニ〉〔イ月不出先不通心也七条中宮へ哥依為必哥別注之〕
〔よミ人しらす〕
こひ〳〵て稀にこよひそ相坂のゆふ附鳥ハなかすもあらなん（六三四）
心ハ明也逢恋ノ初也〔齋宮相子内親王帰洛之後始常康親王奉逢詠之〕
〔小町〕
秋の夜も名のミ也けりあふといへはことそともなくあけ行物を（六三五）

あひみは何事をもいはんなとかねておもひしにかきくらす心ミたれにハかなく夜の明たるさま也〔イ忠仁公奉
逢暁詠之〕
〔助内侍ニ合哥　　　　　　　　　　ミつね〕
なかしとも思そはてぬむかしよりあふ人からの秋のよなれは（六三六）
〔明也〕
〔よミ人しらす〕
しのゝめのほから〳〵と明行ハをのかきぬ〳〵なるそ悲しき（六三七）〈※次行ノ鼇頭ニ不審紙アリ〉
ほのかなりし鳥の音も次第〳〵に聲そひてしのゝめの［空］〈※右肩ニ不審紙アリ〉やう〳〵明わたる折節に
立別ぬる両人の様也〔利基娘ヲ召帰ケルニ［文徳御詠］〈※左ニ「本ノマヽ」トアリ〉〕
〔藤原國経〕
明ぬとて今はの心つくからになといひしらぬおもひそふらん（六三八）
あふ夜のかきりなるへき也只今の思ハ身にもなれすいひもしらぬ思のそふと也〔万ニ家持哥ニ山風仁何登賀桜
農散野寸気不知理風乃又毛吹哉イヒシラヌ言語道断云義也是ハ國経ノ妹二条后御もとへ奉レル哥トナン寛平御
時后宮の哥合の哥後番也〕
とし行の朝臣
明けぬとてかへる道にハこきたれて雨もなミたもふりそほちつゝ（六三九）
こきたれとハかきたれてと同詞也たとへハかきたれてふる雨にも別ハとゝまりはてぬならひなれは立出てくる
に涙も雨もわかぬ様なるへし〔〽〈※合点ハ朱書〉已上廿四首五月二日〕

〔題しらす　　　　　　　　　　　　　　　寵〕

しの〻めの別をおしミ我そまつ（六四〇）

心ハ明也此作者寵〔テウ定家ハチヨウ家隆ハウツク此外メツラシ　ニホウ　メツク　イツキ〕

行平ニ逢テ朝ニ詠之　　　　　　　　　讀人しらす」

ほと〻きす夢かうつ〻か朝露のおきてわかれしあかつきのこゑ（六四一）

夢うつ〻ともわかすおき出る心迷ひを時鳥の一聲ほのかなるに喩也朝と云字に心なし〔イ仁明天皇齊衡三大〔掌〕〈本ノマ、〉會時曼荼羅公ニ逢テ法眼定海詠之〕

〔寛平六四月十六日哥合延喜東宮ノ時ナリ〕

玉くしけ明ハ君の名たちぬへミ夜ふかくこしを人ミけんかも（六四二）

明はてハ人の名の立ぬへきと思て夜ふかくいそきしも何ともわかぬ心迷ひをおもへハ人や見もしつらんと立かへりて心もとなく思也

〔大江千里〕

けさハ〔霜〕〈しも〉をきけん方もしらさりつおもひいつるそきえてかなしき（六四三）

しもハてには也ちとハ霜をもつ心ありさるによりてをくときゆると云詞をよめり何とか立別つらんと跡をおもへはきゆるはかに悲しきと也〔貫之家哥合詠之哥に義ナシ人ニあひてあしたにつかハしける〕〈※次行ノ鼇頭ニ不審紙アリ〉＊」

〔小町ニ逢テ詠之〕　　　　　　　　　業平

ねぬる夜の夢を（六四四）

ほのかにあひみし事を思へハさらに夢の様也さらハまことの夢にミんと思て打まとろめとも夢にもみらぬ様也
されはうちまとろミたる我ことわさのにハかなくおほゆると云心也
〔業平朝臣伊勢の国ニまかりたりける時齋宮なりける人にいとみそかにあひて又の朝に人やるすへなくておもひをりけるあひたる女のもとよりをこせたりけるすへなくてハたよりなき心なり〕

よミ人しらす

君やこし我や行けん（六四五）

さらにいま君かなしたる事ともわかなせる事ともおほえぬハ夢ともうつゝともねてともさめてともおもひわきかたくはかなき心也此哥始の二句にて聞えたるを末は又同し事をいひのへたるなるへし」
〔伊勢ニ下向清和帝代貞観十三年五月太神宮勅使也于時齋宮文徳御子松子内親王業平ニ竊逢高階師尚ヲ生リ依露顕之憚為茂範子高階姓云〻後朝ハ夫ノ文ナリ二夜モ過レハ女方ヨリ文ヲ送也左後朝依世憚男文無之〕

返し　なりひらの朝臣

かきくらす心のやミに（六四六）

相ミつるハかきくらす心のやミにて夢もうつゝも分かたき也されは世人定よとうちまかせたる也世間の人に云かくるなり伊勢物語に今夜定よとハ夕さり相てさためよと也

〔題しらす　よミ人しらす〕

むは玉のやミのうゝつハ（六四七）

〔行平染殿后ニ逢テ詠之〕

たとハヽ人に夜ふかく露ハかりあひたる心也何のあやめもわかねハあふことハうつゝなれ共更にやミのうつゝ

なれはさたかなる夢と同程の事といへりやミのうつゝ面白語をまうけたり」
〔延喜六　貫之家哥合ニ朱雀院御哥〕
さ夜更て天のとわたる月影にあかすも君をあひミつる哉（六四八）
人に相ミたるに月ハはや山のはにかゝる時分立別て行人さまのあかぬを云也又一説入月影の様ニ人をあかぬと
いふ義もあり両説共におもしろき也
君か名もわかなもたてし難波なるミつともいふなあひきともいはし（六四九）
是にあひきと云に網引をそへたりと云説アリ不用之たゝあふ心斗也忍恋也〔難波ノミツニ近キ所アヒキト云ア
リ近江采女ニ天智天皇給フ哥也〕
名とり川せゝの埋木（六五〇）
顕昭云あらはれてと云へきと嫌也たとハ、此哥ハ人もゆるさぬ事ニちやとあへる人のおもへハ此ことあらハれ
はいかにせよとて相ミつるそと云心也〔染殿后ニ逢テケル紀〔真〕〈マレ〉成哥也本名〔〔二〕〈※右肩ニ不審
紙アリ〉〕虎〕〈※次行ノ鼇頭ニ不審紙アリ〉」
吉野川水ノ心はハやくとも瀧の音にハたてしとそおもふ（六五一）
〔貞観十二十月八日哥合ニ条后哥〕
人のはけしきと云をは不用之我心ハいかにたきるとも音にてたてしとよめり
恋しくハ下にをおもへ紫のねすりのころも色にいつなゆめ（六五二）
紫のねをして根をしたる也下にを思へとハ我心をいさむる義也ゆめハ努也忍恋〔仁明ノ〔直〕〈ナヲ〉子逢テ
御製本説ハ大唐夫婦合侍婦着紫衣濕染夫身云〻〕

花すゝきほに出て恋ハ名をおしミ下ゆふひものむすほゝれつゝ（六五三）

恋ハ和清也是ハほに出て恋ハ名の立へけれは下にのミむすゝほたれたると云也〔二条后ヲ恋テ哥也〕をのゝはる風

〔橘のきよきか思ひにあひしれりける女のもとよりをこせたりける〕

よミ人しらす

おもふとちひとり〳〵［か］〈※右肩ニ濁点アリ〉恋しなは誰によそへて藤衣きん（六五四）」

〈※鼇頭ニ不審紙アリ〉一［度］〈※右肩ニ不審紙アリ〉ニ二人死せすして独先死せは誰ゆへとて藤衣をハきんするそと也忍恋也後の独を濁也〔忍相知女トハ平中興娘ナリ藤衣云太宗皇帝崩御悲歎時臣下皆着藤衣尺尊入滅時於沙羅林仏弟子并有情非情皆歎色除固之諒闇時着［黒］〈※文字上ニ不審紙アリ〉染衣不治衣ト云〻

〔返し〕

橘ノきよき〈※次行ノ鼇頭ニ不審紙アリ〉

なきこ［ほ］〈※右肩ニ不審紙アリ〉る涙に袖のそほちなはぬきかへかてらよるこそハきめ（六五五）

涙をハ世のうきならひとも云つへし藤衣ハさはいはれぬ物なれはよる〳〵きんと也

〔題しらす

業平ヲ思テ　　明也〕

うつゝにハさもこそあらめ夢にさへ人めを［よく］〈※左肩ニ「除義歟」トアリ〉とみるか侘しさ（六五六）

限なき思ひのまゝによるもこん夢路をさへに人ハとかめし（六五七）

よるもこんハゆかんの心也こんにて句をきる也〔藤衣忠房カ七条中宮ヲ恋テ哥〕

〔義ナシ〕

夢ちにハ足もやすめすかよへともうつゝにひとめみし［こ］〈※右肩ニ濁点アリ〉とにハなし（六五八）

〔題しらす　　　　よミ人しらす　　明也〕
おもへとも人めつゝミの高けれは川とみなからえこそわたらね（六五九）」
つゝむ事のふかけれは爰にありと見及ひなからえあはぬことをよめり忍恋也［つ］〈※右肩ニ濁点アリ〉ゝミ
〔細作者前ノ哥ニ同〕
たきつ瀬のはやき心をなにしかも人めつゝミのせきとゝむらん（六六〇）
心はたきりて落る瀧のやうなれとも人めつゝミにせかれて下にくるしき心也〔寛平御時后宮の哥合哥彼御時云
如上彼番也〕
紀友則
紅の色にはい出しかくれ沼の下にかよひて恋ハしぬとも（六六一）
紅は枕詞也かくれぬとハ木草の茂りたる沼を云也理明也
〔同時哥合也　　ミつね〕
冬の池にすむに鳰とりのつれもなくそこにかよふと人にしらすな（六六二）
寒き池の面に鳰鳥のつれなくかよふ様に人にしられす下に通と我心をいさむる也
ミつね
さゝの葉にをく初霜のよを寒み［しミ］〈氷付也〉はつく共色にいてめやハ（六六三）」
さゝのはに霜ハしミ付物也それかことく人にしみつくとも色にハいてしと也〔〽〈※合点ハ朱書〉已上二四首
五月三日〕
よミ人しらす

山階の音羽の山のをとにたに人のしるへ我こひめかも（六六四）
　大かた聞えたり餘情のおほき哥也恋めかもとハやゝもすれはさハなくて恋しきの心也〔江州采女ヲ思召テ天智天皇ノ御哥也〕
　　　　　　　　　　　　清原ふかやふ〈※次行ノ鼇頭ニ不審紙アリ〉
みつ塩のなかれひるまをあひかたミみるめの浦による［そ］〈※右肩ニ不審紙アリ〉こそまて（六六五）
　ひるハあひかたけれはよるをのミ待心也なかれひるまなと云詞面白也〔玉津嶋ニ中務参籠スルヲ見テ詠之〕
　　　　　　　　　　　　平貞文
白川のしらすともいはし底清ミなかれてよゝにすまんと思へハ（六六六）
　たとへハしのひにおもふ人にあへるにその人とハあやしなと人のいへり時によめる也なからへて世々をつくしてすまんとおもへは」かけてもしらすとこたへしと也〔有常カ娘ヲ恋テ哥〕＊
　　　　　　　　　　　　友則
下にのみこふれはくるし玉の緒のたえてみたれん人なとかめそ（六六七）
　つらぬきする玉ハをゝぬけハ乱也忍かくるしけれハよしや打みたれんとよめり〈※次行ノ鼇頭ニ不審紙アリ〉
わか恋をしのひかねてハ足引の山たち花の色に出［つ］〈※右肩ニ不審紙アリ〉へし（六六八）
　理明也山橘は実のあかくなる草也髪あけの道具なとに入物也
融大臣娘ヲ思召テ平城天皇哥＊
大かたハ我名もみなとこき出なん世をうミへたにミるめすくなし（六六九）
　御抄云何共聞えさりき海のほとりにたにみるめすくなき程に湊こき出んとおもふ也と是にても心得かたき也わ

か名もみなと丶ハ我名をも思けちて何方へもゆかんと也」それをこき出なんといへりみなと丶ハ皆にしてと云
心得もなくの義なるへし

平貞文
枕より又しる人もなき恋を涙せきあへすもらしつる哉（六七〇）
〔貞観六年九十三日百首哥業平観ケルヨメリ〕
つると云所に我おこたりを恨歎也

讀人不知
〔明也〕
風ふけは波うつ岸の松なれやねにあらはれて泣きぬへら也（六七一）
天武天皇后ヲ恋奉テ人丸哥
池にすむ名をゝし鳥の水を浅ミかくるとすれとあらハれにけり（六七二）
しのふもしのひかたき心也〔兼輔の中納言経行娘ヲ恋歌也〕
法眼定海曼荼羅公恋テ哥＊
あふ事ハ玉のをはかり名の立ハよしのゝ川の瀧津せのこと（六七三）
村鳥の立にしわか名今さらにことなしふともしるしあらめや（六七四）」
名のさハきたちて隠のなきに事なしふともかひあらしと也ことなしふハ事なしと云とも也なしうなしふ〔清也〕
とこそよむへきをなし［ふ］〈濁也〉とよミ来る也〔重明親王深養父娘ヲ恋テ哥也〕
君により我名ハ花に春霞野にも山にもたちみちにけり（六七五）

はな〳〵しく人のいひたてたる名なれはあまねく立と云心也わか名ハ花にと心にて句を切て春霞を下へつゝくる也〔小町ニ名立テ仁和御門ノ親王ノ御時御哥〕

〔寛平六年哥合伊せ〕

しるといへは枕たにせてねしものをちりならぬ名の空にたつらん（六七六）

枕のしると云古言あれはにや所〻によめりちりならぬ名ハ何とてかろくハ立そと也

（一行分空白）」

古今和謌集巻第十四　戀哥四

〔題しらす　　よミ人しらす〕

ミちのくの浅香の沼の花かつミかつみる人にこひやわたらん（六七七）

かつミると云ハほのかに相ミつる人を猶思もやます恋や渡らんと行末をおもふ心なるへし〔天下第一ノ美女也業平娘三条姫母染殿内侍ヲ在原基平恋哥也行平息也〕

あひミすハ恋しき事もなからまし夢にそ人をきくへかりける（六七八）

躬恒カ助内侍ヲ恋哥也

〔つらゆき〕

石上ふるの中道中〳〵にみすは戀しとおもはましやハ（六七九）

ミすハ恋しと云所切に心を付てミるへき也心ハ一たひも相ミはや〳〵とおもひしことの今ハ引かへてくやしき

〔伊せヲ恨テヨメル〕

君といへはミまれみすまれ冨士のねのめつらしけなくもゆるわか恋（六八〇）

君とたに云ハみもせよみすもあれめつらしからすもゆるとよめる也

〔伊勢〕

夢にたにミゆとハみえし朝な〳〵わか面影にはつる身なれは（六八一）

女ハ朝毎に鏡をミてわか影にはつれは夢中にも人には正躰にみえしと也〔業平ヲ恨テ伊勢詠之面景ニモ恥カリテみえしと云也〕

〔よミ人しらす〕

石間行水の白波立かへりかくこそハみめあらすもあるかな（六八二）
　さら〱と立帰る波をミてかくこそあかぬ人をはみまほしけれとよめる也〔二条后業平ヲ恨テ哥〕
〔宇多院中宮ヲ思召テノ哥　明也〕
いせの蜑の朝な夕なにかつくてふみるめに人をあくよしもかな（六八三）
〔寛平［時］〈※右上ニ本トアリ〉ノ哥合　友則〕
春霞たなひく山のさくら花ミれともあかぬ君にそ有りける（六八四）
　ミてし人こそとよめる哥の類なれとも是ハ逢恋なれはかハるなり相ミて後あかぬ心也部立の心かくのことし
〔同　ふかやふ〕
心をそわりなきものと思ひけるみる物からや恋しかるへき（六八五）」
　一たひほのかに相ミし人を必それを着心すへきにあらすみる物からさのミ恋しかるへき事かハとよめり此哥不逢恋にておもしろかるへけれ共逢恋の部立に入たる也
〔ミつね〕
枯はてん後をはしらて夏草のふかくも人のおもほゆる哉（六八六）
　是は甚しくおもふ中ハ必後に変する事のあるをしらすうちたのむ心をいへり〔助内侍ヲ恨テ哥〕
〔よミ人しらす〕
あすか川渕はせになる古なり共思そめてし人ハわすれし（六八七）
　我心にちかへる也これハたゝ世ハ変するとも心也
〔天安四年八月十五日文徳天皇春日行幸ニ大蔵卿橘光依カ供奉スルヲ見テ法印玄清カ娘ノ哥〕〔〽〈※合点ハ

朱書〉已上廿四首五月四日三巻ヨリ四巻ニカ、レリ〕
〔哥合ニ惟貞親王哥也〕
おもふてふことのはのミや秋をへて色もかはらぬものにはあるらん（六八八）
秋ハ千草万木ミなうつろひかはる物なるか爰に我人をおもふ事のミかはらぬ也かく云中にひとのうつろへる心のある也
〔題しらす〕
さ筵に衣かたしき（六八九）
橋姫の事ハ色〻説〻あれ共當流ニ不用之旧妻なとの立別て恋しくおもふ折節も我をこそおもふらめの心也
〔日本紀云惶根尊御娘押態命云衰而神ノ心ニモ非テ木幡田丸カ妻ト成テ宇治橋爪ニ屋在田丸隔河通不安姫誓渡守神トナル云〻又一説住吉大明神ノ橋姫ニ契ヲ結不行時御作トモ雖然実ハ橋長盛義歟一説ハ磯ノ和布ツハリニ願事在之此時ニハ夫海龍王ニ因テ死ス女尋行テ夢ニ合テト云〻彼女死後名ナリト云〻景式大君ノ染殿ノ内侍ヲ恋テ哥〕
君やこん我やゆかんのいさよひに真木の板戸もさゝすねにけり（六九〇）
おもひやすらふ程に戸をもさゝて徒にぬる也よな〱ノ事也
〔そせい法し〕
今こんといひしハかりに長月の（六九一）」
今こんといひし人をつきころ待ほとに秋もくれ月も有明に成ぬるとそよミけんかし一夜斗ハ猶心つくしならすやとあり餘情有哥也待出つるハまちえたる心也

〔清水寺別當法橋覚俊カ娘ヲ戀テ哥也〕

〔よミ人しらす〕

月よゝし夜よしと人に告やらんこてふにゝたり（六九二）

月おもしろしと云やらハ人をこよと云ににたりされ共待ぬにてハなき心也とにかくに思侘たるか哀なる哥なるへし

君こすハねやへもいらし（六九三）

夜もふけ霜はふる共徒にハねしと心にちかひたる也こむらさきハこき紫染たるなるへし〔遠経カタノメテ来ヌヲ恨テ忠仁公御娘ノ哥染殿后ノ妹也〕

宮木のゝ本あらの小萩露をゝもミ風をまつこと（六九四）

心ハをき餘りたる露のをもきを萩の心に吹はらへかしと風を待やうにわか人を待思の切なると云心也風待花にかはハれり〔光明皇后ヨリ聖武ノタヽニ御座ヲ恨テ奉玉フ〕

あな恋し今もミてし［か］〈※右肩ニ不濁点アリ〉山かつの垣ほにさけるやまとなてしこ（六九五）

ミてしかハ哉也願也〔清也〕撫子をわかおもふ人によそへていへり

〔平元規子児春菊公光明山ニ閉籠ケルニ幽玄法師逢後詠之〕

津の國のなにには思はす山しろのと［は］〈※右肩ニ濁点アリ〉相ミんことをのみこそ（六九六）

とはに〔は濁也〕なにはとハ人をおもふと云名斗にハ思はす常に相ミんことをおもへとの心也〔延喜二三ノ十八日重明親王賀茂社ノ哥合ニ助内侍哥〕

〔つらゆき〕

しき嶋のやまとにハあらぬから衣ころもへすしてあふよしもかな（六九七）
ころもへすしてと云ハ人に逢て後やかてあはまほしき也」序哥也〔ふかやふ〕
恋しとハたか名つけゝん事ならんしぬとそたゝにいふへかりける（六九八）
かくいはゝ人も哀をやかけんと也〔よミ人しらす〕
み吉野の大川のへの藤なミのなミにおもはゝ我恋めやは（六九九）
人の思くたして我をはなきかことくすれ共思やまぬ心也なミ〳〵にも人をおもはゝかくあちきなき恋をはせめとやと也
かくこひん物とハ我もおもひにきこころのうらそまさしかりける（七〇〇）
心ハ恋初し時よりかく思のそひゆかは身を徒にやせんとおもひしか正くそのことくなるとよめり〔惟高御子小町ヲ恋哥〕
天原ふミとゝろかしなる神もおもふ中をハさくるものかは（七〇一）
是は陽成院の御乳母あたくしき事をしてあるに君の」いさめ給しを聞てよめる也神ハおそろしき心によめり
梓弓［ひき］〈備後〉のゝつゝら末つヰにわかおもふ人にことのしけゝん（七〇二）
顕昭云此哥ハたとへハおもふ中のいかなる事か出こんとあやふミおもひしに末つゐに人にむつかしき口舌出来て人のそしりしけくてえあはすなりぬと嘆く心也
〔天智天皇采女ニ深ク天皇ヲ奉恨猿澤池投身死ス玉モト也云〻〕

夏引の手ひきの糸をくり返しことしけく共たえんとおもふな（七〇三）

心ハ人ことしけくともたえんとおほさすもかなとよめり

〔〔人〕〈※右肩に〈万ニ〉トアリ〉〔言〕〈コト〉者夏野乃〔艸〕〈ノ〉之〔繁〕〈シケク〉〔友〕〈トモ〉〔妹与〕〈イモト〉〔吾師〕〈ワレトシ〉〔携〕〈タツサハリ〉〔宿〕〈ネ〉〔者〕〈ハ〉　返哥ナリ〕

里人の〔こと〕〈口舌〉ハ夏のゝしけくともかれ行君にあはさらめやは（七〇四）

さと人とハ世人と云也口舌のしけきによりてかれ行人を」さりとも此まゝにハあらしと猶行末にたのミをかくる也是ハ心からかはるにあらねは也〔大江千里哥也自内裏京中ヲ里ト云洛中人〻家也〕

業平

かす〳〵におもひ思はす（七〇五）

先大かたに云出る五文字面白也おもひも思はすもはやとひかたく成たる中なりと雨によりておもはぬ人をしる也雨ハ涙にあらす五文字も思おもはすの理也

よミ人しらす

大ぬさの引てあまたに（七〇六）

大ぬさとハ幣巾也又ハ榊ニ麻のをゝ長く付て乱す物也麻と云字をもぬさと讀也此ぬさハ御祓する時諸人の手にとり渡して身を清めて川に流す物也

〔返し〕

大ぬさと名にこそたてれ（七〇七）」

心は御祓ニうちすてゝなかすとも君か方へよらんと也

〔題しらす〕　　　　　　　　　　　　　　　　よミ人しらす

すまのあまのしほやく（七〇八）

上ハ序也風をいたミと云ハ外さまになれるを云也男のよめる哥也

〔文集云女随男靡若艸風故号男云云清和御子選子内親王業平ニ忍テ相玉フ後基陰親王相具テ次广ニ住居ス所へ業平逞ス基陰ハサカノ御息〕

玉かつらハふ木あまたに成ぬれはたえぬ心のうれしけもなし（七〇九）

女のかつらをもいひ草のかつらをも云也一木にかゝらぬ物なれはたえぬもうれしからすと云也〔小町カ一方ニ非ヲ恨テ業平詠之〕

たか里に夜かれをしてか時鳥たゝこゝにしもねたる聲する（七一〇）

わか方をおもひすてゝ行たりし人のけはひを遠く聞きて我を捨て行つるに又誰方より此あたりちかくくるそ云也又あへるにハあらす此心三所にてみるへし〔朝行娘定文妻也〕

いて人はことのミそよき月草のうつし心ハ色ことにして（七一一）

みぬ言の詞也ことにと云ハ一しるくかはる也心ハことはのミおもふさまにして心ハうつろふと也〔言直カ小野家長妹大中臣輔房娘源清貫娘等三人女ニ通家長妹恨テ詠之〕

〔家盛融大臣娘ニ送或尚世卿哥可用之　　　　　　　明也〕

偽のなき世なりせは（七一二）

偽と思ふ物から今さらにたかまことをかわれはたのまん（七一三）

人の心をは偽とおもへ共我もあたなる心になりて別人の誰をかたのまんと也一説たかまことをかと云ハ誰とて

もまことはあるましきの心也両説あれ共其以前義為正也〔延喜ノ御哥〕

〔〽〈※合点ハ朱書〉已上廿五首五月五日〕

〔元慶六六月十八日宇治御宴ニ詠之〕　そせい

秋風に山の木のはのうつろへハ人のこゝろもいかゝとそおもふ（七一四）

昨日までハみとりひとつなる山の秋風吹て木葉の色つける世」間の変化をミて人の心をもいかゝとうたかふ心也

〔寛平ノ時后宮哥合　友則〕

蟬のこゑきけは悲しな夏衣うすくや人のならんとおもへは（七一五）

〔よミ人しらず〕

うつせミの古の人ことのしゝれはわすれぬものゝかれぬへら也（七一六）

せミの聲の注物〳〵によせて人をたのむ心有也夏衣によせてうすくやとおもふ心ちきけハかなしなと云所に人をこふるま二日月のうつりて蟬の鳴比にもなれると云一の心也

うつせミの世ノ人とは世にハ心を付すしてたゝハかなき人の言と心得かよき也跡かたなき事をひとのいひかくる心也人言に思ひ侘て我はかなしと云心也古の人ことハ〔大江千里カ勝臣娘ヲ思テ哥〕

あかてこそおもハん事ハはなれなめそをたに後のわすれ形見に（七一七）

よし〳〵はなれハはなれんと也〔「正」〈夕、〉隆娘ヲ思召兼明御子御哥也〕〈※次行ノ鼇頭ニ不審紙アリ〉」

忘なんとおもふ心のつくからに有しよりけに先そ「悲」〈※右傍ニ不審紙アリ〉しき（七一八）

あちきなくかくハかなき恋をせんよりも忘はやとおもひなれハあやにくに《先↓有》しよりこひしくなる也先

そかなしきハやかて恋しくなる心也〔業平小町ヲ恨テノ哥〕
忘なん我をうらむる時鳥人の秋にハあはんともせす（七一九）
時鳥ハ是非に秋に逢ぬ鳥なれはかく云也秋にあハ、中〳〵かなしかるへけれハ我忘れんと也〔関雄カ弁命婦ヲ戀哥忠房娘光孝思人〕
〔アツマ人カ祭主大中臣事ヲ詠之〕
たえす行あすかの川のよとミなは心あるとや人のおもハん（七二〇）
夜かれせぬ中の自然のとたえもあらは人ハかハるこゝろもあるらんとやおもハんと也尤注あ［つ］〈※右肩ニ濁点アリ〉ま［人］〈※右肩ニ濁点アリ〉あつまう［と］〈※右肩ニ濁点アリ〉〈濁也〉ゝ讀也
〔惟貞初草ヲ思テ哥〕
淀川のよとむと人ハみるらめとなかれてふかき心ある物を（七二一）」
人の方へ我たゆるハ行末のためにとたゆるを人ハ心のかハるとやミるらん我ハなからへてすまんことを思といへり
〔水境無也　そせい〕
そこひなき渕やはさハく山川のあさきせにこそあた波ハたて（七二二）
そこもなくふかき心ハ文字ハそへ字也我をさらに思入ぬと人の恨たる時によめり惣の心ハ渕やハさハくとハ人をふかくおもひ入てあれはことのはもなきと云心也ことのはもかハり色をみせんとするハあたなる心なるへしと也
紅の初花そめの色ふかくおもひしこゝろ我は［わ］〈※右傍ニ不審紙アリ〉すれす（七二三）

すくれてふかく染つれハ変すましきと也〔染殿后文徳ヲ恋奉ヨミ玉フ〕

みちのくのしのふもちすり（七二四）

序哥也君ゆへこそと云心也〔河原左大臣勝之師継娘ヲ融大臣恋哥也〕」

〔忍スリノコト日本紀云天智天皇御時玉平歳真云人奥州信夫郡ニ住ス其時紋厳乱タル石在之以夫摺ヲス王ニ献ス所ニオホセテ号信夫摺ト〕

おもふよりいかにせよとか秌風になひくあさちの色ことになる（七二五）

たとへはそこひなき渕やハさハくの様に我をおもはぬと人のうらむる時よめる也秋風になひくハ心のなひくにハあらすあさちの〈※次行ノ鼇頭ニ不審紙アリ〉色の［こる］〈※右傍ニ不審紙アリ〉心也哥の心ハかくおもふより外にハいかゝおもハん色に出て何とて人はうらむるそと也〔真雅僧正曼荼羅ヲ恋テノ哥〕

千〻の色にうつろふらめ［と］〈※右肩ニ不濁点アリ〉しらなくに心し秋のもみちならねは（七二六）

人の心ハうつろふらめとも我ハときはに定心なれは其の心を不知と也なくにハとかめぬに也〔敏方助内侍ヲ恨テノ哥〕

〔業平非一方恨テ二条后哥也〕　〔小町〕

あまの住里のしるへにあらなくにうらミんとのミ人のいふらん（七二七）

浦をみると云心也我にハ恨へき故もなきを何とてかくうらむるそと也」

〔哥合　仁明御哥　しもつけのをんね〕

くもり［日の］〈※ヒ濁也〉影としなれる我なれやめにこそみえね身をはハなれす（七二八）

くもり日ハめにハみえねとも影ある也わか心の人にそふもめにハみえすともはなれしの心也影となる哀老の心

にハあらす　〔つらゆき〕

色もなき心を人にそめしよりうつろハんとハおもほえなくに（七二九）

〔昌泰三年二月哥合哥也〕

　哥ノ心ハ色ある物こそうつろふと云事もあれ色なき心はさらに不変と云也

〔天武御時内裏哥合未決可尋　よミ人しらす〕

めつらしき人をミむとやしかもせぬ我下紐のとけわたるらん（七三〇）

　しかもせぬとハ今せんするやうにもせぬにとくると云詞也めつらしき人とハ旧人を今又ミんすると云心也

〔四条后ヲ恋奉テ宣公哥〕

かけろふのそれかあらぬか春雨のふるひとなれは袖そぬれぬる（七三一）

　序哥也ふる日と云ハ旧の心也もと相ミたる人に程をへて」又あへはうそかとたとる心也是をふる人と吟するハ

　わ［ろ］〈※左下ニ不審紙アリ〉しふる日と云様に吟せよと也

堀江こく棚なし小船漕かへりおなし人にや恋わた［る］〈※右傍ニ不審紙アリ〉らん（七三二）

　至てちいさき舟を云也心ハ立かへり〳〵人の恋しき也是も旧人をよめり〔七条中宮ヲ戀奉貞信公御哥〕

〔伊勢〕

わた［つ］〈※右肩ニ濁点アリ〉ミとあれにし床を今さらにはらハゝ袖やあハとうきなん（七三三）

　是ハ仲平のかれ〳〵に成て後今夜必こむと云時よめり心ハ今ハ、や人も忘はてゝ床は海となれるにうちハら

　ハゝはかなきしわさなるへきと也淡とハはかなき様をいへる也

〔寛平八年十二月二日七条中宮逝去ス伊せ入道而妙法尼ト号ス桂ニ住所へ延喜御宇題ヲ逞下サレテ詠之〕

つらゆき

いにしへに猶たちかへる心かな戀しき［こ］〈※右肩ニ濁点アリ〉とに物わすれせて（七三四）」

恋しき［ことに］〈濁也毎也〉〔七条中宮ニ忍テ合奉後又大江渕清娘ニ通ケル時詠之〕

〔人ヲ忍ニあひしりて相かたく有けれは其家のあたりをまかりありきけるおりにかりのなくをきゝてよミてつかハしける〕

大伴黒主

思ひ出て恋しき時ハ初鴈の鳴てわたると人しるらめや（七三五）

なきてわたるとも人ハしらしと也此序にハ人ハしらすやとあり大略同様なれ共言葉かいやしけれハ貫之かなをして爰に入たる也

〔右のおほいまうちきミすまずなりにければむかしをこせたりける文共をとりあつめて返とてよミてをくりける　典侍藤原よるかの朝臣〕

因香〕〈※次行ノ鼇頭ニ不審紙アリ〉

たのめ［置］〈※右傍ニ不審紙アリ〉しことのは今ハかへしてん我身ふるれは置所なし（七三六）

わか身ふるれはとハふるされたると云心也をき所なしとハ我身をもちとかけて歎也〔近院右大臣［能］〈ノフ〉

［有］〈ユフ〉妻ニテ日來ヲコセシ文共返送コト也因香ハ定國娘也　［近］〈※右肩ニ濁点アリ〉院濁也〕

〔近院右のまうち君能有返し〕

今はとてかへすことのはひろひ置てをのか物からかたみとやミん（七三七）

ことのはもはやあ［な］〈※右傍ニ不審紙アリ〉たにおもへる心を云也人の心の今ハとて也」

〽〈※合点ハ朱書〉已上廿四首　五月六日

〔貞仁公ノ宇多院御子政名親王娘ヲ恋哥也〕　　　因香朝臣
玉ほこの道ハつねにもまとハなん人をとふとて我かとおもハん（七三八）
　わかおもふ人のあらぬ方へ返しするをミてよめる也道にまとハ、我をとふをもミるへきの心也
〔大江玉渕カ正澄婦ヲ恨テ哥也〕
まてといハ、ねてもゆかなんしゐて行駒のあしをれまへの棚橋（七三九）
　是ハとにかくに人を云侘てせめてハ行駒の足をかひ折てやすめかしと也此哥ハすかた誹諧にゝたりされ共心に
　よりて恋部に入也恋ちと云物ハわりなき事に志の深なるへし
〔中納言源ののほるの朝臣近江のすけに侍りける時やれりける昇ハ融の大臣子也閑院ハ源顕景娘昇妻昇延喜八中
　納言九年民部卿十四大納言　閑院〕
相坂のゆふ附とりにあらはこそ（七四〇）
　事書ニ明にみえたり」
〔題しらず　　　　　　　　　　　　　　　　伊勢〕
故郷にあらぬものから我ために人の心のあれてミゆらん（七四一）
　かハり行心なるへし〔有常娘ニツキテ業平ノ不来恨哥〕
　　　　　　　　　　　　　　　　　　　〔てう〕
山かつの垣ほにはへる青つゝら人はくれともことつてもなし（七四二）
　上ハ序也其使ハあれ共その人のことつてハなしと也〔つゝらは青つゝら也〕
〔源道成小将久不問使有無言傳ヲ恨哥山カツ万ニ山里人ト書也〕

心明也
〔酒井人真〕
大空ハこひしき人の形見かは物おもふことになかめらるらん（七四三）
〔よミ人しらす〕
あふまてのかたミも我ハなにせんにみても心のなくさまなくに（七四四）
人ハなくさめとてこそをきつらめとももと也
〔おやのまもりける人のむすめに忍て相てものいひけるあひたに親のよふといひけれハいそき帰とてもをなんぬきてい［かに］〈本ノマヽ〉ける其後もを返すとてよめる〕
〔おきかせ〕
相まてのかた見とてこそとゝめけめ涙にうかふもくつなりけり（七四五）
〔平顕忠娘為長平中納言聟ト也〕
かた見にハをきたれ共其後あはぬ程に徒に涙にうかふと也」
〔よミ人しらす〕
かた見こそ今ハあ［た］〈※右肩ニ濁点アリ〉なれ（七四六）
あたなれハ敵也あたと云ハあやまちの説也され共女房なとのあたといハんにさなきとハ云かたき也大裏の哥合にあたと讀を誰聞ん笑たるを聞よきにつきてあたとよむへきなりと云心也顕注密勘にみえたりなくさめハあたになると云心とはかなきかたみにてなくさめねハあたなれと云も同心なるへし
〔名立事度〻相積故枚〻文共ヲ業平もとへ返とて二条后ノ哥也〕
（二行分空白）

古今和謌集巻第十五　恋哥五

〔五条の后の宮の西の対にすミける人にほいにハあらてものいひわたりけるをむ月の十よ日になんほかへかくれにけるあり所はきゝけれとえ物もいはて又のとしの春梅の花さかりに月のおもしろかりける夜こそを恋てかのにしのたいにいてきてあはらなる板しきにふせりてよめる〕　〔業平朝臣〕

月やあらぬ春やむかしの（七四七）

哥の心は月も春もむかし我身も本の身なるにいかてこしかたにハかハれるそと也其人にあはされといつれもかハる心のするなり勅撰にそのまゝ事書を長〻と書たるハ心を付てみるへきなり月や春やのや文字とかめたる詞也此哥を俊成卿くり返し〳〵面白かり給ひしハ作るさまとすかたの面白也感のふかき哥なるへし〔五条后云染殿西臺住ハ二条后清和東宮御息所非本意ハ二条后元業平夫婦契在之業平返事聞而貞観七年正月昭宣公モトへ被押籠〕

〔仲原延喜八参議枇巴〕〔左大臣藤原仲平〕

花すゝきわれこそ下におもひし〔か〕〈※右肩ニ不濁点アリ〉ほに出て人にむすはれにけり（七四八）

此哥ハ伊せの方へ仲平の讀てやり給へる也兄の時平に通ふときゝてうゐの男にてしのひに通ひしに今は顕て人に」ちきりをむすふ事をよめり

藤原かねすけ朝臣

よそにのミきかまし物を音羽川わたるとなしにミなれそめけん（七四九）

きくと云縁にて音羽川とよめり見なれ〳〵すれ共逢ことハなきを恨歎さま也ミなれハ水になるゝ縁なり

〔凡河内ミつね〕

わかことくわれをおもハん人もかなさてもやうきと世をこゝろミん（七五〇）
是ハ我人を思ふごとくにと云にハあらすわが心のわか身をおもふことくなる人もかなさありとても世はうきか
心ミむと也
〔元方〕

久堅の［天津空］〈内裏ノ心也〉にもすまなくに人はよそにそおもふへらなり（七五一）
久堅と云ハよそにして我身に遠き心也ちかけれ共問ぬ心を恨てよめる也

みても又またもみまくのほしけれハなるゝを人ハいとふへら也（七五二）」
ミても〳〵みまほしさになれよるをは人のいとふを歎心也人い云ハその人なれ共古間の人にミなすへし人を
さしていへはきつくなりてわろき也〔千里娘ヲ恋テ定文哥〕

雲もなくなきたる朝の我なれやいとはれてのミ古をハへぬらん（七五三）＊
いと晴てといはん為也心ハ厭也〔最晴也〕

花かたミめなら［ふ］〈※右肩ニ濁点アリ〉人のあまたあれは忘られぬらん数ならぬ身は（七五四）
〔よミ人しらす〕
あまたある人なれは数ならぬ身をハ忘給ふらんと也めなら［ふ］〈※右肩ニ濁点アリ〉ハ君かみにならふ心也
〔宣公妻愛外ニ能友娘良相娘二人ヲ置テ通ヲ聞テ源等カ娘詠之〕

うきめのミおひてなかるゝ浦なれはかりにのミこそあまハよるらめ（七五五）
〔助内侍ヲ恨ケル比クラマヨリ帰ニ行合テ送也〕
うきめのミある我身のかたなれはやかりにのミハくるらんと也数ならねハこそかりそめに立よるらんと也貫之

哥也」
〔伊せ〕
あひにあひて物おもふ比の我袖にやとる月さへぬるゝかほなる（七五六）
おりにあひての心也袖にやとれる月もぬれてミゆれはつきさへものをおもひけるやと思ふなり
〔此哥ハ八条弁詠之兼輔ノ娘也〕　よミ人しらす
炑ならてをく白露は寝覚するわか手枕の雫也けり（七五七）
ね覚すると云ハ夢うちさめたるにハあらす人もたえハて我もおもひたえたるか然も物おもひつゝけたる暁かたの枕の雫をよめる也秋ならてと云ハ秋の中の事なるへし
〔文屋有藤家哥合ニ貫之詠之〕
すまの蜑の塩燒衣おさをあらミまとをにあれや君かきまさぬ（七五八）
上ハ序也まとをなりと云ハをろそかなりと云心也
万葉ニ須广の海人之塩燒［衣］〈キヌ〉乃藤［服］〈コロモ〉間遠［之］〈ニシ〉［有］〈アレ〉［者］〈ハ〉［未］〈イマタ〉［着］〈キマ〉［穢］〈サヌ〉
〔延喜二年哥合御門ノ御製也〕
山しろの淀のわかこもかりにたにこぬ人たのむわれそはかなき（七五九）」
若こもハみしかくて人のからぬ也
〔寛平六年七条中宮御哥〕
あひミねは恋こそまされ水無瀬川何にふかめておもひそめけん（七六〇）

人ハ水無瀬川のことく浅心なるに何にかく深くハ我思ふそと也
〔大江ノ斎光子細同前〕
暁の鴫の羽かき百羽かき君かこぬ夜はわれそ数かく（七六一）
しちのハしかき昔より両説也是ハ五音相通なと云義あれ共両説を可用也哥の心ハ暁の空に鴫の立さはく羽音のかなしきをも君かとふ夜ハ打まきれてうきも悲しきもおほえぬかこぬ夜にかなしさをおほえたる也さあれは鴫のわさにもあらす我心のなすわさとよめり此哥を定家卿哥云〔鴫のたつ山田の庵のたひまくらたかするわさ［と］〈※左傍ニ不審紙アリ〉心ならては〕
〽〈※合点ハ朱書〉已上廿五首四巻ノ終ヨリ五巻ノ初マテ五月七日八日ハ闕日〈※次行ノ鼇頭ニ不審紙アリ〉
玉かつら今ハたゆ［ら］〈※右傍ニ不審紙アリ〉ん吹風の音にも人のきこえさるらん（七六二）
〔兼輔娘清少納言哥又古今已後此名人在之〕　〔序哥也　明也〕
〔黒主娘ヲ恨テ躬恒哥也〕
わか袖にまたき時雨のふりぬるハ君か心に秌やきぬらん（七六三）
人の心の秋にひかれて時ならぬ袖のしくるゝなるへし〈※次行ノ鼇頭ニ不審紙アリ〉
山の井のあさき心もおもはぬ［に］〈※右傍ニ不審紙アリ〉影はかりのミ人のミゆらん（七六四）
我はふかく思ふに人は玉さかにとふ時も影斗みえてしはしもやすらハてゆく心也〔寛平七二月十五哥合御門御哥東宮ノ時〕
忘草たねとらましを逢事のいとかくかたき物としりせは（七六五）〈※次行ノ鼇頭ニ不審紙アリ〉
かく相かたき物としりなはおも［ふ］〈※右傍ニ不審紙アリ〉も忘んする物をとたのミこし心をくゆる也〔藤

原永平娘ヲ恨玉フテ平城御哥〕

〔二条后哥　明也〕

こふれとも相夜のなきハ忘草夢路にさへや生茂るらん（七六六）」

夢にたに逢ことかたく成行は我やいをねぬ人やわするゝ（七六七）

下句面白哥也〔允恭天皇土師海雄娘ヲ思召テスサメ玉フ時衣通姫ノ哥〕

〔けんけい法し〕

もろこしも夢にミしかは近かりき思はぬ中そはるけかりける（七六八）

はるかなるもろこしも夢にハたやすきに我思ふ人は夢にもみえすへたつる心を歎様也〈※次行ノ鼇頭ニ不審紙アリ〉

〔貞朝臣登仁明御子さ［た］〈※右肩ニ濁点アリ〉の［ほ］〈※右肩ニ不審紙アリ〉〕る〈※「さたのほる」ノ右傍ニ「母ハ三國町也」ト注記アリ〉〕

〈※次行ノ鼇頭ニ不審紙アリ〉＊

独のミなかめふるやの妻なれは人をしのふの草そ生ける（七六九）

ふるやとハ打なかめ〳〵して年を送ることを云そへたるなるへし

我宿は道もなきまてあれにけりつれなき人を待とせしまに（七七〇）

人を待うちはさらに月日のうつるも覚えぬに宿の荒たるにおとろく心なるへし〔定空僧都カ弟子万寿公有約不来ニ詠寿公ハ秋経カ子也〕

今こんといひてわかれし朝より思ひくらしの音をのミそなく（七七一）」

思ひくらしと云所に日くらしを立入たる也一日の事なるへからす
〔よミ人しらす〕
こめやとハおもふ物からひくらしのなく夕くれは立またれつゝ（七七二）
是も一日の事にハあらす〔景式王娘カ惟高御子ノ久不被問ヲ恨テ哥〕〈※次行ノ鼇頭ニ不審紙アリ〉
今しハと侘にし物をさゝかにの衣にかゝりわれを［う］〈※右傍ニ不審紙アリ〉らむる（七七三）
今ハとわひにし也たらねハ文字をそへたる也今はと思ひ切てわひにしをさゝかにの衣にかゝりて人をたのむる
由也
今ハこしと思ふ物からわすれつゝまたるゝ事のまたもやまぬか（七七四）
わか性をせむる心也やまぬかハ哉也〔仲平大臣ノ源実娘ノ許へ送ル哥〕
月夜にハこぬ人またるかきくもり雨もふらなん侘つゝもねん（七七五）
けたかく云たる哥さま也侘つゝハせつかくに成心なるへし
うへていにし秋田かるまてみえこねハ今朝初鴈の音にそ鳴ぬる（七七六）
心詞かくれたる所なし〔菅野高世但州下向之時藤原良方娘ニ送之〕
こぬ人を待夕くれの秌風はいかにふけはか侘しかるらん（七七七）
いかにふけはかと云所に心を付てみるへしわひしき一事をさゝす恋しくかなしき心なるへし〔定海カ姫曼荼羅
ヲ恋テ詠之〕
久しくも成にける哉住の江の松はくるしき物にそ有ける（七七八）
松はくるしきと云より引つめて吟せよと也さすれは感深也〔忠仁公住吉参籠時〔名虎子〕久不向詠之貞観十年

秋也〕

〔かねミのおほきミ〕

住の江の松程ひさに成ぬれはあしたつのねになかぬ日そなき（七七九）

〔明也〕

〔延喜三宮徒子内親王ヲ奉思仲平朝臣哥也比巴大臣〕〈※次行ノ鼇頭ニ不審紙アリ〉

〔業〕〈※右下ニ不審紙アリ〉平の朝臣相知て侍けるをこれかたに成にけれはちゝか大和守に侍りける許へまかるとてつかハしける相知と云仲平斗か自業平後ノ夫父ハ大和守藤原継蔭也伊せカ父也〕　伊勢」

三輪の山いかに待ミん年ふとも尋ぬる人もあらしとおもへは（七八〇）

わか庵ハ本哥をとれり彼ハ人をまてり是ハうち返していかに待ミんと云へり年ハふる共人ハ尋しと思ふなるへし

〔常康親王仁明御子母ハ名虎子〕

吹まよふ野風をさむミ秋萩のうつりも行か人のこゝろの（七八一）

心ハやう〳〵風もハけしく成行ハさかりとおもふ萩の風にたへすうつろふをミてよそへて讀る也〔小野貞樹娘ノ許へ遣ス〕

〔小町〕

今ハとて我身時雨にふりぬれはことの葉さへにうつろひにけり（七八二）

ふりぬれハとは老たるにあらすふるされぬれは也さあれは人のことの葉もやかてうつろふなるへし

〔返し〕　小町貞樹

人を思ふ心木葉にあらはこそ風のまに〱ちりも乱れめ（七八三）
うつろはぬ由を陳したる返哥也」
〔業平の朝臣紀有常カ娘にすミけるを恨ることありてしはしのあひたひるハきて夕さりハかへりのミしけれは
よミてつかハしける〕
天雲のよそにも人の成行かさすかにめにはミゆるものから（七八四）
序哥なれ共心あり成行か哉也〔在常娘光孝ニ忍逢奉ヲ云〕
〔返し〕　業平
行かへり空にのミしてふることハわかゐる山のかせはやミなり（七八五）
心に雲をもちて行かへり空にといへりわかヰる山の風早ミとハそなたの心はけしきによりもつかぬ由也伊せ物
語に又男のありといへり〔有入内裏事也〕
〔かねのりのおほきミ〕
から衣なれは身にこそまとハれめかけてのミやハこひんと思ひし（七八六）
なれ行ハ猶〻むつましく成へきとおもへハさハなくて人の心のへたておほくかけ〱しくなるを歎様也衣ハか
けてをけハわか身のよそに成物也〔大伴〔懐〕〈モロ〉人娘ヲ恋テ哥ナリ〕」
〔友則〕
秋風は身をわけてしもふかなくに人の心の空になるらん（七八七）
心と云物ハ身の中にある物なれは身を分て秋風のふかはこそ心の空になるもことハりならめ也〽〈※合点ハ朱
書〉已上廿六首五月八日夕

〔昌泰二賀茂社哥合哥〕　　　　　　　　　　宗于

つれもなく成行人のことのはそ秋よりさきの紅葉なりける（七八八）

是ハつれなしとハおもへともたのミたのめる事のかハるか俄なれはなるへし

〔心ちそこなへりけるころ相知て侍りける人のとハて心ちをこたりて後」とふらへりけれはよミてつかハしける

藤原高経朝臣女〕　　　　　　　　　　兵衛

しての山ふもとをみてそかへりにしつらき人より先こえしとて（七八九）

心ちわつらへる時は問て後にとひけれはよめる也麓をミてかへるとハよミかへりたるよし也つらき人とハ思へ共人を残しをきて独ハこえしと也おなし道にもとおもへはにや又ハ只恨てよめる也〔清原春元通ケルカ絶〻若而不問ヲ恨哥〕〈※次行ノ鼇頭ニ不審紙アリ〉

〔あひしれる［人］〈※右傍ニ不審紙アリ〉のやうやくかれかたになりけるあひたにやけたる茅のは［に］〈※下ニ不審紙アリ〉さしてつかハせりける〕

〔小町かあね〕

時過て枯行をのゝ浅茅にハ今ハおもひそたえすもえける（七九〇）

此事書にやけたる茅の葉とハ此哥に書合たるかとおほ〈※次行ノ鼇頭ニ不審紙アリ〉ゆる也書合たるもならひあることなれは也小野［代］〈※右傍ニ不審紙アリ〉の物なれは枯ゆく小野とよめる心すこし有にや我身を歎さまにや是ハたゝ焼たる茅のはをミてよめれは焼野にてハゆかぬにや〔平好風絶而不問恨哥〕

〔物思ける比ものへまかりける道に野［火］〈※右肩ニ濁点アリ〉のもえけるをミてよめる焼野なるへし冬ヨ

リ焼けむる也七条中宮ニ奉別歎也〕

伊せ

冬枯の野への我身を思せ《〔ね〕〈本ノマ、〉↓×》ハもえても春をまたまし物を（七九一）

心ハ萬に人の心のかれはてゝ待事もなくたのむ心のなき也」かくきハまれる物も春を待道理ハ有へき也思の心なるへし

〔同歎中助内侍哥〕

とものり

水のあはのきえてうき身といひなから流て猶もたのまるゝ哉（七九二）

ハかなきをならひの時身とハいひなから猶なからへてもしやとたのまるゝ心にや

〔行平須广ノ浦ニテ詠之〕

水無瀬川有て行水なくハこそつゐに我身を〔き〕〈※右傍ニ不審紙アリ〉えぬとおもはめ（七九三）

ミなせ川ハみえぬ様なれ共下に行水のあるかことくかハるとハみるとも絶はてぬことく人をたのむ由にや

〔万ニ浦〔觸〕〈フレテ〉而物者〔不念〕〈オモハス〉水無瀬川有〔而〕〈テ〉毛水者〔逝〕〈ユク〉〔云〕〈テフ〉〔物〕〈モノ〉〔乎〕〈ヲ〉〕＊

〔ミつね〕

吉野川よしや人こそつらからめ早くいひてしことハわすれし（七九四）

人ハかはりはてたるに其人こそつらからめ昔いひてし情の詞をハ忘しと也古上ニ此理可然也〔四条后ニ奉忍時平詠之〕

よミ人しらす

〔茂家娘ヲ恋テ定カ哥〕

世中の人の心ハ花そめのうつろひやすき色にそ有ける（七九五）

明也」

心こそうたてにくけれそめさらはうつろふこともおしからましや（七九六）

人に心をそめたる事を後悔する也うたてと云にうたてしきと云哥ハ是斗とそみえたる此哥うたてと云方へはゆかぬ也

〔江口遊女宮王カ藤原清カ妻ニ成事ヲ聞テ在原滋春哥〕

小町

色みえ［て］〈※右肩ニ濁点アリ、左肩ニ不濁点アリ〉うつろふものハよの中の（七九七）

〔業平ニ別テ詠之〕

大方花と云花ハうつろふ色のミゆるか人の心ハ色にもみえす下にうつろふなるへし此心恋にハかきるへからす

古上の理にわたるへきとそ又一説東下野殿流ニ秘義あり

色みえ［て］〈清也〉〈※左傍ニ不濁点アリ〉人の心の変するもよく色にミゆる物也云々

〔よミ人しらす〕〈※次行ノ鼇頭ニ不審紙アリ〉

我のミや古を鶯となきわひん人のこゝろの花［も］〈※右傍ニ不審紙アリ〉ちりなは（七九八）

もしやとたのむ人の心の花とちりなは我ハたゝ世をうくひすと」なくより外の事ハあらしと也〔陽成院姫宮玄子内親王ノ能有ニ合玉コト有公絶而後詠之〕

そせい

〔中務ニ通ケル時詠之〕

おもふともかれなん人をいかゝせんあかすちりぬる花とこそみめ（七九九）

先花をおもふにハあはれ咲かしとおもふより此かたいくはくの心をつくす共しらぬにうち捨てちりにし花の恨

はせんかたなけれ共恨とをれる人ハなき也したへ共かれ行人のかひなきをは花の別の様にこそみめと心をかろむする也

〔清和世ヲ遁玉フ時二条后御哥〕　　よミ人しらす

今ハとて君かかれなは我やとの花をハひとりみてやしのはん（八〇〇）

たえ〱も尋し程ハ花を使にも人をまちしに心かハりはては独のミ花をミて恋しくおもハむと也

〔清原秀房娘ヲ恨テ〕　　宗于朝臣

忘草かれもやするとつれもなき人の心に霜はをかなん（八〇一）

哥ノ心ハ明也むねゆきの朝臣とよむへし秘義也

〔寛平御時御屛風に哥かゝせ給ひけるに〕　　そせい

わすれ草何をか種とおもひしハつれなき人のこゝろなりけり（八〇二）

人の心とにかくにおもへ共つれなくのミなりまさるほとによし〱我も忘んと也わか心中に生るわすれ草ハつれなき人の心より生ると也

〔仲平兼時カ子児ヲ恋哥〕

秋の田のいねてふこともかけなくに何をうしとか人のかるらん（八〇三）

二義アリ人ヲいねと云事もいはぬかと也一説いなと云事也いつれも用之猶後のちとまされるかかけぬとはいはぬとの心也

＊以上十六首五月十日＊

初鷹の啼こそわたれ古の中の人の心の秋しうければ（八〇四）

世間の人の心ハうつろひたのまれすと也〔助内侍ヲ恨テ貫之哥〕
〔世ノ中ノ人と大やうに古間人ニいひたるか肝心也かくいへるもおもふ人の義也〈※朱書＊〉

〔よミ人しらす〕

あはれともうしとも物をおもふ時なとか涙のいとなかるらん（八〇五）
いとなかるらんハいとまなき也あはれと云ハ愛する心也哀と思ふもうしと思ふにも泪のかきくらしいとまなき〔最流らんハ僻案ノ了簡也〕〈※朱書＊〉〈※次行ノ鼇頭ニ不審紙アリ〉」をさのミなとかくハとかこつ心也〔ウタノ御子中務卿宗衡親王娘奉恋在原時〈※右傍ニ不審紙アリ〉平詠之〕〈※次行ノ鼇頭ニ不審紙アリ＊〉

身をうしと思［ひ］〈※右傍ニ不審紙アリ〉にきえぬ物なれ［と］〈※右傍ニ不審紙アリ〉かくても［え］〈※右傍ニ不審紙アリ〉ぬる世にこそ有けれ（八〇六）
身のうきによりひたすらきえむ事をおもへともそれも叶はぬならひなれは人のかはりはてたのミもなき身ながらかくてもへぬるよのよし也〔惟高親王ノ経行娘ヲ覚ス哥〕

〔二条ノ后直子〕

典侍藤原直子朝臣（八〇七）

あまのかる藻に住虫の我からとねをこそ
二条の后と入来れるを爰に典侍と入たるハ作名也作名ハ名をさけて書物也作名を書事貫之か心あても有けるにや哥の心ハ此后のあしきやうなる振舞も有しをかへりミる〈※次行ノ鼇頭ニ不審紙アリ〉心もなくて打過〳〵て思かへして讀る其心［表］〈※右傍ニ不審紙アリ〉也是ハ万の事にわたるへき也我からと云事肝要して此集の大意也」世上のことを只我からと思へハ人にも恨なし人に恨なけれは和するの道也和すれは世を治め身を治るなるへしこしかたの非をくゆる道の本意也知非為聖始の心也

〔冬嗣大臣忍合時哥〕　　因幡
あひミすもなり来りたるも又うきもわか身一より有初し事なるを猶此ひものあハんする様にとくるハいかにと
　讀るひもをとかむる心なるへし
〔寛平后宮哥合〕　　すかのゝたゝをん忠臣
つれなきを今ハ恋しと思へとも心よはくもおつるなミたか（八〇九）
　つれなきとハ是ハすてにかハりハてたるを云心也さあれはおもハしと思へ共猶恋しきを心よはくと云也」
〔題不知〕　　伊せ
人しれすたえなましかハ侘つゝもなき名そとたにいはまし物を（八一〇）
　侘つゝもと云へる肝要の詞也雨もふらなんの哥の心同よし〳〵人のしらぬやうにも絶なはと思ふへきをあらハ
　に成ハてゝたえぬる事のかなしき也〔重明親王ノ伊せニ遣ス哥〕
〔能有ノイ［ツ］〈※右肩ニ濁点アリ〉内親王ニ忍テ奉通時親王ノ御哥〕〔讀人しらす〕
それをたに思ふことゝて我宿をみきとないひそ人のきかくに（八一一）
　是ハ一向ニミぬ事にてハなし玉さかに逢し人の其まゝたえたる後讀る哥也わか宿をミつとも人にいはさらんを
　たに我を思ふことにして人に語るなと也名をかこたんの心也
逢ことのもはらたえぬる時にこそ人の恋しきこともしりけれ（八一二）
　たえ〳〵なる時のかなしきハ猶もなくさむ事有に絶はてぬる時ハ恋しさのやるかたなきの心也〔業平絶而後染
　殿后ノ詠之〕」
侘はつる時さへ物のかなしきハいつこをしのふ涙なるらん（八一三）

人ハかはりハてゝ後の思成へしかゝる時さへ物のかなしきハいつこをさして忍そと泪をせめて云へる也〔忠臣公絶テ後名虎娘詠之〕

恨てもなきてもいはん方そなき鏡にミゆる影ならすして（八一四）

藤原興風＊

人の絶ハてゝ後ハ我に對する物ハかゝみの影ならてハなき心也独身になれるなるへし勅勘之比京ナル女ノ許へ送云り

〔藤原保忠絶不来恨哥〕

夕されは人なき床を打ハらひなけかん為となれる我身か（八一五）

むなしき床をもしやと打ハらふわかことわさのはかなきを思そへて歎んための身と成けりと思ふ由也

〔忠仁公絶不来恨テ名虎娘哥〕

わたつミのわか身こす波立かへりあまの住てふうらミつる哉（八一六）」

顕注密勘云すへては波こすと云詞ハ末の松山よりおこり侍れともたひ毎に末の松としてもをき侍らしと有是にても人の心のかはると云ことは聞えたり惣の心ハかはりハてぬる人を立かへり〱恨る事のハかなさを歎心也

荒小田をあらすきかへし〱ても人のこゝろをミてこそやまめ（八一七）

上ハ序也はや絶はてたる人とハミれともよく見定てこそ我もおもひやまめと也〔藤原秀光娘之藤原惟岡ニ被捨詠之〈※次行ノ鼇頭ニ不審紙アリ〉アリソ海の濱ノマサコトタノメシハ忘ル事ノ数［ニモ］〈※右傍ニ不審紙アリ〉有ケル（八一八）＊〕

〔右大将斉時娘也無形ニ比相恨哥〕

蘆へより雲井をさして行鴈のいや遠さかるわか身悲しも（八一九）

あしへより立行鴈ハ次第〳〵に遠さかりてつゐにみえすなる物なれハきのふよりけふハ遠さかりて絶はてぬへき《やう↓×》やうなる心也」

時雨つゝもみつるよりもことの葉の心の秋にあふそわひしき（八二〇）

心の烋にあへは我人のことのはゝ徒に朽ハつるかかなしき心也〔真如親王ノ景式王娘ニスサメラレテ詠之遁世而弘法為師各賢太捨笠死スル人ナリ〕

秋風のふきと吹ぬる武蔵野ハなへて草葉の色かハりけり（八二一）

詞の面白哥也草ハゆかりの草を云其人独の心の秋風はけしけれ［と］〈※右傍ニ不審紙アリ〉ありと有ゆかりの人もかハるなるへし

小町

秋風にあふたのミこそ悲しけれ我身むなしく成ぬと思へは（八二二）

たのむ事に田の字をそへたりされ共つよくいへハいやしく成也心にもつかよき也〔井常寺別當浄俊妻ニ成テ被捨而後詠之〕

〔業平ノ妹ヲ恨テ心ハ明也〕　平さたふん

秋風の吹うらかへす葛のはの恨ても猶うらめしき哉（八二三）

よミ人しらす」

〔二条后ノ宣公ヲ恨テ　明也〕

秋といへハよそにそきゝしあた人の我をふるせる名にこそ有けれ（八二四）

忘らるゝ身を宇治橋の中にたえて人もかよハぬ年そへにける（八二五）
　中たえすると思し人の其まゝ遠さかりてしかも年へぬることを歎也中たゆるとハかはる心也〔延喜三四十一日
　哥合七条中宮御哥〕
是則
逢事をなからの橋のなからへて恋わたるまに年そへにける（八二六）
　もしや〳〵となからへて恋わたるまに年をへて身さへ古行と也〈※次行ノ鼇頭ニ不審紙アリ〉
うきなからけぬる泡とも成なゝんなかれてとたにたの［まれ］〈※右傍ニ不審紙アリ〉なくに（八二七）
　うきなからハ憂にあらす浮の心也なからへたにせはのたのミもゆく末になけれハひたすら名の泡ときえまほし
　き由なり〔友則〕〈※作者名一行目ト二行目ノ間ニアリ〉
〔友則宇多第七重宗親王ニ仕シカ丹州へ被配流京ナル女許へ送哥也〕
よミ人しらす
〔小町光孝天皇ヲ奉恨哥〕
流てハいもせの山の中に落る芳野の川のよしや吉中（八二八）」
　是ハ恋の哥の様にもなき也いもせの山の中に落る吉野川と云ハへたてたる事にてハなし夫婦の中のことわさの
　たえぬ心なるへしなかれてハと云ハなからへ〳〵してつゐにハ衰老となりてすさましく成行はそのまゝそひハ
　はてぬ物なる心なり君臣父母ほとちきりふかき物ハなしといへとも夫婦の中ほとむつましきハなき也それも或
　ハおとろへあるひはいきてわかれあるひハ死してわかれハよしや吉中とはてたる也このうちにほとゝきすなく
　やさ月のといふよりさま〳〵の恋のうた五巻の心詞みなこもれるを何もかもうちやふりてよしや吉中と」はて
　たる也放下したる心也

〽〈※合点ハ朱書〉以上廿五首　五月十一日

（九行分空白）」

古今和謌集巻第十六　〔五月十一日態一日此段講云終〕

哀傷哥此部ノ哥ハ次第ヲたてす貴賤ヲワカタヌ也是哀傷ノ部ノ故也〔いもうとの身マカりにける時よめる〕

小野篁朝臣

〔妹と云仲原俊遠カ妻昌泰三年逝ス〕

なく泪雨とふらなんわたり河水まさりなはかへりくるかに（八二九）

哥の心ハ別の切なる事をわりなく云へる也志のふかき故あらぬことを思かけたるくるかにハ道まかふの心同之

〔さきのおほきおほひまうち君を白川のわたりに送ける夜讀る〕

そせい

〔貞観十年九月二日薨延喜御時二人在是ハ前也〕

血の涙おちてそ瀧津白川は君か代までの名にこそ有けれ（八三〇）

〔忠仁公延喜之比太政大臣只二人也・其時ノ人ノ思ノ切ナルニヨリテ白川トイフモコト〳〵ク泪川ニナレル由也君カ代トハ忠仁公ノ在世ノ御事也コトカラノイカメシキ哥トソほり川のおほきおほひまうち君身まかりける時に深草山におさめて奉る後に讀る〕〈※次行ノ鼇頭ニ不審紙アリ〉

僧〔正〕〈※右傍ニ不審紙アリ〉勝延

〔昭宣公寛平三正十三日葬　五十六関白始〕

うつせみはからをミつゝもなくさめつ深草の山煙たにたて（八三一）

せミはむなしき物なれ共からとまる物也けふりたにたてと讀るはもし此人を土葬せしかと也〔上野峯男ツノ字濁也カンツ〈※右肩ニ濁点アリ〉ケノミネヲ〕

〔同非歎時詠也〕

深草の野への桜し心あらは此春はかりすミ染にさけ（八三二）

桜も服衣をきよと云にはあらすそれならハ誹諧なるへし是ハ思の内のものあちきなさに何となくいへるとそ
〔藤原のとし行の朝臣身まかりにける時に讀てかの家につかハしける家九条東洞院也　元慶八年十二月八日卒〕
紀友則
ねてもミゆねてもみえけり大方ハ空蟬の世そ夢には有ける（八三三）
たゝ世中ハ夢なると云事を切に云なるへし」
〔あひしれりける人の身まかりにけれは讀る知人とは備中守大江斎光延喜三八月四日死〕〈※次行ノ鼇頭ニ不審紙アリ〉
〔忠〕〈※字頭ニ不審紙アリ〉岑
夢とこそいふへかりけれ世中にうつゝある物と思ひけるかな（八三四）
さしむきたる様の面白哥也
同作者
あひしれりける人の身まかりにける時に讀る　主殿助紀有明也
〔元慶八年廿六日死次年同時詠之〕
ぬるか中にミるをのミやハ夢といいはんハかなき世をもうつゝとハみす（八三五）
大略心同様なれともさまのちとつゝかはれる面白也
〔あねの身まかりける時讀る〕
瀬をせけハ渕となりてもよとミけり別をとむるしからミそなき（八三六）
瀬と云物はことの外に早き物にてせきかたけれ共其もせけは淵となる事のあるに人の別のせん方なきを歎く心也」〔藤原のたゝふさか昔あひしれりける人の身まかりにける時にとふらひにつかはすとてよめり閑院女なり〕

〔藤原忠房カ相知云清原深養父カ娘也忠房通女閑院ハ上ニアル人也　閑院〕
さきたゝぬくゐのやちたひ悲しきハ流るゝ水のかへりこぬ也（八三七）
心ハ後悔先不立流水不帰の文の心なり
紀友則カみまかりにける時讀る　貫之
あすしらぬ我身と思へと暮ぬまのけふハ人こそ悲しかりけれ（八三八）
友則ハ此集乃撰者なるか此集首尾せぬ先に死せる也其時の様哀に面影もうかふハかり也〔イ延喜五年八月卒六十一歳也延喜五四月始集同十三八月終功猶所不叶獻慮歟同十八年重終功續万葉集云古今打聞也有二十巻彼卒撰集中間也〕
たゝミね
時しもあれ秋やは人のわかるへきあるをミるたに恋しき物を（八三九）〈※次行ノ鼇頭ニ不審紙アリ〉
〔別〕〈※右肩ニ不審紙アリ〉の哥ハ理をせめ是ハ優玄に讀て面白也此二首をみるに」なけきの心甚深也
凡河内躬恒
〔母か思にて讀る寛平八年十月死大和守源成茂娘也〕
神無月時雨にぬるゝ紅葉はゝ只侘人のたもとなりけり（八四〇）
おもひにこもりゐたる折節時雨の梢をつく〳〵と打なかめて只侘人のと讀る様哀也定家卿云哥人の哥にむかへる様を能〻みよと也
藤衣はつる〻糸はわひ人の泪の玉のをとそなりける（八四一）
ふち衣は一周忌まてきる物なれはやつるゝさま也

〔おもひに侍りける年の秋山寺へまかりける道にてよめる長門［寺］〈※右傍ニ不審紙アリ〉文屋清重娘逝ス

清重ハ康秀孫加賀守秀長二男〕

貫之

朝露のおくての山田かりそめに憂世中をおもひ［け］〈右傍ニ不審紙アリ〉るかな（八四二）

山田の露のをき乱たるをうちなかめて讀る哥也秋田は稲をおろすより色〳〵の造作をして刈あくる物なり」人間も是に同しき也かれハたゝ跡ハ夢ちになる物なるへし此うちに露ハかりなる物田ハ程をへて久しき物也かりなるも久しきもつゐにハかりてなき物となる也人ハ一二才にても七八十歳にても死する事の同しきにたとへたる也

〔思に侍りける人を訪にとハ友則卒後嫡男加賀守紀有季許へ送哥〕

忠岑

すミ染の君か袂は雲なれやたえす泪の雨とのミふる（八四三）

おもひにこもれる人を問て服衣の哀なるをミれは我泪も人の涙もともに雨とふれは雨を催す雲なれやと云也

〔女ノおやの思にて山寺ニ侍りけるをある人のとふらひニつかはせりける返しによめる近院右大臣能有孫右大

将當純卿逝後娘九条内侍山崎宝寺籠居　　よミ人しらす〕

足引の山へに今はすミ染の衣の袖はひる時もなし（八四四）

あしひきと云へ［り］〈ル歟〉か感となる也先足引と云に山も深く此世をも遠」さかる心こもれりかゝる思なく共女の身にて都を立離山里にすまは哀なるへきに親の思にこもれる心云ハかりなき事なるへし

〔諒闇　崩御アリテ御忌ノ間十二月ノ事ヲ云陽成院御事仁和元年二月十一日崩御〕

たかむら朝臣

水の面にしつく花の色さやかにも君のみかけのおもほゆるかな〔八四五〕

御抄云しつくと云詞しつむといはゝ沈にあらすしつむハ底へ入ひたるも又水に入也しつくと云ハ水にあらハ侍れとも水に入はてす又水の下なる石も波より出るやうなれともあらはれも出す隠もはれぬ様なるを云也哥の心ハ池の水に花の枝のすゝかれてしつく色のさやかなる様に君の御影のおもほゆるとなり

〔深草の御門仁明〔天王〕〈本ノマヽ〉之御事ナリ御國忌の日ミコキト清ンテヨム也ソノ正キ月日ニアタリタルヲ申也又只其日計ヲモ云也イ天安二年三月十五日道〕師叡山長僧ニ都於東山観音寺執行之〕〈※次行ノ鼇頭ニ不審紙アリ〉

文屋やすひて

草ふかき霞の谷にかけこ〔も〕〈※右ニ不審紙アリ〉りてる日の暮しけふにやハあらぬ〔八四六〕

〔深草の御門ノ御時蔵人頭にてよるひるなれつかうまつりけるを諒闇に成にけれは更ニ世にもましらすしてひえの山にのほりてかしらおろしてけりその又の年ミな人御ふくぬきてあるハかうふりたまはりなと悦けるをきゝて〕〔〔蔵人頭〕〈クラウトノトウ〉トヨムナリ〕

僧正遍昭

ミな人ハ花の衣に成ぬ也こけの袂よかはきたにせよ〔八四七〕

かはきたにせよ面白く哀也〔霞の谷の哥ノ書落ス依テ爰ニ書也〕くさふかきとは深草をもて谷のふかき様を云也霞の谷ハ崩御をハ昇霞と申其心也照日のくれしハ崩御を申也けふにやハあらぬに二の心アリけふにやハあらぬ其名残を誰もこそ思出らめと云也又ハ今日にやはあらぬとハけふハ其命日〕にてハあれとも其日を遠さかれる程にせめてハその歎し日にてもあれかしと思也〔遍照ノ事爰ニ書付也天安二年四月一日出家為長僧都師法名

行覚諸國修行難行苦行貞観元年六月廣沢遍照寺建立号僧正同三年六月十一日任権律師同五年十一月任権少僧都法橋法眼和尚位同年十二月八日大僧都法印同八年三月廿一日権僧正同年十一月大僧正天台真言祖師慈覚大師御弟子八十一歳而逝俗名左近少将良峯宗貞也〕

〔かはらのおほいまうち君の身まかりての秋かの家のほとりをまかりけるに紅葉の色また深くもならさりけるをミてかの家によミていれたりける〕

〔文〔徳〕〈本ノマヽ〉ノ御子能有ナリ　　近院左おほいまうち君〕

うちつけにさひしくもあるか紅葉ゝもぬしなき宿は色なかりけり（八四八）

河原融公の事ハ物ニ数寄給ひ勢いかめしかりし人の家の跡の紅葉をミれは色なき様なるか哀なる也打付ハやかてと云也

〔藤原たかつね身まかりての又のとしの夏時鳥の鳴けるをきゝてよめる〕　　貫之

時鳥けさなく聲におとろけハ君に別し時にそ有ける（八四九）」

きのふけふと光陰のうつり来て年も立かへり時鳥を聞て去年の此比とうちおとろく心也安き哥なれ共心の哀なる也

〔さくらを植て有けるに漸花咲へき時にうへける人の身まかりにけれは其花ミてよめる〕　　紀茂行

〔二条大宮ノ家ニ奈良八重桜を下而也経雅ハ宣公ノ孫也〕

花よりも人こそあたに成にけれいつれをさきにこひんとかミし（八五〇）

こと書にみえたり花をうふる事ハいく春も末遠くなかめんとて植る物なるに一春の花をたにミすうせぬる事のハかなく哀也其人のある時ハ花をさき人をさきともかけてもおもはさ〈※次行ノ鼇頭ニ不審紙アリ〉りし也〔あるし身まかりける人の家の桜〈※右傍ニ不審紙アリ〉の花をミて讀る歟父紀中納言助範八条堀川家〕

貫之

色も香もむかしのこさに匂へとも植けん人のかけそ恋しき（八五一）

色かのおとろへぬ花をミてもなきかけのミ恋しきの心成へし

〔彼大臣家ニ六十六州ノ名所ヲ作中ニ塩釜見テ詠之〕

君まさてけふりたえにし塩竈乃浦さひしくもみえわたる哉（八五二）」

うらさひしくもハ何となくさひしき心也〈※次行ノ鼇頭ニ不審紙アリ〉

〔藤原のとしもとの朝臣の左〈※右傍ニ不審紙アリ〉近の中将にて住侍りけるさうしの身まかりて後人もすま す成にけ［る］〈※右傍ニ不審紙アリ〉秋の夜ふけて物よりまうてきけるつゐてに見入けれは元有し前栽もいとしけくあれたりけるをみてはやくそこに侍りけれは昔をおもひやりてよめる〕〈※次行ノ鼇頭ニ不審紙アリ〉

御春有助

君かうへし一［もと］〈※二字間ノ右傍ニ不審紙アリ〉薄虫の音の茂き野へともなりにける哉（八五三）

はやくそこに侍りけれハとハ我ももとそこに有しと也成にけるとハ歎てよめる也〔惟高御子のちゝの侍りけ［ん］〈※右傍ニ不審紙アリ〉時に讀りけん哥ともとこひけれハかきて送りける［讀］〈※右肩ニ不審紙アリ〉て奥に書り〕

とものり

ことならハことのはまても［かれ］〈※二字間ノ右傍ニ不審紙アリ〉なゝむみれハ涙の瀧まさりけり（八五四）

其人のうするとならハことの葉も中〳〵とまらさりせはもの思もなからましと讀り

讀人不知

〔題不知　昭宣公失給後七条中宮哥中宮ハ宣公娘也〕

なき人のやとにかよハゝほとゝきすかけて音をのミ鳴とつけなん（八五五）

〔宇多院女御〕

うせにし人の跡の故郷にかよハゝとハこゝへ通歟心ハ人を思ひやる愁」傷と其人のなくて便をうしなへる思と

此つらさをかさねてなくと告よと讀り今世後世かけたる心なるへし

〔陽成院女房七条局哥父嵯峨大納言源昇元慶六年九月卒〕

たれみよと花さけるらん白雲のたつ野とはやく成にし物を（八五六）

白雲のたつ野とハおはりなとの煙をよそへたる也是ハ其人もなくて雲なとのたなひく野へと成計なる跡に誰み

よと花ハ咲そと讀り花の雲にてハなし

〔式部卿の御子閑院の五のみこ［と］〈※右傍ニ不審紙アリ〉住わたりけるをいくはくもあらて女みこの身ま

かりにける時にかのみこ住ける帳の帷のひもに［ゆ］〈※右肩ニ不審紙アリ〉ひ付たりけるをとりてミれハむ

かしの手にて此哥をなん書つけたりける〕

数〳〵に我をわすれぬ物ならハ山の霞をあはれとハみよ（八五七）

五文字は何事につけてもの心也山の霞とハおくりの煙の心なれとも春ハ霞のろう〳〵としたる空をミて我をも

思出よと也」云へる心ハ何事そなれは此御子の兼て思の晴すしてうせ給へは其心に霞を哀とみよと讀給へるな

り
〔男の人の國にまかりけるまに女にはかにやまひをしていとよはく成にける時讀をきて身まかりにける男ハ在原滋春　讀人不知　清原春元娘〕
聲をたにきかてわかるゝ玉よりもなき床にねん君そ悲しき〔八五八〕
その人の他國に有程に其人のこゑをもきかてわかるゝハ切なるかなしミなれとも其かなしミよりもなき床に君か独ねんすることのかなしきと云ハ色〻様〻契りし行末を思ふなるへし
〔やまひにわつらひにける秋心ちたのもしけなくおほえけれは讀てつかはしける〕
大江千里
紅葉ゝを風にまかせてみるよりもはかなき物は命也けり〔八五九〕
風にちるもみちは限さたまりてある物也それよりも命の限の猶はかなき事をいへり　〔千里播州守ニテノ時昌泰二年九月廿一日也〕」
〔身まかりなんとてよめる〕〈※次行ノ鼇頭ニ不審紙アリ〉
藤ハらのこれ［を］〈※右下ニ不審紙アリ〉か
露をなとあたなる物と思ひけん我身も草にをかぬはかりを〔八六〇〕
無造作不便なる哥也〔やまひしてよハく成にける時に讀る〕
業平朝臣
〔元慶四年五月廿八日夜半卒〕
つゐにゆく道とハかねて〔八六一〕
〔甲州にあひしりて侍ける人とふらハんとてまかりけるを道にて俄にやまひをして今〳〵となりけれハ讀て京

にもてまかりて母にみせよと云て人につけ侍りける哥〕

在原滋春

かり初の行かひちとそ思ひこし今はかきりの首途也けり〔八六一〕

行かひちとハ行ちかふ也かくはる〳〵と下る道の空にてハかなくならん事ハ哀なるへき也此哥をミん人ハ母にみせよと云ける其心をもちて吟すへきとそ〔人ニことつけケハ濁也ツケハ告ナリ〕

〽〈※合点ハ朱書〉以上三十四首　五月十一日

古今倭謌集巻第十七　［雑歌］〈［サツカ］〈濁也〉トヨムナリ〉上　讀人不知

我上に露そをくなる天河とわたる舟のかひのしつくか（八六三）

露は思の露［こと］〈本ノマヽ〉也是ハ必泪にてもなき也かひの雫とハ思かけぬ露を云也歌ハ鳴渡る鴈の涙の数也伊勢物語にハかはれり此歌雑哥第一番にをく事口傳あり〔業平二条ノ后ヲ恋奉テ不叶ニ堪貞観四年七月七日絶入テ詠之〕

〔元慶六年秋源顕景人ニ集テ紅葉ニ時白別時詠之中納言兼輔左衛門兼茂滋春宗于等也〕

おもふとちまとゐせる夜ハ唐錦たゝまくおしき物にそ有ける（八六四）

ゐめくりて心をのふる様也から錦ハ枕詞也名残おほきなるへし

〔大同元年八三日藤原経継大臣平城天皇ヨリ御衣束ヲ賜時詠之〕

うれしきを何につつまんから衣袂ゆたかにたてといはましを（八六五）

物を袖につゝむ義也是ハかたしけなき義を云ならハせり

かきりなき君かためにと折花ハ時しもわかぬ物にそ有ける（八六六）」

忠仁公の御哥也伊勢物語にハ忠仁公へまいらせ給へる業平の哥也忠仁公の家の集なとにあやまりて書なせるかと云うたかひあれとも古今にてハ忠仁公の御哥也雅をかくして讀ると云こと此集にてハなき事也つくり花なとハありもやしけんしらさる事也限なき君とハ天子后東宮なとの御事をうやまひあかめて讀る歟時しもわかぬと云ハ花と云物ハ年〻歳〻限なく咲ものなる心也花のこと世の常ならハの哥のことし是ハ祝言の哥なるへし

紫の一本ゆへにむさしのゝ草ハミなから哀とそみる（八六七）

むさし野ハ紫の道地也哥の心ハ独を愛すれハ其ゆかりまてあはれむ心也是ハ恋の哥也雑哥部にハ四季恋旅いつ

れ」の哥をも入へき也〔忠仁公御娘ノ三位ニ賜ス哥紫一本事大和物語ニ云舒明天主御時被立清丸武蔵介ニテ上洛ス妻留テ病ス于時紫袴主無テ朽テ生レリ以之如此詠也〕

〔女のおとうとをもて侍りける人にうへのきぬ送とてよミてやりける〕

業平朝臣

むらさきの色こき時は（八六八）

以前の哥と理同也色こきハ寵愛のふかき也めもはるハ草木のめくむによそへめもはるかにミ渡す間の草木いつれもむつましき心也〈※次行ノ鼇頭ニ不審紙アリ〉

〔大納言藤原の國経の朝［よ］〈※右傍ニ不審紙アリ〉り中納言に成時にそめぬうへのきぬあやをゝくるとて讀る國経ハ長良卿嫡男宣公ノ兄冬嗣一男雖應請譲依早死次男良房為関白故閣良房子長良次男養基〔御本〕譲関白國経長子依非器也貞観七任左中将同年九月補宰相寛平六任中納言次年〈※次行ノ鼇頭ニ不審紙アリ〉六十八任大納言［進］〈※右傍ニ不審紙アリ〉院右大臣能有ハ文徳之御子〕

近院右おほいまうち君」

色なしと人やみるらん昔よりふかき心にそめてしものを（八六九）

こと書に地のあやをゝくるとある所に色なしと讀り昔より君をはふかく思ふと也〔いせのかミのなんまつる宮つかへせ［ん］〈※右傍ニ不審紙アリ〉いその神と云所にこもり〈※鼇頭ニ不審紙アリ〉侍りけるを俄にかうふり給りけれは悦つかはすとて讀てつかハしける　なんまつハ実名也是を童名と云義アレ共ソレニテハ此理に不叶事アリ〕

ふるのいまみち

日の光やふしわかねは石上ふりにし里に花もさきけり（八七〇）

心ハ御めくミのいたらぬ方なくてかくさしこもる物も栄花にあへるよし也〔此松事石上布留神主也今道父也清和仕・陽成御代ハ不出殿陰居ス元慶三年八月ニ冠給也二条后のまた東宮のミやすん所と申ける時大ハらのにまうて給ひける日讀る貞観十二年三月后入内後山松伐之昔栄今又必其時代幸甚云心ヲ詠之〕

大はらやをしほの山もけふこそハ（八七一）　業平朝臣

大原野神は春日明神也昔天照太神と［あまの］〈春日明神也〉こやねの尊君臣合躰の神なれは今東宮は天照太神の御末二条」后は藤氏にて春日明神の御末なれは両神相に合給へハ此をしほの山も神代をそ思出らんと也伊勢物語に二条后のむかしを思ふと云義にはかハれり

天津風雲のかよひち（八七二）

天武天皇の御時吉野の袖ふる山に天人下て五度袖をかへせしをうつして五節の舞起れり今内裏にて此舞姫をやかて天乙女になして讀る也立まふ袖のあかぬ様なるへし僧正遍昭か哥にハ勝てよき哥なれハにや百人一首ニ入レリ〔十一月新嘗會箇事五夜被行之故五節云今此會ハ天長四年十一月也舞姫ハ右中弁藤原長朝中納言藤原朝行宰相藤原遠経等カ娘也乙女云女也上下通而謂之此哥乙女哥朝行娘幸子云人事五節の朝かんさしの玉のおちたりけるをたかならんととふらひて讀る」

河原左のおほいまうち君

ぬしやたれとへとしら玉［し］〈※右傍ニ不審紙アリ〉らなくにさゝハなへてやあはれと思はん（八七三）〈※鼇頭ニ不審紙アリ〉

白玉いはなくにの句面白哥也舞姫おほくて誰かともこたへぬは惣別にあはれと愛する義也〔簪玉落ス人長朝娘也」〈※次行ノ鼇頭ニ不審紙アリ〉

〔寛平御時にうへのさふらひに侍りけるをのこ共かめをもたせ［ん］〈※右傍ニ不審紙アリ〉后宮の御方におほミきのおろしときゝこゝにたてまつりたりけるをくらんと共わらひてかめをおまへにもて出てともかくもいはす成にけれハつかひのかへりきてさなんありつるといひけれはくら人の中ニ送りける〕

とし行の朝臣

玉［た］〈※右肩ニ濁点アリ〉れのこ［か］〈※右肩ニ濁点アリ〉めやいつらこよろきの礒の波わけ沖に出にけり（八七四）

たまたれのこかめハ不審なる事也風俗の哥に玉たれのこかめを中にをきてと云事あり其心をとける也かく云いはれ一あり此瓶此奥なれはそ人のわらひける哥の心こかめとてミな人の」笑しハいつら院に御前ニ出て晴にあへるハと讀り出たれと云事相違せりたまたれハいかにもうつくしかるへきなりうつくしと云て此哥にあたらぬ義なれはいかにもをかしき様に云へき也されは風俗の哥をとると斗云ていはれをハいはてをくかよき也一義丸かめハ玉の様なる也さハいはぬかよき也

兼藝法師〈※次行ノ鼇頭ニ不審紙アリ〉

女とものミてわらひけれハよめる　〔明也〕

かたちこそ見山かくれの朽木なれ心［を］〈※右傍ニ不審紙アリ〉花になさはなりなん（八七五）

〔方たかへに人の家にまかれりける時にあるしの絹をきせたりけるを朝にかへすとてよミける〕

きの友則

蟬の羽のよるの衣はうすけれとうつりかこくもにほひぬる哉（八七六）

人のかしたるきぬをうすしといハ、心たかふへき也人の志よりは薄の心其人の志ハ不可思議に我身ニとまると讀り」

讀人しらす

をそく出る月にも有哉足引の山のあなたもおしむへら也（八七七）

待侘たる氣より讀る也〔文徳の平城第九姫宮を待玉フニ遅ヲ思食テノ御哥〕

我心なくさめかねつ更級や姨捨山にてる月をみて（八七八）

これを大和物語に昔をはを捨たる人の後山の月をミて讀ると云事不用之哥の心ハ何となく心に思有物の姨捨の月をなかめハ思もなくさむと思ふに所からかなしさのまさりておもふ人にもみせはやなとの心のミうかひてなくさめかたきと云心也又一説此をはすて山に入てミれは月ハ照そひて胸中もすミわたれるに所のさまも月に映して面白けれはかへりてなくさめ」かたきと云也心は面白さにあまれる也

〔更科哥藤原清経信州為太守更科任又都留置妻女ヲ思テ詠之此山の事聖武御時和田彦永云民姨母ニ被養而成長姨老衰彦永妻強厭之可被弃云于時夫此山ニ佛御座礼玉ヘト奥行弃之姨恨死為石姨石号〕

業平朝臣

大かたハ月をもめてし（八七九）

是ハ思かへして云へる也たゝ秋の月をなかめ来れるさまなるへし哥の心ハ人は必今世後世につけて忘るましきことのあるを月をミる心のはう〳〵として年を送るに我身の老となれる事をおとろきて讀る也月に限らす花雪をミるともおなしことなるへし大かたハとハ思ひ成たる詞十の物七八と云心もあり又理のいはれぬ所も有なり」

〔月面白しとて凡河内ミつねかまうてきたりけるに讀る〕紀貫之〈※次行ノ鼇頭ニ不審紙アリ〉

かつミれとうとくも有かな月影のいたらぬ里［ハ］〈※右傍ニ不審紙アリ〉あらしと思へは（八八〇）
月は我宿はかりてらさハうとましくハあらてむつましかるへきのよし也躬恒を里わかす問ふへき人と云心也かつみるハかくミると云詞
〔池ニ月のみえけるを讀る明也〕
ふたつなき物と思ひしを水底に山のはならて出る月かけ（八八一）
〔大友行度娘天下無双美人也仁和帝聞食テ召テ〕
天川雲のミおにて早けれは光とゝめす月そなかるゝ（八八二）
〔一夜而帰に時御製〕
月の行事の早きをミて天川雲のミおいつれも早き物なれはや月のなかるゝことの早きと讀り〔明也〕〈※次行ノ鼇頭ニ不審紙アリ〉
あかすして月の［なか］〈※右ニ不審紙アリ〉るゝ山もとハあなた面そ恋しかりける（八八三）
これたかのみこのかりしけるともにまかりてやとりにかへりて夜ひと夜さけをのミ物かたりをしけるに十一日の月もかくれなんとしける折に〈※次行ノ鼇頭ニ不審紙アリ〉」みこ［うち］〈※左側ニ不審紙アリ〉へ入なんとしけれハよめる
業平朝臣
あかなくにまたきも月のかくるゝか山のはにけていれすもあらなん（八八四）
山の端にさしむきてにけて月をいれすもあれといへは誹諧になる也月をあかぬ心にてわりなく云へるねかひ事とみれハ面白き也〔田村の御門の御時ニ斎院に侍けるあきらけいこのみこをはゝあやまちありと云て斎院をか

へられんとしけるをそのことやミにけれハよめるイ此斎院有忠仁公犯之由聞而院ハ江州被押籠仁公摂州ニ被下[之]〈本ノマヽ〉無実斗終而共本覆あきらけいこは淳和第六御子明子内親王〕

あま敬信

大空をてり行月し清けれは雲かくせとも光けなくに〔八八五〕

事書に明也色〻の口舌も晴ぬる也　〔敬信ハ因香内時母也〕

よミ人しらす

石上ふるからをのゝ本かしはもとの心ハわすられなくに〔八八六〕

これは恋の哥にあらすもと相しれる人を云也此小野ハ大和國也本柏ハもとに葉のしけき柏を云へし〔大江清定娘ヲ思哥橘長盛〕」

いにしへの野中の清水ぬるけれともとの心を知人そくむ〔八八七〕

是もあひミし人の事也ぬるけれとゝハもとのよしミにて忘ぬ心とそ古事不用之〔イ桓武第八王子兼貞親王三善ノ基平娘為妻別後不忘思食テ詠之〕

〔延喜ニ大内歌合御門七宮御哥〕

古のしつのをた巻いやしきもよきもさかりはありし物なり〔八八八〕

いやしきといはんための枕詞也をた巻ハ此哥にをきては心なし只いやしき心也哥の心ハ賤も貴も一さかりハ有もの[なれ]〈本ノマヽ〉ともそのさかりへれハいつれも跡なき夢のさまなるへしありし物なりとハ我身を観する詞也

〔イ忠峯於八幡無官愁行中時ニ武内大臣侘夢詠之応神内大臣ト也〕

今こそあれ我もむかしハ男山さか行時もありこし物を（八八九）

〔依此感応右衛門府生就位ス〕

是ハ出家ノ人の讀ると云理有といへりされ共我も昔ハ男也と云にハあらす是はハ男山坂とつゝけてさかゆくといはんため也」これも身を歎したる哥也

〔文徳天皇六十三御詠也〕

世中にふりぬる物は津の國のなからの橋と我と也けり（八九〇）

是ハさる可然名のある人の讀る也心ハなからの橋と云ハ世に名たかき物なれ共ふりはつれは又人もふるしはつる也我身もふりゆかは人の不用ふるすへきを喩る也只大かた人の手の行斗にてハよくもあたらぬ哥也

〔友則六十讀之〕

篠の葉にふりつむ雪のうれをゝもみもとくて［た］〈※右肩ニ濁点アリ、「タノ字濁也」ト傍記〉ち行我さかりはも（八九一）

末はの雪のおもく成て本のかたふくをもとくたちと云也栄［ハ］〈※線ヲ以テ右ニ「和」ト記ス〉もと云ハワタヨムへシいかにと云詞也是も身を観する哥也

おほあらきの杜の下草老ぬれは駒もすさめすかる人もなし（八九二）

おほあらきのおあらき両説也下草生ぬれはとは我身に」比する心也駒は無心なる物人ハ有心なる物有心無心貴賤上下ともに思捨る心也　〽〈※合点ハ朱書〉已上三十首五月十二日

〔忠仁公老後詠之〕

かそふれはとまらぬ物を《年↓とし》といひて今年ハいたく老そしにける（八九三）

光陰のはやきを云也としと云ハ年なれ共敏かたをも行也とまらぬよといひてハ暮し〱して今年ハいたく老ぬる哉とハかなき事を歎く由也

をし［て］〈※右肩ニ濁点アリ〉るや難波のミ［つ］〈※右肩ニ濁点アリ〉にやく塩のからくも我ハ老にけるかな（八九四）

潮海ををしてなと云事不用之湊なとを水の出より起て云ん押出なるへしされハ濁て讀也此哥に限て水といはん此本ハミつと云へき也からくもと云ハくるしくもいたくもなと云心打歎〱て時いたれるを愁る也人〻の上の心咸へし」［尤］〈※文字ニ重ネテ不審紙〉注ミつの濱也〔是ハ橘是公老後詠此〕〈※鼇頭ニ不審紙アリ〉

老らくのこんとしりせハ門さしてなしとこたへてあハさらましを（八九五）

是ハまことにハかなき心なるへし門をさして是にハなしとこた《な→×》〈※次行ノ鼇頭ニ不審紙アリ〉ふへき物をと也［尤］〈※右傍ニ不審紙アリ〉注にみちたり翁にぬしを付る事不用之口傳あり惣の心ハかくハかなく云所の面白哥也和光同塵の心衆生のをろかなるに同する也

大［仄］〈本ノマヽ〉家持哥也皆是実を隠さんか為也此翁の事當集極秘也云〻此ミつの哥ハ昔有けるみたりの翁の讀るとなん

さかさまに年もゆかなん取もあへす過る齢やともに帰ると（八九六）

是も老を歎くとりにハかなき事を讀る也とりもあへすハ早き心なるへし〔藤原勝臣六十七詠之若ニ［返］〈※左傍ニ「本ノマヽ」〉ラント也〕」

〔右大将定國七十二讀之〕

とりとむる物にしあらねハ年月を哀あなうと過しつる哉（八九七）

あらさもあれうつるよ哀あなうと〳〵とて年〻を過るこゝろ也あハれあなうは切に歎く様也

とゝめあへすむへもとしとハいはれけりしかもつれなく過るよはひか（八九八）〈※次行ノ鼇頭ニ不審紙アリ〉

年に敏をそへた［る］〈※右傍ニ不審紙アリ〉ときハ理也と云心也しかもと云詞ハかくもさもともつかふ詞也つれなく過ると云ハ我にしハらくもとゝまらすつれなく齢の過るを恨る也又一説にハ上の句を二たひ云といふ説ありさてもしたへとも早く過る年かなとをしかへし歎様也心ハわか身のつれなきなるへし齢かハ哉也〈※次行ノ鼇頭ニ不審紙アリ〉

鏡山いさ立よりてみてゆかん年へぬる身ハ老やしぬ［らん］〈※右ニ不審紙アリ〉（八九九）

明也其様いやし山かつの花のかけにやすらふといへハ心ハあは」れなる歌なるへし老やしぬると打歎くさまの哀也黒主為美濃介下向ノ時哥也業平朝臣の母のみこなか岡にすミ侍ける時になりひらの朝臣宮仕すとて時〳〵もえまかりとふらはす侍りけれはしハすハかりに母のみこのもとよりとミの事とて文をもてまうてきたりあけてミれは詞ハなくて有ける哥

老ぬれはさらぬ別の有といへはいよ〳〵みまくほしき君かな（九〇〇）〈※次行ノ鼇頭ニ不審紙アリ〉

御［書］〈※右ニ不審紙アリ〉ニ云不去別也のかれぬよし也とあり大かたかくてあるたに恋しきにの心也とミの事と云ハいさゝか違例なとの心も有けるにやとミハいそく心なり

業平朝臣

かへし〈※次行ノ鼇頭ニ不審紙アリ〉

古中にさらぬ別のなくもかな千世もと［祈］〈※右ニ不審紙アリ〉る人の子のため（九〇一）

伊せ物語にハ千代もと祈るとあり爰にハなけくとありなけくと云うちに祈る心こもるへき也人のためとハ世間

人」に云かへる也法界をいへハ我身にあたる也

寛平九年后宮の哥合哥　業平嫡男在原棟梁

白雪の八重ふりしけるかへる山帰る〳〵も老にける哉（九〇二）

序哥也かへる〳〵ハ返〻と云心也白雪の八重ふり敷所〈※鼇頭ニ不審紙アリ〉地の山なれハ勿論なれ共［歳］〈※右傍ニ不審紙アリ〉相の心あり老にけるかなとハ切に我身をなけく成へし

〔同御時うへのさふらひニてをのこ共ニおほミき給ておほミあそひ有ける次につかうまつりける〕　とし行

老ぬとてなとか我身をせめきけんおひすハけふにあハまし物か（九〇三）

せめきたれると云心也おほミきハ大文字也おほミあそひ太御幸をしなとの類也私ならぬ心を賞して申義也」

〔宇治哥合〕　〔よミ人しらす〕

千早振宇治の橋もりなれをしを哀とハ思ふ年のへぬれは（九〇四）

是ハ道はやふるうさきとつゝけたる也老ハ早く来物なるゆへ也萬葉の一説也惣ハ神祇の枕詞也橋守ハ神也橋と云物は通しかたきを通するもの也

我ミても久しく成ぬ住の江の（九〇五）

伊勢物語にハ業平の哥也爰にてハ讀人しらす哥也ひめ松ハ松の惣名也され共古き松一木なとハいひかたく大小うちましりたる似合へき也

〔天安元年正月廿八日文徳帝住吉行幸之時業平供奉ス神感銘肝玉壇上嘯神風心ニ染魂天ニ翹此詠之于時明神出現而耽シト君ハ白波瑞籬ノ久喜代ヨリ祝初天氣御返事有幾此段秘事也阿古根浦口傳也」

住よしの岸の姫松人ならハ幾世かへしと問まし物を（九〇六）〔明也〕

〔大同二年三月十一日平城天子住吉行幸之時御詠〕

梓弓いそへの小松たか代にか万代かねて種を蒔らん（九〇七）

神さひたる松の磯邊にあるをミて讀りあら磯なとの波うちこえてありかたき所の松のさま也小松とハ昔の事也

今ハ此松大木なるへし〔イ文武帝御時人丸和哥〕

〔浦見之為勅使罷ケル時詠之〕

かくしつゝ世をやつくさん高砂の尾上にたてる松ならなくに（九〇八）

長〳〵と世にふる心也たかさこの松の世をつくすは名誉の名をひらく也其様なる身はあらて世をつくす事のかなしき也

藤原奥風

たれをかも知人にせん高砂の松もむかしの友ならなくに（九〇九）

わかいにしへの友ある事をも哀ともいひ合せつへき人もなく成て爰に久しき物ハ高砂の松のミあれともそれも又久しけれ共我世の共にてハあらハこそと也

よミ人しらす」

〔重明親王哥〕

わたつミの奥津しほあひにうかふ淡の消ぬ物からよる方もなし（九一〇）

うかふ淡ハよるかたもなくしかもきえはてぬ物也よしさらハきえよと思へともあらぬ心也

〔高藤内大臣娘同哥合哥〕
わたつ『う』ミのかさしにさせる白妙の波もてゆへる淡路しま山（九一一）
海神の来を云へし海童とも云り波をかさしにする心なり其波をもちて白妙にゆひたてゝ淡路嶋を見せたる也彼嶋の面白さまをミてかく作りたてたるなるへし是眺望の哥也　鈿カサシ〈※次行ノ鼇頭ニ不審紙アリ〉
難波かた塩みちくらし蜑衣田蓑の嶋にたつ鳴わたる（九一三）＊
〔三条町カ難波ニ行而詠之〕
くらしハきぬらし也たつハ田蓑の島のかたへ行様也眼前の眺望なりあま衣ハ海人の衣なれ共雨と云心をもちてなり」
〔貫之カ和泉國に侍りける時に太和ヨリこえまうてきてよミてつかハしける〕
君を思ひ沖津の濱になくたつの尋くれハそ有とたにきく（九一四）
おもひをくと云ハ連〻尋はやと昔より思来れる也わかしをもて尋ぬれハこそあれ其方よりの消息ハなかりつると讀りなくたつハ尋んのため又きくといはん為也
〔藤原忠房ノ哥〕
返し　　　　　　　　　　　　　　　つらゆき
沖つ波たかしの濱のはま松の名にこそ君を待わたりつれ（九一五）
おきつ高師同國也名たかき濱松なれは定而問ひも来り給ハんと松をたのミに待し也我をハよも久しき志あらしと讀り難波にまかりける時よめる
〔貫之知田有テ難波ニ行テ詠之〕〈※次行ノ鼇頭ニ不審紙アリ〉

難波かた生ふる玉もをかりそめのあまとそ我ハ成ぬへら［也］〈※右傍ニ不審紙アリ〉（九一六）」
かりそめのあまとハ来りてしハしやすらふ心也臣下の身ハ命にあらすして境を不越と云儀あり然をめくミにも
あハて田舎わたらひすれは海人と成と云也述懐の哥なるへし〔あひしれる人の住吉にまうてけるに詠てつかわ
しける大江盛章〕

住吉とあまはつくともなかゐすな人わすれ草生といふなり（九一七）
〔たゝミね其比住吉参籠〕
蜑ハつくともとハ人ハと云へきを海邊なれはかく云也又下に人忘草とあれハ蜑ハとをけり心ハ人になれゆけハ
心もうつろひて忘草生ふる程になれは其人と又あしき事も有へしと也人の方から貴方を忘るへき也知音の人な
とのかくをしへ云様也
〔難波へまかりける時田ミのゝ嶋にて雨に合てよめる〕
つらゆき

雨により田蓑の嶋をけふゆけと名にハかくれぬ物にそ有ける（九一八）」
蓑と云名にハかくれぬ也また難波の心もちとあり
〔法皇西川におハしましたりける日鶴すにたてりと云事を題にてよませ給ひける寛平ニ御出家諸國修行遂給キ〕

あしたつのたてる川邊を吹風によせてかへらぬ波かとそみる（九一九）
大井河の川洲に鶴のしつ〳〵とたてるをそよ〳〵と風はふけともかへらぬ浪かとミる心也延喜時代なれは何の
法皇とハかゝぬ也寛平御事也
〔中務のみこの家の池に舟を作ておろし始てあそひける同法［王］〈本ノマヽ〉御らんしにおハしましたりける

夕さりつかたかへりおハしまさんとしける折に讀て奉ける」

伊勢

水の上にうかへる舩の君ならハこゝそ泊といはまし物を（九二〇）

あはれ舟の君にてあらハ爰こそとまり候よと申へきと也是ハ作始たる舟を御覧しにおはしましたれハ宿の奥をもちてかく讀る也又伊勢ハ法皇の御思人なれハ下に思ふ心有」へき也君は舟臣ハ水なとの心にて讀るといはんハ無下の事なるへし

真せい法し

〔唐琴と云所ニテよめる〕

都まてひゝきかよへるから琴ハ波のをすけて風そひきける（九二一）

西國の名所かなミの緒と云事ハなけれとも只是ハおしあてに讀る也都にて名を聞しハ只波風のしわさなりと云へり

布引の瀧にてよめる

在原行平朝臣

こきちらす瀧の白玉ひろひ置て世のうき時の涙にそかる（九二二）

こきちらすハ山田のいねこきたれてなとの同詞也心ハ瀧の白玉を涙にかると云に限なく古のうき心みえたり

〔布引の瀧のもとにて人ゝあつまりて哥よミける時によめる〕

業平朝臣

ぬきミたる人こそ有らし白玉の間なくもちるか袖の狭きに（九二三）

玉をつらぬきけるをゝときたる様なりといへり我袖のほとな」きに過分なる白玉の様かなと讀り

人ゝハ敏行敏方有常等也貞観四年也

し
〔吉野の瀧をミてよめる　承均法師大峯へ入トテ詠之〕〈※次行ノ鼇頭ニ不審紙アリ〉
たか為に曳てさらせる布なれや吉をへてミれととる人〔の〕〈※右傍ニ不審紙アリ〉なき（九二四）
たかためにさらせる布にてかあるらんいつミれ共とる人もなきハといへり　承均又シヨウキン共トヨムヘキト
云義アリ文字ちかひぬるといへとも流にかなにかきたれは其まゝなるへし
〔神〕〈※右肩ニ濁点アリ〉〔退〕〈※右肩に不濁点アリ〉法師　〔〔シン〕〈濁也〉タイ〕上濁下清也　神たい法
〔題不知〕
清瀧の瀬〻の白糸くりためて山わけ衣をりてきましを（九二五）
面白と云哥也瀧の邊をミれは白糸の打亂たるを是か誠の糸ならハ衣ををらましと讀り瀧の糸に山分衣能」似合
たり其身にも相叶へる也
〔平城ノ太子真如親王醍醐御座時哥後發心而為弘法師入唐而渡天ス中途為鬼捨身鬼飢而沙門請食柑子二ヲ持以
小与之小國子今天〔何〕〈本ノマ、〉下奪命云〻〕
龍門にまうてゝ瀧の本にて讀る　伊勢
立ぬはぬ絹きし人もなき物を何山姫の布さらすらん（九二六）
公界一説云此龍門と云所ハ昔仙人の住し所也仙人ハたちぬはぬ衣をきる也其もむかしの事にてこそあれ今ハ仙
人もなきに何といひたる事そと也又一説いつくに昔からたちぬはぬ衣きる人もなきを何のいはれにかゝる布を
さらすそとハかなき様に讀る也又云したてなる哥の心一あり伊せか後仲平に忘られてミわの山いかに待ミんと
云哥をよミて親の所にこもりゐたりけるか」せめてのなくさミに立出て此瀧をミれは山姫の何故なき布をさら

すそとみるに我思はぬ人を思ふ心の［は］〈は〉かなさと同し事也と讀る也
〔朱雀院のみこ布ひきの瀧御覧せんとて［ふん月］〈フンツキトヨムヘシ〉七日の日おハしましてありける時
にさふらふ人〻に哥よませ給けるによめる〕

橘長盛

ぬしなくてさらせる布を七夕にわかこゝろとや今日ハかさまし（九二七）
わか心とやとハわかぬしに成てかさんと也
〔朱ハ寛平法皇人〻ハ清原元輔藤惟岡同良方橘長盛等也〕
ひえの山なる音羽の瀧をミて讀る

たゝミね〈※次行ノ鼇頭ニ不審紙アリ〉

落瀧つたきの水上年つもり老にけらしな黒き筋な［き］〈※文字ノ上ニ不審紙アリ〉（九二八）
みなかミを髪にそへたり我年の老たる事を讀り
〔かまくらノ瀧ニ非ス西坂本ノ水ノミ下ニ南ノ谷ニアリ〕
〔同瀧ヲヨメル〕

躬恒」

風ふけと所もさらぬ白雲ハ世をへて落る水にそありける（九二九）
所もさらぬ雲そと思へし也かくおもへる氣を轉して水にそ有けるといへり
〔文徳ノコト〕
田村の御時に女房のさふらひにて御屛風の絵御らんしけるに瀧の落たる所面白し是を題にて哥よめとさふらふ
人におほせらせけれハよめる

〔文徳ノ御思人〕三条の町

〔或惟高母〕

おもひせく心のうちの瀧なれや落とハみれと音の聞えぬ（九三〇）

心ハ絵にある瀧の音にもきこえぬことくわか胸中の思をせけハ音にハたてぬ也是も御門を恨奉る心に讀るなり

延喜ノ御時屏風ノ絵ナル花ヲヨメル　　貫之」

さき初し時より後はうちハへて世ハ春なれや色の常なる（九三一）

絵にかけは常なるハ勿論也此咲そめしハかきそめしなとの心也色の常なるハ絵也世のあたなる事なき春に成ぬと云也當世不可詠

坂上是則

〔同時屏風ニ〕

かりてほす山田のいねのこきたれて鳴こそ渡れ秋のうけれは（九三四）

是ハ鴈かね絵に有しを讀るなるへし

〽〈※合点ハ朱書〉已上四十首　五月十三日

（四行分空白）」

古今和謌集巻第十八　　雑哥下　讀人不知

〔題しらす〕

古中ハ何か常なる明日香川昨日の渕そ今日は瀬になる（九三三）

あすか川のかはる渕瀬をミて古間のいつれの事か常ならんといへり無常の心を忠仁公詠之

いくよしもあらし我身をなそもかく蜑のかるもに思ひ亂る（九三四）

あまのかる藻ハみたるゝ縁にいへり我からの心ハなき也たけも出来様もやさしき哥也心ハいく程も有ましき世をなと思乱そと讀り人〻の上にありたき心なるへし

〔平城俄御位ヲ去給而御弟嵯峨天皇即位時昔ヲ覚テ平城ノ御製也此事冬嗣大臣計也時ノ一人也〕

鴈のくる峯の朝霧晴すのみ思ひつきせぬ世中のうき（九三五）

是ハ［胡桃］〈クルミ〉を立入たりといへともさありと云義ハなし昔より」いひ来れるまゝにかく申也或人説云鴈ハくるやと思へハとたえとたゆると思へハ又くる物也是をわかおもひのたえつおほえつするに喩と云義あり不用之たゝ序哥也はれす思のある憂世の様を讀り鴈の渡る折節の霧の様を感して哥面白なるへし〔仁明崩御方歎橘俊宗詠之〕

篁

しかりとてそむかれなくにことしあれハ先なけかれぬあなう世中（九三六）

先世中に一事もうきことの出来ハあなう世中となけかるゝ心なるへしさあれともそむきハはてしれぬよし也鐵をのへたる哥のさま也〔隠岐國配流時詠之〕

〔かひの守に侍ける時京へまかり上ける人につかハしける〕

〔貞樹延喜御時依勅勘長則ニ被配流之其ヨリ上スル哥〕をのゝさたき」

都人いかにとゝ山たかミ晴ぬ雲井にわふとこたへよ（九三七）
甲斐のしらね八限なく高き山にて雲霧もはるゝひまなきにそこにうちなかめて讀る様の哀に面白哥也行平卿のわふとこたへよの哥よりも是ハ猶かなし《き→さ》のたちまされるなるへし〔有常甲斐為國司貞樹ハ清樹カ子也〕
〔文ヤのやすひてか三川の掾にてあかたみにハえ出たゝしやと云やれりけるかへりことによめる小野小町貧而六条渡ニ住ける比〕

侘ぬれは身をうき草の根を絶てさそふ水あらハいなんとそ思ふ（九三八）
先物思のあり〳〵て侘ぬる身ハと云也小町好色なれは色〳〵のおもひにたへかぬる心也かゝる身ハたのむへき人もなく落着すへき所もなきを萍になそらへてさそふ人もあらハと思ふ心不便なる哥也
小町六条ニテ詠」

あはれてふ事こそうたて古中を思ひはなれぬいかりけれ（九三九）
それとなく物をたのむ心也哀何ともあれさもあらなんなと思ふ心なるへしさらてたに古中『と』云物ハいとひはなれかたきをたのむ心の有て捨かたき由也
よミ人しらす

あはれてふ言の葉ことに置露はむかしを恋る泪也けり（九四〇）
物を人たのミ愛する心と身をあはれむ心のあるなりあはれ昔ならハ〳〵と思ふ涙と讀り〔染殿内侍滋春ニ後テ詠之〕
〔明也〕

古中のうきもうらきもつけなくに先しる物は涙也けり（九四一）
なミたにハ告もせぬに知心也〔二条后尼ニナリテ詠之大原ニ住給比也〕
古中ハ夢かうつゝかうつゝとも夢ともしらす有てなけれは（九四二）
心ハ明也〔天武有二人御子不譲位而崩ス髙市王子東宮為太子新田王子呪詛之露顕而新田王子ヲ備中國へ配流臣下相計也時ニ無常ヲ観而詠之云〻〕
世間にいつらわか身の有てなし哀とやいはんあなうとやいはん（九四三）
我身と云物ハあるかと思へハなき物也あはれふひんとやいはん憂物とやいはんと也〔是ハ文徳天皇御時左大将藤原良相与後左大臣河内國ヲ相論ス良相ヲ欲害仍顕而尾州仁被遷東宮大夫良國哥也良相弟也〕
山里ハ物の［わ］〈※右肩ニ不審紙アリ〉ひしきことこそあれ世の憂よりハ住よかりけり（九四四）
わひしきハ一事をさゝぬ詞也ことたらんこともありさひしきことなとも有へき也〔後北方名虎娘比忠仁公發心而西山ニ籠居時哥也〕
〔されとも古のうきよりもといへる也〕

惟高の御子

白雲のたえすたなひく嶺にたに住はすミぬる世にこそ有けれ（九四五）
惟高ハ文徳天皇第一の御子にて御世を継せ給へきを思の外に御出家有て小野にこもりゐてかく讀給へる也御子の御哥にて」一段哀ふかく侍へし

ふるのいまみち

しりにけん聞てもいとへ世中ハなミのさハきに風そしくめる（九四六）〈※次行ノ鼇頭ニ不審紙アリ〉

風そしくめるハしきりなる也此世はしかな［ら］〈※右傍ニ不審紙アリ〉ぬと云ことハさらになき物なれはわか心にも知にけん若又しらすハきゝてもいとへと我をいさむる哥也

そせい

いつくにか世をはいとハん心こそ野にも山にもまとふへらなれ（九四七）

本心と云物ハ我を離ぬ物なれはいつくへ行とても同しつらさなるへきの由也〔遍昭清和之御時惟高御子被語帝ヲ奉呪詛由ニテ被勅勘東山辺忍居而父許へ遣此哥依此被免由見之也〕

よミ人しらす

古中ハむかしよりやハうかりけん我身ひとつの為になれるか（九四八）」

わか身独のためとハ我身のきはめてうき時にわりなくあらぬさまなる事を思ふ成へしか文字ハうたかふ歟なるへき也橘忠幹于時大炊頭發心而江州阿弥陀寺仁籠居比詠之〈※次行ノ鼇頭ニ不審紙アリ〉

世中をいとふ山邊の草木とやあなうの花の色にいて［け］〈※右ニ不審紙アリ〉ん（九四九）

よをいとふ人の山里なとに住て垣本の卯花をミて讀る哥なるへし卯花と云名につきて思へハ此花も世のうき事に色に出ると讀り此哥草木とやと大様に云によりて

面白優玄なる也是ハ大江重光小松天皇＊

御時被勅勘和州ニ忍居テ詠之

三吉野の山のあなたに宿もかな世の憂時のかくれかにせん（九五〇）

あなたと云によりて世のうきことの切なる心もふかく世を」遠さかる心の有也御吉野もまたなをさりの心なるへし

世にふれハうさこそまされみ吉野の岩のかけ道踏ならしてん（九五一）
先行かたき嶮難の道を行住かたき山にすまんと思心にて世のうき事のしられぬる也うさこそまされといひて山にすまんともゆかんともいはて下句にふミならしてんといへる詞面白哥なるへし是ハ文徳天皇染殿后ニ後給之時御哥或本ニ哀傷部ニ入元慶八十二七日薨云々

いかならん巖のなかにすまはかハ世の憂事のきこえこさらん（九五二）
昔外道四人有て生死をかなしミていかにしてかのかれんとて天にのほるもあり岩ほの中に住しもありきされ共いつれものかれさりし也哥のハいかなる」岩の中にすミてか憂事きかさらんと也

〔此哥天武天皇吉野ニ籠給時哥也〕

足曳の山のまに〳〵かくれなんうき世中ハ有かひもなし（九五三）
此卋中と云物ハ我身にとりて有かひもなけれハ山に入てもたのむかたはなけれとも餘にたつきなき世にすまむよりハ身一を山に隠ん由也かひハ山によせたり

世中のうけくにあきぬ奥山の木葉にふれる雪やけなまし（九五四）
此哥まて〳〵〈※合点ハ朱書〉已上廿二首五月十四日
憂事にあきぬれハゆきてきらんと云心なれとも木葉にふれる雪と云て哥のかさりに成也木葉の雪ハあは〔し〕〈本ノマヽ〉てことに消やすき心也

〔惟高御子背世後小野山里ニテ詠之〕

〔もの」〈※左ニ「物部」〉ゝへの「よしな」〈良名〉〕

〔おなし文字なきうた
明也〕

世のうきめみえぬ山路へいらんにハおもふ人こそほたし也けれ（九五五）

〔同〕

世を捨て山に入人山にても猶うき時はいつち行らん（九五六）

〔此哥山の法師の許へつかハしける躬恒哥也〕

〔物思ける時いとけなき子をミてよめる〕

今さらに何生いつらん竹のこの憂ふししけき世とハしらすや（九五七）

〔事書に明也躬恒三男民部丞清継文徳被勅勘粟田ニ忍居詠之〕

よミ人しらす

〔題不知〕

古にふれはことの葉しけき呉竹のうきふしことに鴬そなく（九五八）

ことの葉しけきハ五文字ニ心得らるゝ也古ハうれしきこともかなしき事もあるに悦ハすくなく愁のミまさるを

打歎〳〵すれハこと葉のしけき也わか心を鴬にゆつりて讀り〔ウタ帝御遁世後敦慶親王御哥也〕

木にもあらす草にもあらぬ竹のよのはしにわか身ハ成ぬへら也（九五九）」

〔桓武女〕

高津内親王の入内ありて其本意もなかりしかハいつかたへもつかてはしたになれる心也［我身から―おもひき

や―哥前後］〈※付箋＊〉

たかむら朝臣

思ひきやひなの別におとろへて蜑の［た］〈※右傍ニ不審紙アリ〉くなはいさりせんとハ（九六一）

なはたくハたくる也大方の旅成ともかなしかるへきを〔謫〕〈タク〉居の思哀也かゝるわさを篁かせんするにてハなけれ共遠嶋になかされてかなしミの餘にかく讀り

我身からうき世中と名付つゝ人のためさへ悲しかるらん（九六〇）

此わか身と云ハこなたの我身にてハなし世間故のわか身から憂世中と名をつけて人のためをさへかなしくなすとかこつ心也又一説こなたのわか身から世ハ何にてもなき」を憂名を付て我のミならす人のためまて憂心と也

俊成卿哥云

〔〇〕〈※「御本ニハ上」ト傍記〉いかはかり花をハ春も惜らんかつハわか身のためとおもひて＊

此哥春を我身と讀り始の心に叶へり

〔田村御門の御哥ことにあたりて津の國すまと云所にこもり侍けるに宮のうちに侍りける人につかハしける宮うちハ大裏也〕

在原行平朝臣

わくらハに問ふ人あらハ須満の浦に（九六二）

我を誰もとハしと思ふ氣より自然たまさかにも問人あらハ如此こたへよと也〔イ天安二年中納言藤原師茂座ノ上下有論冠打落依之須广浦ニウツサル、時娘四条后許へ遣之〕

天ひこの音つれしとそ今ハ思ふ我か人かと身をたとる世に（九六三）

させる官位なとに『て』もなきに其をさへと〔け〕〈清也〉て我身をおもはぬ」なるに成たるを天彦の物にこたふるこゑのいつれとわかぬやうに我身やらん人やらんと思ふ心也喩也〔是ハ左近将監とけて侍ける時に女のとふらひをこせたりける返事ニよミてつかハしける訪女云小野兼長娘也小野春風哥也〕〈※次行ノ鼇頭ニ不審

紙アリ〉
〔つかさ［遂］〈※右傍ニ不審紙アリ〉侍ける時よめる〕平貞文
浮世にハ門さりともみえなくになとか我身の出かてにする（九六四）
珍しき哥也たかとゝむるともなきをの心也
〔哀なる歌也〕
ありはてぬ命待まの程斗うき事しけくおもハすもかな（九六五）
〔御子の宮のたちはき侍けるを宮仕つかうまつらすとてとけて侍ける時よめる〕
ミやちのきよき
筑波根の木のもとことに立そよる春のミ山の陰をこひつゝ（九六六）
此哥ハいさゝか物のたかひめに宮つかへしたる時讀る也つくはねハ東宮方へよりたる人のかけによりてその方をしたふ心也惣してハめくミの事に申ならハせり春のミ山とハ」東宮の御事也
〔時なりける人の俄に時なく成て歎くをミてミつから歎もなく喜もなき事を思てよめる〕
深養父
光なき谷にハ春もよそなれはさきてとくちる物思ひもなし（九六七）
月日の影もみえぬ深谷の事を云へり其ハ又めくミにもあつからぬ所ハ中〳〵に心やすき身にて世をふる心也よき事もなきにはしかしのよし也
〔陽成帝御時大蔵小輔菅原時親背勅命江州へ住深養父依為旧友送詠之元慶比ナリ時ナル云事文集云〕
〔君臣遇時心幸栄花再余董運一天土風不連枝菓云〻〕

〔かつらに侍ける時七条中宮のとはせ給へりける御返事に奉りける〕　伊勢
久形の中におひたる里なれは光をのミそたのむへらなる（九六八）
中に生たると云ハ月の中に生ル也中宮をハ秋の宮と申せハ月に喩也〔寛平御時也伊勢宮仕懶成テ桂に住ス中宮女房タリシ也〕」
〔紀のとしさたかあハのすけにまかりける時にむまのはなむけせんとてけふといひ〈※次行ノ鼇頭ニ不審紙アリ〉をくれりける時にこゝかし［こま］〈※右傍ニ不審紙アリ〉かりありきて夜ふくるまてみえさりけれハつかハしける〕　なりひら
今そしるくるしきものと人またんさとをはかれすとふへかりけり（九六九）
利貞かまて共〳〵こぬほととにくるしきものと今そ知と也人またんさとゝ下へつゝけてミるへし
〔これたかのみこのもとにまかりかよひけるをかしらおろしてをのと云所に侍けるに正月にとふらハんとてまかりたりけるにひえの山のふもとなりけれハ雪いとふかゝりけりしゐてかのミむろにまかりいたりておかミけるにつれ〳〵としていとものかなしくて有けれハかへりてまうてきてよミてをくりける〕　業平
忘てハ夢かとそおもふ（九七〇）
事書につれ〳〵といと物かなしくてと云所に惟高御子の御一生の心こもれり此詞肝心也忘てハと云ハつらくもおもひよらぬ事哉と云心也伊せ物語同之〈※次行ノ鼇頭ニ不審紙アリ〉」
〔深草の里に住侍り［京］〈※右肩ニ不審紙アリ〉へまうてくとてそこなりける人に讀て送ける〕

年をへて住こし里を出ていなはいとゝ深草野とや成なん（九七一）
〔二条后未立女御時分父深草住スニ時業平見ニ通テ此哥ヲ送也〕

返し　　　　　　よミ人しらす

野とならはうつらと［なり］〈※右傍ニ不審紙アリ〉て（九七二）
　　　　　［今更に―水の面に―哥前後］〈※付箋＊〉

鶉と成て年ハへんかくなをして貫之か此集にハ入たりよくなをせりと云こと也人ハたとひ捨ハつともしハらく堪忍せは又かりにも人の問ふへきと也古上の人のかくおもへと也狩場の心ハいさゝかもあるへからす也

〔題しらす〕

我を君難波のうらにありしかハ憂目をミつの蜑と成にき（九七三）

何とも人のおもはす思くたして有しによりて尼とな〈※次行ノ鼇頭ニ不審紙アリ〉れりと讀りミつのあま〔清テヨムヘシ此［哥］〈※右傍ニ不審紙アリ〉ハ　ある人昔男あ［る］〈※右傍ニ不審紙アリ〉をうなのおとこはとはす〕成にけれなるにハなるミつの寺にまかりて尼になりて男につかはせりけるとなん云へりおとこハ中納言兼輔也女ハ紀［勅］〈御本〉範か娘也不愛ヲ恨テ尼ニ成と云〻〕

〔返し〕　　　　　　みつね

難波かたうらむへき［と］〈※右傍ニ不審紙アリ〉もおもほえすいつこをミつのあまとかハなる（九七四）

いさゝかの事に付ても恨らるへき子細ハなきを何ことをミてうらむるにか能〻心をミしり定てこそハ恨をも云へけれと讀り尼になれは非可恨と也

〔友たちの久しう〕
水の面に生ふるさ月の萍の憂事あれや根を絶てこぬ（九七六）
〔忠岑絶不来也〕
うき事あれやとハ我方にうき事のあるかかきたえて御とひなきハといへりさ月ハ萍ふかき時節なるへし
今さらに問へき人もおもほえす八重葎して門させりてへ（九七五）
わか里さへ古はてたる後ハ誰とふへきとなけれハ門さしはてつといへと也［た］〈※右肩ニ不濁点アリ〉れにともなくてかく云也」
〔人をとハて久しうありける折に相うらミけれはよめる〕
身を捨て行やしにけん思ふより外なる物は心也けり（九七七）
わか必ゆきてとハんする事をとはねハ心のおこたるさま成へし
〔宗岡大頼かこしより来りける時に雪のふりけるをミてをのか思ハ此雪のことくなんつもれりと云ける折によめる〕
君か思ひ雪とつもらハたのまれす春より後ハあらしとおもへは（九七八）
〔大頼為賀州守上洛ス為帰下時ニ妻女貫之妹詠之〕
返し　宗岡大より
君をのミおもひこし路の白山ハいつかは雪のきゆるときある（九七九）
〽〈※合点ハ朱書〉已上廿六首　五月十五日　〔二首明也〕
〔こしなりける人につかハしける大頼許へノ事〕　紀貫之〈※次行ノ鼇頭ニ不審紙アリ〉

思ひやる越のしら《ね↓山》しらね共一夜も夢に［た］〈※右傍ニ不審紙アリ〉らぬ［間］〈※右傍ニ不審紙アリ〉そなき（九八〇）

題しらす　　　　　　　　　　　　よミ人しらす

いさ爰にわか世ハへなん菅原や伏見の里のあれまくもおし（九八一）

〔伏見二所アリ菅原野ハ大和國也哥の心ハかゝる名たかきところの荒行をミてわか世をへてこゝをやつさす住へきと讀給へり此哥は」天照太神の御哥也イ北野天神昔御哥御先祖所被改ヲ歎給御心ナリ此第一之実儀也當集最次秘事也不可諌と云〻〕

我庵ハ三輪の山もと恋しくハとふらひきませ杉たてる門（九八二）

〔明神ノ御哥也此山に御座アル事ハ和光同塵の光をこのまん物は杉たてる門ヲしるへにて爰に来へしと也衆生利益の御ため也杉たてるかと口傳アリ云〻イ日本紀哥也嶋根尊三わの明神ニ通スルニカキ絶テ不御座ニヨメルト云間此神者無色天衣無形色然者輪ヲ双テ社トス云答云是一義也実ハ三わの神主従五位下［に］〈本ノマヽ〉三わノ盛國カ娘奈良ノ京へ出ケルニ阿保親王ノアハント言御返事ナリ〕

喜撰法師

わか庵ハ都のたつみしかそすむ世を宇治山と人ハいふなり（九八三）

喜撰ハ世をのかれんとて此山のおくに入て身をおさめ心をやすんせし人也しかそ住とハ迷へるものハ爰をうしといへとも我は住得たりと云心也身を治心をやすんしてたにあらハ人〻喜撰なるへし始をはりたしかならすと云事ハ序ニいへり」

喜撰ハ奈良丸子也橘氏也

醍醐法師也

荒にけり哀いくよの宿なれや住けん人の音つれもせぬ（九八四） よミ人しらす

是はさるへき人のやとりなとのあれハてゝ誰ありともミえす其儘絶はてゝ物哀なるさまをミて哀いく世の宿そと思ふ也伊勢物語にハかはれり

〔奈良へまかりける時にあれたる家に女の琴ひきけるを聞て讀て入たりける〕 よしミねの宗貞〈※次行ノ鼇頭ニ不審紙アリ〉

侘人の住へきやとゝミる［から］〈※右ニ不審紙アリ〉に歎くハ、る琴の音そする（九八五）

此作者宗貞とあり僧正遍昭と入へけれとも女の方へやる哥なれは俗名を書也俗の時よミしやらん心ハ荒たる家なれは侘人のすむへきとミれはやかて琴の音をきくも心すこく物」かなしき聲のする成へし

〔泊瀬にまうつる道にならの京にヤとれりける時によめる〕 源［致］〈※右傍ニ不審紙アリ〉

人ふるす里をいとひてこしかともならの都も憂名也けり（九八六）

我先人にふるされてわか住所をあちきなく思ふによりて泊瀬なとへも参たる歟ならの京にやとりてミれハ爰も人の古したる宿也と物あちきなくおもへるさま也惣の心ハいつくへ行とも我身からの理成へきと也

〔源致娘長谷寺へ毎月参詣時詠之人古スハワカ故郷事ヲ云〕

〔題不知〕 よミ人しらす

世中ハいつれか［わ］〈※右傍ニ不審紙アリ〉きて我ならん行とまるをそ宿とさたむる（九八七）〈※歌頭ニ「惟高

御遁世後哥也」ト注記アリ〉
　故郷と思ふにもえ住は［て］〈て〉ぬ習もあり又思はぬ里にすミはつることもあれハいつくをか住所と可定と
　也」
相坂の嵐の風はさむけれと行ゑしらねハ侘つゝそぬる（九八八）
　〈※注一行目カラ二行目ノ鼇頭ニ「小町妹ノ江州ヨリ可上云遅カリシ時詠之」ト注記アリ〉ゆくゑしらねはと
　云ハ道のゆくゑを思ふにてハなし行方とてもたのミかたきの心也合坂の関の嵐をつらしとていつくへ行とも身
　にたのむへき所なしと讀りぬるとハふると云心也歌の様まされはぬると云也
風の上にありかさためぬ塵の身ハ行ゑもしらす成ぬへら也（九八九）
　〈※注一行目カラ二行目ノ鼇頭ニ「延喜第六御子浄禅法印修行ニ出給比御哥」ト注記アリ〉我進退の落着もな
　き作法を思へハ風の上の塵のことくゆくゑもしらすこそ成もはてめと也此三首ハ蟬丸かよめりけるを古今にハ
　作者をあらハさす後撰にハ作者をかけりとそされとも後撰に此哥の入たるにてハなし是やこの行も帰もの哥ハ
　蟬丸か哥其作者をあらハせる事」を云へり心ハ其哥をも此集のことく讀人不知と入たきと云心の有也
　家をうりてよめる　　　　　　　　　　　　　伊勢
飛鳥川渕にもあらぬ我宿もせにかハり行物にそ有ける（九九〇）
　是をわろき注に家をうりて銭にかはると云ことありあさましき義也不可用之たとへハ飛鳥河の渕の瀬にかはる
　に喩也是に付て面白事ありあすか川にをきて渕せにかハる事も天然の理也家を作るもうるも世間の盛衰は又是
　も天然の理に住すれハかなしミもなくことのすくなき也伊勢尼ニ成て後西山に住時事也老哀シテ也
〔つくしに侍りける時にまかりかよひつゝ〈※一字分削消歟〉ちける人の許に京にかへりまうてきてつかハしける

イ陽州村嶋云所時文カ知行而住ス〕」

紀友則

故郷はみし［こ］〈※右肩ニ濁点アリ〉ともあらすをの丶えの朽し所そ恋しかりける（九九一）

碁にそとよする也古事王質カ如仙ニ入こと故郷ハみしにもあらすとハ立帰りてミれは昔のことくもなき心也哥の心ハ親子の間も疎遠なれはかひなき也他人もむつましきハ大切なる心をいへり

女友たちと物語して別て後につかハしける　みちのへ

あかさりし袖の中にや入にけんわか玉しゐのなき心ちする（九九二）

恋の哥にてハ無是非ことなるへし是ハ友たちの分にてハ過たる様なれ共女と云物ハ友たちをも不可思義思かはすものはとそイ友たちと云ハ長門守藤ハらの清房娘出雲云女四条后之女房也」

〔寛平御時もろこしの判官にめされ侍ける時に東宮のさふらひにてをのことも酒たうへけるつゐてによミ侍ける〕

藤原忠ふさ

なよ竹の夜なかき上に初霜のおきゐて物を思ふ比かな（九九三）

なよ竹の霜は序也哥のこ丶ろは夜なかきと云ハ東宮の御代の末遠き事を賞して讃りか丶るめくミのありかたき所にはさふらハてもろこしまて行へきことを歎也

〔をのこ共と云ハ仲原宗末源惟光源俊平藤原忠房等也〕

〔題不知〕

よミ人しらす

風吹は沖津しら波立田山夜はにや君か独こゆらむ（九九四）

顕注密勘云昔も今も白波を稱盗人庭訓又如此但愚案遣不審大和にハあらぬから衣の躰につ丶けたらハ哥の本意

也此今案殊可貴有興云〻定家の心何と有へきそとなれは盗人へも心をよせ顕昭の説にも同心すへきとなり」こと書にて哥あらハ也此人尤貞女也此哥を哥の本躰也と貫之いへり

〔万葉ニ［海］〈ワタ〉底之［奥津］〈オキツ〉白波立田山［何時鹿越奈武妹之當見武］〈イツカコヘナンイモカアタリミン〉〕

〔かせ吹はの哥ある人昔大和國なりける人のむすめに或人すみわたり《けり↓×》けり此女おやもなく成て家もわろく成行間に此男河内國に人をあひしりて通つゝかれやうにのミ成行けりさりけれ共つらけなるけしきもみえて河内へゆくことに夫の心のことくにしつゝいたしやりけれハあやしと思てもしなき間にこと心もやあるとうたかひて月の面白かりける夜河内へいくまねにて前栽の中にかくれてミけれハ夜更るまて琴をかきならしつゝうち歎此哥をよミてねにけれは是をきゝてけれより又外へもまからす成にけりとなん云つたへたる〕

たかみそきゆふ附鳥かから衣たつたの山におりハへて鳴（九九五）

たか御祓のゆふつけ鳥にてかと云心御祓と云ハゆふとつゝけんため也御祓ハ所詮なるへし但又立田川に御祓の在所」なると不知と也朝臣河内通女事丹波介佐伯忠雄娘也貞観八年ノ［比］〈本ノマヽ〉也〈※次行ノ鼇頭ニ不審紙アリ〉

忘られん時しのへと［や］〈※右傍ニ不審紙アリ〉濱ちとり行ゑもしらぬ跡をとゝむる（九九六）

〔注一行目カラ二行目ノ鼇頭ニ「大江朝綱カ大蔵卿泰雅許へ行ニ種〻文共書置次ニ奥ニ書哥也」ト注記アリ〕

是ハ住なれし人の所を出てゆかんとて其時に名残もふかけれハ忘もこそ人ハせめと思ふに是一草をものこしたらハせめてもと思ふ心にて讀る也

〔貞観御時万葉集ハいつはかり作れるそととハせ給ひけれハ讀て奉りける〕

文屋有季
神無月時雨ふりをける［なら］〈平城御代事〉の葉の名におふ宮のふることそこれ（九九七）
かミな月と云ハ時雨といはん序也又神無月に御尋もやありけんしくれふりをけると云ハあつめをくと云心のち
とある也万葉集は奈良の御門の御時にてこそ候へと申上也」＊
貞観の御時とハ清和天皇御事也其比ハ万葉集の時代も近かるへきをいかに尋ね給にか

寛平の御時哥たてまつりけるつゐてに奉りける　大江千里
あしたつのひとりをくれて鳴聲ハ雲の上迄きこえつかなん（九九八）
是ハ官位にをくれたる人の讀りミな人ハすゝめるにひとりをおくれて歎を雲の上まて告よと云也是ハ公界へ云
也つ［か］〈濁也〉なんハ續也継也日本紀云御子恨帝死成鶴云〻又日本武尊乙姫ヲ思死後為白鶴天翔〈本ノマヽ〉
ヲ云

藤ハらのかちをん
人しれす思ふ心ハ春霞たち出て君かめにもみえなん（九九九）
〔注一行目カラ二行目ノ鼇頭ニ「清原宗清娘約アリ不来時詠之」ト注記アリ〕是ハ心中に思ふことの叶ぬ人の
讀也官位なとを望けるにや霞は立いつれは目に見ゆる物」なれは其ことくあれかしと讀り〈※次行ノ鼇頭ニ不
審紙アリ〉
〔哥めしける時に奉るとてよミて［つ］〈※右傍ニ不審紙アリ〉けて奉りける
伊勢
山川の音にのミ聞百敷を身をはやなからみる由もかな（一〇〇〇）

哥をめしけるに書てまいらせて奥に一首書付ける哥也伊勢もとハ内裏に住て七条后に仕へしに寛平おりゐさせ
給ひて后宮も里におはしけれは其里にすみ又桂の里なとに住て有し也音にのミきくとは内裏をみる事なきこゝ
ろ也山川はミほの早き物なれは身をはやなからと讀り我身を昔に」なしてミるよしもかなと也只今もみる事は
有とも身を昔になすことの叶ふましきとみこゝろなり
〽〈※合点ハ朱書〉已上廿首五月十六日
（八行分空白）」

古今和謌集巻第十九〔雑躰ハ四季恋旅述懐ナトヲアツムル是ニハ躰ヲアツム〕

短哥　題しらす

短哥是ハ古来の大事也万葉に一首長哥を短哥と云事あれ共無所見也崇徳院人〻に哥めしける時ニ奥ニ一首つゝ短哥を加へてまいらせよと也それも古〈※次行ノ鼇頭ニ不審紙アリ〉今を思［は］〈※右傍ニ不審紙アリ〉てそ仰られけんと也万葉にもかゝる哥をハ長哥作哥といへり爰に長哥を短哥とかける不審第一也顕輔清輔俊頼なとハ長〻とつゝけたるを長哥と云ハ理なれ共是ハ二三句つゝきれ〳〵にあれハそれによりて短哥といへりと尺せらる俊成卿ハ同心なき也順してハをかれたる也定家も其趣一有へし」千載集のおくにあるを短哥とかゝれたるハ古今をおふてかゝれたる也此集のおもひ所なりと定家の給し也長哥と書給へきをとおほしけるにやさていかゝ有へきそなれはおほつかなき所をはおほつかなきにてをくか二条家定家流の本意なるへし不知〻〻せよの文の心事きらささるへし定家卿の心にあへる所可有

題しらす

あふことの　まれなる色に　思ひそめ　わか身ハ常に
天雲の　はるゝ時なく　ふしのねの　もえつゝと［は］〈濁也〉に
おもへとも　あふ事かたし　何しかも　人をうらミん
わたつミの　沖をふかめて　おもひてし　思ひは今は」
いたつらに　なりぬへら也　ゆく水の　たゆる時なく
［かくなはに　思ひミたれて］〈ミタル、物也是ハ伸物ニアリアミカコナトノコトクなるモノ也〉　ふる雪の　け
なハけぬへく

おもへとも　えふの身なれは　猶やます　思ひハふかし
足引の　山下水の　こかくれて　瀧津こゝろを
誰にかも　あひかたらハん　色にいては　人しりぬへミ
すミ染の　夕になれは　ひとりゐて　あはれ〳〵と
歎あまり　せんすへなミに　庭にいてゝ　立やすらへは
白妙の　衣の袖に　をく露の　けなハけぬへく
おもへとも　猶なけかれぬ　春かすみ　よそにも人に
あハんとおもへは（一〇〇一）

え［ふ］〈※右肩ニ濁点アリ〉の身なれハ猶やます　御抄云闇浮とハ人界の身」なれはおもハしとおもへとも叶すと云由也是も世の常なる詞にもあらねと傳へたるやう有てこそハ申されけめ猶髣髴なれともつたへたる説なれは注付也木隠て色に出は人しらむと也せんす［へ］〈※右肩ニ濁点アリ〉〈濁也〉なミにせんやうなき也春霞ハよそにもと云心也霞は地より遠く立物也されはよそにてありともつゐに人にあハんとたのむ心也長哥の讀やう上をうけ下をおこす也連哥にハちかき句をハ付合にすへし遠きをハすへからすと也

ふる哥たてまつりし時のもくろくの［そ］〈※右肩ニ濁点アリ〉のなかうた［貫之］
もくろくのそ［そ］〈※右肩ニ濁点アリ〉〈濁也〉の長哥序也此長哥は古今えらへるやうを讀也千はやふる神の御代より哥道の」おこた［り］〈御本〉也春霞　山郭公　紅葉　時雨　四季のこと也

貫之

千磐破　神の御代より　くれ竹の　よゝにもたえす

あまひこの　音羽の山の　春霞　思ひミたれて
五月雨の　空もとゝろに　小夜更て　山ほとゝきす
なく［こ］〈※右肩ニ濁点アリ〉［と］〈※右肩ニ不濁点アリ〉に　誰もねさめて　からにしき　立田の山の
紅葉ゝを　ミてのミ忍ふ　神な月　時雨〳〵て
冬の夜の　庭もはたれに　ふる雪の　猶きえかへり
年ことに　時につけつゝ　哀てふ　ことをいひつゝ
君をのミ　千代にといはふ　よの人の　おもひ駿河の
富士のねの　もゆる思ひも　あかすして　わかるゝ涙」
藤ころも　をれる心も　やちくさの　ことのはことに
すへらきの　おほせかしこミ　まき〳〵の　中につくすと
伊勢の海の　浦のしほかひ　ひろひあつめ　とれりとすれと
玉の緒の　みしかき心　思ひあへす　猶あら玉の
年をへて　大宮にのミ　久堅の　よるひるわかす
仕ふとて　かへりミもせぬ　我やとの　忍草おふる
板間あらミ　ふる春雨の　もりやしぬらん（一〇〇二）
　庭もは［た］〈※右肩ニ濁点アリ〉れにとハうすらかなる雪也猶きえかへり我身のつれなき也千世にとハ賀部也もゆる思恋也わかるゝ涙ハ離別也藤衣哀傷也八千くさ雑也うらのもしほひ古今をあつめ撰する也とれりとすれと色〳〵さま〳〵」にいれんとする也みしかき心ハ短才也年をへて大宮にのミ禁中に年をへて哥を撰する事

也もりやしぬらんかく心をつくして撰すれとももるゝことのあるへきと也
ふるき哥にくはへて奉るなかうた　忠岑
古哥にくはへて古哥に我哥をそへ又長哥を［かる］〈※右傍ニ不審紙アリ〉也
くれ竹の　よゝのふること　なかりせは　いかほの沼の
いかにして　おもふ心を　のはへまし　あはれむかしへ
ありきてふ　人まろこそハ　うれしけれ　身ハしもなから
ことの葉を　天津空まて　聞えあけ　末の代までの
跡となし　今もおほせの　くたれるは　ちりにつ［け］〈※右肩ニ濁点アリ〉とや
塵の身に　つもれる事を　とハるらん　是をおもへは」
いにしへに　くすりけかせる　けた物の　雲にほえけん
心ちして　ちゝの情も　おもほえす　ひとつ心そ
ほこらしき　かくハあれとも　てるひかり　ちかきまもりの
みかき［も］〈※右傍ニ不審紙アリ〉り　とのへもる身の　みかきもり　おさ〳〵しくも
おもほえす　こゝのかさねの　中にては　あらしの風も
きかさりき［今の］〈※右傍ニ不審紙アリ〉山し　ちかけれは　春ハ霞に
たなひかれ　夏ハ空蟬　鳴くらし　秋は時雨に
袖をかし　冬は霜にそ　せめらるゝ　かゝるわひしき
身なからに　つもれる年を　しるせれは　いつゝの六に

なりにけり　これにそハれる　わたくしの　老の数さへ」
やよけれハ　身はいやしくて　としたかき　ことのくるしさ
かくしつゝ　なからの橋の　なからへて　なにはの浦に
たつ波の　波のしはにや　おほゝれん　さすかに命
おしけれは　こしの国なる　しら山の　かしらハ白く
成ぬとも　音羽の瀧の　をとにきく　老すしなすの
くすりもか　君かやちよを　わ［か］〈※右肩ニ不濁点アリ〉えつゝみん（一〇〇三）

いかほの沼の［イカヲトヨムヘシ］心ハ此哥の昔の義なくハ哥道の心をいかてのへましと也古事をしたふ心成へし人丸こそハとハ人丸文武天皇の御師ニまいりしこと也身ハしもなから人丸か身をいやしと云也今の仰の下れるは忠岑か事を申也ちりにつけとや相續して古今を撰」せよと也つもれる年万葉以後の詞也雲にほえけんとハある人仙人にならむとて薬をねる時に獣のこの薬をなめて天にのほりし古事をいへり是をたとふるに人丸の身をもてミつからの哥を奏覧したるは雲にほえたる心なり千〻の情もおもほえすハ君のめくミ色〳〵におほけれと是一ニ對すれは餘事をは何とも思はぬ也撰者となる事のうれしきと也てる光王位也ちかきまもりハ近衛の番長にて無位［し］〈御本〉て秋のくる方右衛門生になりあかりたる也春ハ左秋ハ右也右衛門府生ハ［外衛］〈トノヱト〉といひてとのへをもる官也御前の番長の時ハ無官にての役者なれとも其ハ君にちかきまもり」なりしかはちかきを賞して遠官ハあかりたれとも望ぬ心なるへしあさむき出てハ嘲也もてあそふ字也そゝのかし出てと態かく云也みかきもり大やうにいひて又とのへもる身［云］〈御本〉て重てみかきもりと云也おさ〳〵しくもおもほえすハ長せぬ也天子に遠さかる心なりこゝのかさねのうちにてハ近衛ハ君にちかき程にその時を九重

と云也嵐の風も是も君にちかき故と云也今は野山しハ天子に遠さかれは愁ハ身にちかつく心也春ハ霞にハ野山のなりをいへり是より四時の愁を云也いつゝのむつに卅年になる宮仕也わたくしの老のかすさへ宮仕にそへたる也やよけれハいよ〳〵よき［か］〈※右傍ニ不審紙アリ〉心ね過也」年の行事の早き義也年たかきハ老人也かくしつゝ此詞下へつゝくる也波のしハにや老たるしは也わかえつゝミんとは老を若えて君か八千代にあハんと也反哥ハ長哥のおくにあり必ある事なれとも一所をあけて餘をしらする也反哥と云ことハまへの長哥のことを一首につゝめて返して讀心に反哥と云也君か代に相坂今の撰者となれる事を云也かゝる時にあへる身を人しれぬ身と思し哉とよめり又長哥のはてハ哥一首也音にきく老すしなすの薬もか君か八千代を若えつゝミん如此哥一首なるによりて短哥と云義もありいつれの長哥も如此有物也」

君か代に相坂山のいはし水木かくれたりとおもひける哉（一〇〇四）

冬のなか哥　　　　凡河内ミつね

ちはやふる　神な月とや　けさよりは　くもりもあへす
うちしくれ　紅葉とゝもに　故郷の　芳野の山の
山あらしも　さむく日ことに　なり行は　玉の緒とけて
こきちらし　あられミたれて　霜こほり　いやかたまれる
庭の面に　村〳〵ミゆる　冬草の　上にふりしく
しら雪の　つもり〳〵て　あら玉の　年をあまたも
すくしつる哉（一〇〇五）

玉のをとけてハあられハ緒をとける玉の様也

〔延喜七六月八日死三十六〕
七条后うせ給にける後に讀ける　　伊勢」
おきつなミ　あれのミまさる　宮のうちは　年へて住し
いせのあまも　舟なかしたる　心ちして　よらん方なく
悲しきに　泪の色の　くれなゐハ　われらか中の
時雨にて　秋の紅葉と　人〳〵は　をのかちり〳〵
わかれなは　たのむ方なく　成はてゝ　とまる物とそ
花すゝき　君なき庭に　むれたちて　空をまねかは
初かりの　鳴わたりつゝ　よそにこそみめ（一〇〇六）
おきつなミあれのミまさるとハ序詞也七条の后のうせ給ての宮の様也いせのあまも我身のことなり舟なかして
ハ后のうせ給へる也われらか中の宮中に有し人〻也をのかちり〳〵になれは跡のさま也」花すゝきむれたちて
といはんためにまねくと云也花すゝきの人なき庭にとまりたるをわれらに比するなりよそにこそみめハ退出し
たるさま也
旋頭哥かしらにめくると云事五句に一句過て五字は五字七字は七字と二句つゝく故にそれをかしらにめくると云頭
にならふ心也たちかへりて本の物に成也
〔題しらす　　よミ人しらす〕
うちわたす遠かた人にもの申われそのそこにしろくさけるハ何の花そも（一〇〇七）
〔返し〕

春されはのへに先さくミれとあかぬ花まひなしにたゝなのるへき花の名なれや（一〇〇八）

うちわたすの哥の説是ハ梅をよめる也物申我その」そこにと句をきる也心ハ何ともかともおもしろくさける花の事をいへる也大かたの花ともみえねハ何の花そもと云也花まひなしに心ハ花もいひなしによりてこそ色香も一入まさるへき物なれハ只大かたにいはゝ花の名も曲なけれはたゝハなのるましきと也

〔題しらす〕

初せ川古川のへに二もとある杉としをへて又も相ミん二本ある杉（一〇〇九）

二もとある杉と上へ付へき也是ハ恋の哥歟不然ハちきれる人の有かの哥なるへし

君か［すむ］〈さすイ〉みかさの山の紅葉はの色神な月時雨の雨のそめる也けり（一〇一〇）

紅葉はの色と上付へし　　貫之

〽〈※合点ハ朱書〉已上五月十七日」

誹諧　誹ハ〔ソシル〕諧ハ和スル心也他流の説〔二〕物よく云ものゝあらぬことなれ共さも有へくいひなすかことしといへり當流ハ其はかりにてはなき也誹諧ハ道にあらすして道をしへ正道にあらすして正道をすゝむる也道にてはなきかと云種〻の義ありたとへハ史記の滑稽段に此趣あり東方朔といひてせいひきゝ物ありき是ハ代〻ニ紀して道をゝしへし也誡ハ仙人也ある時雨ふりたるに東方朔云せいひきゝ貴徳あり雨にをそくぬるゝか徳也といへり天子此詞を聞て諸人を雨にぬらし給ハさりし也非正道して道をゝしふとハ一切の人の性をなをしたゝすまひを直也政道のゆ」かめるをもなをくなす也我朝の哥道ハ仏法の以前ニ〈※次行ノ鼇頭ニ不審紙アリ〉有し也されは此集の七［ツ］〈※右傍ニ不審紙アリ〉名序に教誡の端とあり人の心をたゝし道をなをさむと也此十九の巻に長哥は五首旋頭哥ハ四首入り誹諧哥何とておほくハ入しそ二首三首にても事たりぬへしと思ふに

哥をミる時はことはりしられぬる也此段六十首まてあミたるハ大かたの義にてハなし十の巻ハ敵を打也物をた
はかる心ある也是ハ人の心をなをし世上の政をすくにすれは此巻肝要也

誹諧哥　題しらす　　　　　　　　　　　讀人不知

梅花みにこそきつれ鶯のひとく〳〵といとひしもおる（一〇一一）」

ひとく〳〵とハとひなきの事也人来と聞なしたる也いとひしもハ助字也只いとひをる也時しもあれなとのしも
ハ思ひ入て云心也哥の心ハ我は梅花をこそみにきつれ何とてひとくとハいとふそいとふましき理なるにと讀り
表裏のある哥也下の心は我身にさハらぬ事をもわか上のやうに人をとかめえ［す］〈※右肩ニ濁点アリ〉いと
ふ心のある也此性ハわろき也此心をなもちそといさめたる哥也

〔そせい〕

山吹の花色衣ぬしやたれとへとこたへす口なしにして（一〇一二）

花染にしたる衣をも云又只其花をさしても色哀共云也口なしハこたへぬ心也其も下の心は古上に物云さかなき
物のあるハ山吹にハおとりたる也三思一言」とおもひ案して云へき也此義おもし人おかしきといふ共身を治へ
き道の極一也

いくはくの田をつくれはか時鳥してのたをさを朝な〳〵よふ（一〇一三）

しての田長ハ時鳥の別名也しての山の鳥と也ほとゝきすとなけは［別］〈※右傍ニ不審紙アリ〉名の田長をよ
ふと云心也又人の田作る時なけハ取合てしての田長とハ云付たる也是ハ誹諧也いくはくの田をつくれハとハ時
鳥田をつくるへきならねハ作りもなさぬ田を何とてよふそといへり朝な〳〵よへハいくはくと云也下の心ハ世
間に道をおこなふ物かおこなひもなさぬ物故おこなはんとする事のわろきにたとふる也行におこなはれすハ身

を」退く事を思ふへき也

藤原かねすけ〈※次行ノ鼇頭ニ不審紙アリ〉

七月［七］〈※右傍ニ不審紙アリ〉日たなはたの心を讀る

いつしか［に］〈トイ〉またく心をは［き］〈※右肩ニ濁点アリ〉にあけて天河原を今日やわたらん（一〇一四）

待事也其をあしをまた［く］〈※右肩ニ濁点アリ〉〈濁也〉るによせたり六日の哥なれは明日ハあハんするとおもふに心いそかハしくて其をもまたてけふやわたらんの心なりは［き］〈※右肩ニ濁点アリ〉にあけてハすねをかきあけて河をわたる也下の心ハ成就すへき事の一定あるをまたすして事を急になせはやふることの有也七夕のあふせハ必有へきことを今ちとまてかしと教る心也不定なるへき事ハ猶〻短慮にてハ成ましき也

躬恒」

むつこともまたつきなくに明ぬめりいつらハ秋のなかしてふ夜ハ（一〇一五）

いつらハ秋のなかしてふよとハ誹諧也あふ夜はみしかくともなくさむへき也下の心ハ愛により理を忘るゝなるへし夜のあけ日のくるゝハ天地の間定まれる理にてあるを長夜をみしかきと云ハ誠［二］愛によりて忘るゝ也道理之遠慮なけれハ無理か出来するそと也

遍昭

秋の野になまめきたてる女郎花あなかしかまし花もひと時（一〇一六）

先うつくしき躰也此花のうつくしく露の玉をかさりたるやうなるをミて是もたゝ野分のふかぬ程霜のをかぬまとおもへハはかなき也あなかしか」ましとハ事かましきと云心也かほをうちふりていやと云心也一時をくねると云も此心なるへし秋の野と云ハ人の在所にたとはゝ人の身をうつくしくかさり居所をつくりみかきなとする

事のわろきを云也秋の花の霜をまち春の花の風を待さまと嫌云也人はたゝ有へき様なるかよき也

よミ人しらす

秋くれは野へにたはるゝ小郎花いつれの人かつまてミるへき（一〇一七）

つまてとハなつさハる義也下の心實ならぬ物の風流をしてあるに其人立よる物ことにあたなる心とおもふものゝついせうし不実なる物は猶心をよする也よし〳〵其人ハとにもかくにも其よきに取なせは」二人なからあやまちとなる事をしらする也〈※次行ノ鼇頭ニ不審紙アリ〉

秋霧のはれてくもれ［は］〈※右傍ニ不審紙アリ〉女郎花花のすかたそみえかくれする（一〇一八）

ちや〳〵とみえつかくれつする女の様也誹諧也下心あるかとおもへハなくなきかと思へハあるを人の不定に取也あた〳〵しき物の心わろきのをしへ也

花とミておらんとすれは女倍芝《マヽ》うたゝあるさまの［有］〈※右傍ニ不審紙アリ〉にこそ有けれ（一〇一九）

うたゝあるハ餘りなる様と云也是ハ遊女傀儡のなりにたとふる也是ハ出家の讀る哥といへりされは女といふ名によりて折えぬと也下の心ハさるへき人の世にあひ姿なともうつくしきをさるへき人と思て馴てミれは實にもなき人のあるに其様なる所を覚」悟して不實なる人にハ近つかしと也

〔寛平御時后宮の哥合のうた〕

〔在原のむねやな〕

秋風にほころひぬらし藤袴つゝりたせてふ蛬なく（一〇二〇）

あるましきことをせん〳〵とするかわろき也

〔あす春たゝんとしける日となりの家のかたより風の雪を吹こしけるをミてそのとなりへよミてつかハしける〕

清原ふかやふ

冬なから春の隣のちかけれハ中垣よりそ花ハちりける（一〇二一）
心ハ何ことも一事はてゝ又はしまるか吉也可然人の雑談なとまてもはてぬに我人云出すは無礼歟道をおこなふ人も其事のはてさるに他事をするハ大なるひかこと也

〔題しらす〕　　　　　　　　　　讀人不知

石上ふりにし恋の神さひてたゝるに我はいそねかねつる（一〇二二）」
いそねかねつる夜ぬる方にハあらす是ハをこたりをするを云也ふりにし恋の神とハ久敷恋を思すてねはハては我身の愁となるををこたりかぬる心也下の心ハ物を思そめたる事のつもり〳〵てわさはひになれハ其をこたりをえせねは我にたゝる也かりそめにも悪事とおもはんことをは其きはに思とまり遠慮せよと也

枕より跡より恋のせめくれはせんかたなミそ床中にをる（一〇二三）
せんすへなミにせんするすへもなき也下心は恋をは欲心にとるに枕をハ善にとり跡をは悪にとる也善悪につけて欲は有也人の心吉方の欲へは」ひかれすあしき欲へハひかるゝ也いつれも欲なれ共悪へ落る事を嫌へき也

恋しき「かかた」〈※右傍ニ墨筆ニテ声点アリ、濁上・上・上〉も「かた」〈※右傍ニ墨筆ニテ声点アリ、上・上〉こそ有ときけたてれをれともなき心ちする（一〇二四）
よろつにおもひあへる方か可有物なるに爰に立てゐて思案すれは恋る心に積りぬれは方角をうしなふ心也亡然としたる様也是ハ何事そとなき心ちのする也下心ハ恋ヲ欲性にとる也貪欲のふかけれは人は方角前後忘るゝなるへし

ありぬやと心ミかてらあひミねハたはふれにくきまてそ恋しき（一〇二五）
面にハ人にあはすしてゐても何共こそあらんすらめと思てあれハやかて恋しくなる也かく思つる心はた」はふ

れたる様なるへし下の心ハ古の憂物か山のおくへ入て世を心ミんさあらは古のうき事もあらしと遠慮なくて入たるに古間恋しくなれハ身を徒にする様なり縦古を捨るとも遠慮あれと也

耳なしの山の口なしえてしかな思ひの色の下染にせん（一〇二六）

たとへハ人の面白人有由をかたるきけハそれか恋の種となる也語る事もなきはくちなし聞こともなきハ耳なし也二の色をもちて思の色の下染にせは恋は心安かるへきと也下の心ハ古上に聞事いふことのあしきによりて身をそこなふ也耳と口とをよくせよとのをしへ也大名は大耳なる」か吉と云も此心也

足引の山田のそほつをのれさへ《秋↓我》を［うし］〈おほ歟〉といふうれはしきこと（一〇二七）

そうつハ鹿やなとをおとろかさむとて木やなとに水をおとしてはたらかしてする事也又［かへし］〈右傍ニ墨筆ニテ声点アリ、上・上・上〉〔三清也〕と云物をも云也是ハ玄賓僧都よりおこれり世間のありきて慈悲を本とする人なれは山田もる人の哀なるをみてしそめたる也誹諧の心はおもひよらぬ比興なる物かこふる事ありて我をほし［をく］〈本ノマヽ〉思ふといふことくなるハうれはしき也われをおほしとは我を思ふと云詞歟うれはしき［こ］〈※右肩ニ声点アリ、「濁也」ト右傍記アリ、左肩ニ声点アリ、清也ト左傍記アリ〉と二の心あり清輔奥義集にハうれはしきと云也」ことくハなそらふる義也たとへ也當流如事二を可用也下の心山田もるをはたくはへの方に取〈※次行ノ鼇頭ニ不審紙アリ〉又たくはへのなき物ハ二六時中ことた［え］〈※右傍ニ不審紙アリ〉て我をうれふる也又たくハへある物ハ是を増長せん失ハしなとすれハ苦身ある也侘たる物の苦と同事也金銭ゆたかなりとも不驕貪賤をもかなしまされの教也

〽〈※合点ハ朱書〉已上十七首　五月十八日

きのめのと

ふしのねのならぬ思にもえハもえ神たにけたぬむなし煙を（一〇二八）

誹諧惣の心も又同也成就せぬ事を云也もえはえよと云詞也むなしけふりハ神たにもけちえぬけふりなれは何ともあらハあれと也下の心ハ我思立事わかなす事をわきまへてもなさすしてよしや」さりともなと思て神の心にたにもならぬ事の有程に成就せす共よしかしなと云ハわろき也行末のわかせんことをわきまへさとりてせよと也

あひみまくほしハ数なく有なから人に月なミまとひこそすれ（一〇二九）　紀のありとも

見まくほしき事は数かきりもなけれとも人に月なきとハたよりなきを云也下の心ハ此人を仁者なとにたとへたる也只たよりなくて相ミぬ也かく云は我心の不定なるによりて相かたき也心一すへたらハ又仁と云ものハ遠さかるましき也

人にあハん月のなきにハ思ひをきてむねハしり火に心やけをり（一〇三〇）　小町

人にあハんするたよりなくて胸かこかるゝ也欲に貧」て世をさ［ら］〈本ノマヽ〉く〳〵かへりミぬ程に理非をうしなひて思ひこかるゝ也一片に欲にひかるゝことをやめよとなり

〔寛平御時后宮の哥合のうた〕　興風

春霞たなひく野へのわかなにも成ミてしかな人もつむやと（一〇三一）

つむとハしかとつむを云也むつましくなれよる心也惣の心は我をは人の愛せよかしと也下の心ハわか叶ましき役をあたえぬを望物のある也我身を若なになしてつまんと云事のあしき也

〔題しらす〕　　　　　　　　　　　　　　讀人不知
おもへとも猶うとまれぬ春霞かゝらぬ山のあらしとおもへハ（一〇三二）〈※次行ノ鼇頭ニ不審紙アリ〉
時鳥なかなく閨の哥の心に同也かゝら「ん」〈※右肩ニ不審紙アリ〉閨誹諧也霞をうとましきと云も又誹諧也
下の心は」学文なとするを我方へ立よりたる人の又人の方へ行てわか方へ立かへりくるをいやと云ハ心せはき
無慈悲の事也面白心也
　　　　　　　　　　　　　　　　　　　平貞文
春の野のしけき草葉の妻恋に飛立雉のほろゝとそ鳴（一〇三三）
ほろゝとハほろゝうつ也泪をほろ〳〵とこほす心なり下の心ハ世の萬多にしけきことわさにひかれて行住座臥
あからぬ事を云也
　　　　　　　　　　　　　　　　　　　紀のとしひと
秋のゝに妻なき鹿の年をへてなそわか恋のかひよとそ鳴（一〇三四）
妻もなきしかは年をへて歎共なそわか恋のかひよなき事にてハなきかと云へりかひあるさまにてはなきの心也
下の心は妻をハ人のふるい眷属にとる也」なくて叶ぬ物のなきはわろき也是を不顧してあれは一生の間心をく
るしむ也過分にもなく有へき事をもせよと也
　　　　　　　　　　　　　　　　　　　ミつね
蟬の羽のひとへにうすき夏衣なれはよりなん物にやハあらぬ（一〇三五）
恋の哥也薄衣ハなるれは糸のよる也それはよるに何とて人ハなれよらぬその心也下の心はひとへにうすきと云
ハ浅きかた遠慮なきに取也さやうの人ハなれつれ共真実の心のより所なくて知音か破ることのある也朋友なと

にも心をみてちなめと也

たゝミね

かくれ沼の下より生るねぬなはの寝ぬなはたてしくるないとひそ（一〇三六）

序哥也つれなき所へゆけはことの外にいとふけし」きのミゆれハねたるなとゝ人にいはゝこそ爰まてくるをハ何とて御いとひあるそと也下の心は朋友なとのましハりに其人の短をたにいはすはかまへていとふ心な持そと也

よミ人しらす〈※次行ノ鼇頭ニ不審紙アリ〉

［ことならは］〈イおもはすハ〉おもはすとやハいひはて［ん］〈※右下ニ不審紙アリ〉なそ世中の玉たすきなる（一〇三七）

如此ならハ一方になと思はすとハいひはてもせてかけてハをくそと也下の心は物をきらさぬかわろきなりしかも又人をたのませなとする事の無勿躰也

思ふてふ人の心のくまことにたちかくれつゝみるよしもかな（一〇三八）

くまハかけ也我をおもふと人ハいへともそこにくもりの」ある心也伊せ物語の哥に人の心のおくもみるへく此哥と同心也彼ハよくいへるによりて幽玄によき哥也是ハあしく作たるによりて誹諧となれる也されは哥ハつくり様肝要也

おもへともおもハすとのミいふなれはいなやおもハし思ふかひなし（一〇三九）

是ハ世上の人の上也君臣の間にかく気をもつは風心なるへし

我のをミ思ふといはゝあるへきをいてや心ハ大ぬさにして（一〇四〇）

こなたかなたへ行心也下の心ハ人の心と詞との不相應也

われをおもふ人をおもはぬむくひにやわかおもふ人のわれをおもはぬ（一〇四一）

心誹諧也下の心ハむくひに云理をよくわきまへよと也」

思ひけん人をそともにおもはましまさらやむくひなかりけんやハ（一〇四二）

此哥一本にハふかやふとあり基俊の本にハ作者なき也他本にあれは捨かたくて未□〈※コノ一字読ミエズ。アルイハ「贅」歟〉御本〉なれ共しかも順すれは一本とかけり次下の讀人不知も爰にて心得へき也哥の心は明也

君臣朋友の中に可思理也

よミ人しらす

出てゆかん人をとゝめんよしなきに隣のかたにはなもひぬ哉（一〇四三）

鼻ヒルハ善悪ニとる也爰にてハわろきかたにとるへしいてゝ行人をとめまほしきに鼻をもひよかしと也無下心

紅にそめし心もたのまれす人をあくにハうつるてふ也（一〇四四）

獣ニ灰アクをそへたり灰にて染る物ハやかて灰にて」落る也うつるとハ忘らるへきと云心也〈※次行ノ鼇頭ニ不審紙アリ〉

いとはるゝ我身ハ春の駒なれや野かひかてらにはなち捨［たる］〈※右傍ニ不審紙アリ〉（一〇四五）

恋の哥也野かひかてらにとハ放すてたる心也野すて〔に〕すつるなと俗に云かことし無下心

鶯のこそのやとりのふる巣とや我にハ人のつれなかるらん（一〇四六）

序也ふるすとやとハふるさんとてつれなきかと也無下心〈※次行ノ鼇頭ニ不審紙アリ〉

さかしらに夏ハ人まねさゝのはのさやく霜夜をわ［れ］〈※右傍ニ不審紙アリ〉独ぬる（一〇四七）〈※次行ノ鼇頭

ニ不審紙アリ〉
さかしらハさかしくこさかしく［さ］〈※右傍ニ不審紙アリ〉と云心也是は元来やもめのよめる哥也心ハいかなる人も夏は独〳〵ぬれはよき物にてあるかほしてちとも物おもはぬ躰にてあるか冬になりて篠の葉の霜うちさやきて風の」さら〳〵と吹時に俄にかなしふよし也只今かく有へしとも兼ておもはぬ事のはかなきをいふ也下の心ハ思慮なきをいさむる也

平中興

逢ことの今ハはつかに成ぬれハ夜ふかゝらてハつきなかりけり（一〇四八）
はつかになるとハまれになれる心也それを廿日の月によせたり月なきとハ無便なるへし暁かたならては逢ことのなきよし也下の心ハ人ハたゝ始もはても同様なるか可然に始甚しくして後うとくなるやうの侍也宵をは人になるゝにとり暁をはうときかたにとる也是ハ定心なきをしめす也

左のおほいまうち君」

もろこしのよしのゝ山にこもるともをくれんとおもふ我ならなくに（一〇四九）
是ハ仲平に捨られて後伊せか三わの山尋ぬる人もあらしとよめる返哥也心ハもろこしのよしの山と云事はなき事なるをいかに遠くともたつねんと云心にいへりまして爰の吉野ならハ尋すやハあるへきと是ハそゝろこと也されは誹諧にいれり
雲はれぬ浅間の山のあさましや人のこゝろをみてこそやまめ（一〇五〇）
哥の心ハわか思のはてハ浅間の山のもゆることくこそはあらめとハおもひなから人の心をミすハやましと云也下の心ハ世界の人の順路にならん心を山殿の見さらんかきりハもえやましの心也此山も世界の中なれは只世」上の人の思のもゆると同事なるへし

伊せ〈※次行ノ鼇頭ニ不審紙アリ〉

難波なるなからのはしもつくる也今ハ我身を何［にたと］〈［と］〈※右傍ニ不審紙アリ〉えん共〉へん（一〇五一）

心ハたくひなく身のふりぬるを歎也此哥ハ橋のつきぬるとよめり作の字ならハ誹諧にハ成ましき也序にいへるハ作の字の心也

まめなれ［と］〈※右肩ニ濁点アリ〉何［そ］〈※右肩ニ不濁点アリ〉ハよけく刈萱のみたれてあれとあしけくもなし（一〇五二）

よけましきと也〔不除也〕哥の心かるかやは天然のミたれなれは乱たりとてよけしと云也下の心ハみたれかハしきとミる人にも心の実なるもあり又まめなる人とみれとも乱かはしき心もあれハ其程を能〻分別せよと也

〽〈※合点ハ朱書〉已上廿五首五月十九日」

興風

何かその名のたつことのおしからんしかてまとふハ我ひとりかは（一〇五三）

我のミならすと云かことの迷ひ也下の心ハ悪をためしにひく事をいさむる也

いとこなりける男によそへて人のいひけれハ　くそ

よそなから我身にいとのよるといへハたゝ偽にすくハかり也（一〇五四）

事書に明也いつはりと云所に針をもたせて糸をすくると讀る無下心〈※次行ノ鼇頭ニ不審紙アリ〉

ね［き］〈※右肩ニ濁点アリ〉［こ］〈※右肩ニ不濁点アリ〉とをさのミきゝけん社こそはてハ歎のもりとな［り］〈※右傍ニ不審紙アリ〉けれ（一〇五五）

神に祈事をねきことゝ申也社をは思ふ人にたとへりこなたかなたよりあはまほしく云ことをきゝて餘りに心よ

はき物ハ後の歎となる也古上如此

大輔」

歎こる山とし高く成ぬれハつらつえのミそ先つかれける（一〇五六）

わか思ひ山とたかくなれはくるしき故につら杖をつくといへり此し文字ハやすめ字也當時は山年たかきと思ひて皆年によミなせりいはれ有と不知と也

なけきをはこりのミつミて足引の山のかひなく成ぬへら也（一〇五七）

かひなくハしるしなき也無下心

よミ人しらす〈※次行ノ鼇頭ニ不審紙アリ〉

人こふることをおもにとになひもてあふこなきこそ［悲］〈※右傍ニ不審紙アリ〉しかりけれ（一〇五八）

あふこ期也それをになふあふこにそへたり下の心なし

宵の間に出て入ぬるみか月のわれて物おもふ比にも有かな（一〇五九）

序也われてと云に二の心あり一ハこなたかなたに成たるを云一ハわりなき心を云此哥ハこなたかなたに」なるへし伊せ物語にわれてあハんといふハわりなき心也岩にせかるゝ瀧川の哥ハ二の心を含り

そへにとてとすれハかゝりかくすれはあないひしらすあふさきるさに（一〇六〇）

そへにとハ今の京人なとの人の物云時にそへにと云は了解したる心なるへしさらハさせんとおもふもちかひ又かくせんとするもちかふ也あふさきるさとはあふさま帰るさまなり心ハこなたかなたへ物のちかふなるへしあないひしらすとハかゝる事ハいかにと歎様なり下の心ハ別になし世上ハたゝかくある物そとの心也

古中の憂度毎に身をなけハふかき谷こそ浅く成なめ（一〇六一）

うきことのしけき心みえたり古上を風したる哥也」風ハちとそしる心あり又よき事をも風する時もあるへし
古中ハいかにくるしと思ふらんこゝらの人にうらミらるれは（一〇六二）
心をつけていへる也風の哥也
よミ人しらす
何をして身のいたつらに老ぬらん年のおもハんことそやさしき（一〇六三）
やさしきハはつかしき也
興風
身ハすてつ心をたにもなふらさ［し］〈※右肩ニ濁点アリ〉つゐにはいかゝなるとしるへく（一〇六四）
おちふれたるさま也古上のならひにて身ハおちふれたりとも心をは放埒になさしといへりつゐにはいかにとハ心のすちめをはたゝしくせんと也下の心は身ハすてつとハ五躰ハ分散すとも心は金剛の正」躰なる所をおもふへきの義也
千里〈※次行ノ鼇頭ニ不審紙アリ〉
白雪のともにわか身ハふりぬ［と］〈※右ニ不審紙アリ〉も心ハきえぬ物にそ有ける（一〇六五）
わか身ハ雪とともにきゆる物なれとも心ハさらにきえぬ義也心境ともに大悟したる所か金剛不壊の法身也
〔題しらす〕
よミ人しらす
梅花さきての後の（一〇六六）
すき物とは好色のかたの心也下の心ハ実を本として花のをくれたる心也まことに実過て花やかならされは古間の人眉をひそむ只花實相兼て進退を思ふへきのをしへ也
法皇にし川におハしましたりける日猿山のかひに」さけふといふことを題にてよませ給ふける

ミつね
わひしらにましらなゝきそ足引の山のかひあるけふにやハあらぬ（一〇六七）
けふの御幸の事を山のかひあるとハいへり是は世を風したる哥也御幸の時をハいかめしきやうにいへ共古にうれへ有物のかなしき心をよめり昔より是を秘したる也其時の御門は下の心をしり給はぬと也
古をいとひ木のもと毎に立よりてうつふし染の麻のきぬ也（一〇六八）
うつふし染とハ麻衣をふしにてくろく染たるを云へしたとへハ桑門のきる衣也うつふしハうちうつふく様にて物を觀する心也是を誹諧の結」句にをく事ハ梅花みにこそきつれと云哥より始て世上の人〻の善悪のたゝすまひ政道の事までいへる也其中に人は古をのかれ是非を放下する事肝要なるにより此哥を末にをく也
〽〈※合点ハ朱書〉已上十六首　五月廿日　廿一日闕
（五行分空白）」

古今和哥集巻第二十

此二十巻ノ事此段ハ子細アルコト也十九巻ノ雑躰モ餘集にハかはれり殊に此巻ハ神道をかねてあミたる巻也此巻を天真と［なら］〈習〉ふ京極黄門云与日月倶に［懸］〈カ、ツ〉て鬼神争〈フ〉ㇾ［真］〈※右傍ニ不審紙アリ〉ト云也文選ノ詞にていつる也此文ノ心ハ明なる事ハ月日ノことくふかきことハ鬼神のことし是則天真の理也祝の心ハ此巻也王者の道ハ爰ニ顕ル、也いかむとなれは日神の御代より天の日次をうけて天子即位して新年の米を持て手つからミつから供して天神地祇をまつらせ給ふ大嘗会の理神楽ハ日神岩戸を出給し佳瑞をうつしてひるめの神を祈奉るもの也」是は三國ニ勝たる道也まことに王道の肝心也王道神道皆神の徳に顕也哥も又天［心］〈※右傍ニ不審紙アリ〉独朗ノ道也

大哥所〔ヲウタト三字ニヨムヘシ〕大ノ字ハ敬てそへたる字也大哥所と云ハ大裏ノ内西の壬生の東南ハ皇嘉門北ハ安嘉門ノとをり也西ノ〈※次行ノ鼇頭ニ不審紙アリ〉土御門ノ南東ハ上東門［院］〈※右傍ニ不審紙アリ〉西ハ上西門院のとをり也圖書寮の東にあたりて方一町也南北ニ門アリ大嘗會新嘗会等に舞姫のまいる所大哥人發ス物音ヲ云〻此所ハ諸國ノ風俗神楽催馬楽一切ノ舞曲を司ル所也大哥所を三条殿なとハ〔ヲタトコロトノタマフ也〕

おほなほひの哥　おほなほひとハ大直日とかけり一切の節会の時郡〈※右傍ニ不審紙アリ〉臣内裏に仕候の日を大直日と云又云おほなほひハ」直なる心也神の御名におほなほひと申もすくなる心也又天照大神の御心をまなひうつす天子の御心を大直日共云也群臣の君をあかめ奉るも又君の直をうつす心也

あたらしき年の初にかくしこそ千とせをかねてたのしきをつめ（一〇六九）
此哥ハ聖武天皇天平十四年正月十六日踏哥に大安殿に出御ありて舞姫御覧の時大哥人琴を弾して此哥をうたふ

也是も群臣仕候の心を云歟新年とハ新年を云のミにあらす御代の始をも祝也かくしこそとハ今を祝詞也千とせをかねてとハ今より行末の千とせを兼る心也たのしきをつめとハたのしミをつむ也又正月十五日宮内省より百官御かまき御薪とかけり」奉る事をたのしきをつめとよめりいつれも群臣の勅をうけて無私心なり續日本紀ニアリト也可尋之日本紀ニハつかへまつらめよろつ世まてニ

ふるきやまとまひの哥　延喜以前なれはふるきと云也是ハ大和より出たる舞也たとへハ駿河より始るをするか舞と云かことし國の風俗をすなはち道に用る也万事をすてさる王道なれは都の風となる也又十月玉しつめの祭り鎮魂祭トカク大嘗会辰日節会ニ大和舞を奏す春日祭又諸社祭にも此舞あり

しもとゆふかつらき山にふる雪のまなく時なくおもほゆる哉（一〇七〇）

面は戀の哥也」

あふミふり　近江國よりうたひ出したる哥也ふりハ曲也國の風俗ハ民の口つからうたひ出す也

あふミより朝たちくれはうねのゝにたつそなくなるあけぬこの夜ハ（一〇七一）

あさたつハ旅人なとの夜ふかく出る様也心は羇中の眺望の心なるへし

ミつくきふり　まへの段一國の風是ハ一郷の風俗也近江國也

水茎の岡のやかたにいもとあれ「と」〈※右肩ニ不濁点アリ〉ねての朝けの霜のふりはも（一〇七二）

妹は我也ふりはをハふり羽とよむへし心ハ我さかり「はも」〈是ハ和也〉の一意也事によりて心ハおなしけれともかくよミかふる事ある也面は恋の哥也又旅の心にて妹とねし時のことを思出る由共イヘリいつれも「艶」〈ミヤヒカ〉なるさま也」心ハ霜ノふりやうハと也

しはつ山ふり　近江國共一説豊前國ともいへり是も一郷の風也

〔しはつ〕〈※声点アリ、上上上〉山うち出てミれはかさゆひの嶋こきか〔へ〕〈※右傍ニ不審紙アリ〉る棚なし小舟（一〇七三）

是ハ眺望の哥也棚なし小舟いたりてちいさき舟なるへし

〔万葉二〕四極山打越見者笠縫之嶋〔榜〕〈コキ〉隠棚無小舟

神あそひの哥　神あそひとり物神楽の内ニある事也取物ハ心の表也口傳あり榊ハ不変かつらは詫弓ハ随杓ハ憶千〔ヲクチ〕

神かきの御室の山非名所只神の御室也名所の御室山も」神のミむろより起れり是ハ社頭の山也哥の心は社頭の神さひて神木の物ふかき躰也尤感ある哥也

神垣のミむろの山のさかき葉ハ神のミまへに茂りあひにけり（一〇七四）

霜やたひをけとかれせぬ榊葉の立さかゆへき神のきねかも（一〇七五）

八度ハかすおほき義也心ハ霜雪のふかきにもかれぬを人の堪忍の心にたてへたり立さかゆへきとハ榊によそへて神祇の人を祝心又誰にても祝心也かもと云詞ハ哉の心也もハすつる詞也万葉にハうたかひてをく也

まきもくのあなしの山の山人とひともみるかに山かつらせよ（一〇七六）

是ハ此あなしの山の社頭にて神事の時暁かたの寒き折節山人なとのまいりおかむことありその所は風はけしき所にて頭つゝむを山かつらと云也嵐をふせく」義也今山かつらを取て冠にかくるをかくいへるなりめつらしきさまなれハ風流の心にて山人と人もみるかに山かつらせよといへり

神楽にハ正木のかつらを持てかしらをゆふ也

ミ山にハあられふるらしと山なる正木のかつら色付にけり（一〇七七）

心ハ明也是を九品の哥時上品中上にたつる也めてたき哥なるへし

みちのくのあたちのまゆミわかひかハ末さへよりこしのひ〳〵に（一〇七八）

是ハ植物の木なれ共真弓といへは取物の哥によめる也心ハ戀の哥也末さへよりことハ行末かはらて我かたによれと云心也」

我門の板井のし水里とをミ人しくまねはみ草生にけり（一〇七九）

哥ハ明也くむと云を杓に用る也

ひるめの哥　　ひるめとハ天照太神の御事を申也

篠の隈ひのくま川に駒とめてしハし水かへかけをたにみん（一〇八〇）

神楽ハ諸神をおろし申事也ことに天てる御神を勧請し奉てあかり給ふをしたひ奉る心なり

又神楽の本哥にいかはかりよきわさしてか天てるやひるめの神をしハひと〻めんとあり是ハあらハに聞えたり

篠のくまの歌ハ面に聞えねはひるめの哥と事書加えたり何哥にてもあたる時詠せるかことくうたふとみえたり

此哥元来神楽の哥にハあらす日神をしたひ奉るは正直」したひて神ニひとしくとねかふ義也駒ハ神の御のり物なれは心に叶也影をたにミんとハしゐてしたひ奉る心なりさ〻のくまひのくまハ云つ〻けたる詞也万葉にハさいのくまとあり在所の心也

〔万葉〕［左］〈サ〉［檜］〈イノ〉［隈］〈クマ〉［檜］〈ヒノ〉隈河尓［経・駒］〈コマトメテ〉〻尓令・［領］〈カヘ〉［吾］〈ワレ〉［外］〈ヨソ〉将〻［見］〈ミン〉

かへしもの〻哥　　　　呂の律にうつるを云といへり

源氏物語ニ青柳の折かへしなといへは又かさねてうたふをも云歟かへし物と云名目ハ［詠］〈※右下ニ不審紙

アリ〉曲にある事〈※次行ノ鼇頭ニ不審紙アリ〉とそ是ハ催馬楽の［呂］〈※右傍ニ不審紙アリ〉の哥也
青柳をかた糸によりて鶯のぬふてふ笠は梅の花笠（一〇八一）
此集の春の部に鶯の笠にぬふてふ梅のはなの哥と」大略同心也此等はまことに哥《の→と》云物の姿也あらぬ
事をかくハかなくいへるか無事自然義に叶なるへし思つけにいふ心とそ
まかねふくきひの中山おひにせるほそ谷川の音のさやけさ（一〇八二）
是ハ細水の谷をめくるか帯に似たりと云義也さやけきとハ清の字也心ハ深谷までも君恩のいたらぬなきときと
なりと世をほむるなるへし万葉にさやけしと云事おほく皆其所をほむる義也昔ハかく大方に哥をは云て底に思
ふ心をふかくこめたり世くたりてハ只詞にのミ祝をさきとせりされは詞ハ委くなりて志ハ淺にや左注云承和の
御遍承和ハ仁明天皇の御事也御遍ハ〈※次行ノ鼇頭ニ「［贄」〈ニヱ〉」トアリ〉」御《贄→×》と云義也よミく
せ也〔右の哥ハ承和の御へのきひの國のうた〕
大君の御かさの山の帯にせるほそ谷川の音のさやけさ
美作やくめのさら山さら〳〵にわか名ハたてし万代までに（一〇八三）
万代無事の心也善悪共に名をたてしの心名の名たるハ常の名にあらすと也云心ハ名のきこゆることを望とはあ
らす無為自然の名か誠なるへしと也水の尾は清和の御事也〔是ハ水の［を］〈御本〉の御への美作の國のうた〕
みのゝ國関の藤川たえすして君につかへん万代までに（一〇八四）
心ハ明也元慶ハ陽成院の御事也是は元慶の御へのミのゝ國の哥
君か代ハ限もあらし長濱の真砂の数はよミつくすとも（一〇八五）
此長濱ハ伊せ國也仁和ハ光孝の御事也是ハ仁和の御への伊勢の國の哥

近江のや鏡の山をたてたれはかねてそミゆる君かちとせハ（一〇八六）

あふミのやの丶文字やすめ字也たてたれは丶哥の風姿也衣にほすなと云天のかく山なと云詞の縁なり此哥にいたりて作者を書こと當代を賞する義也今上とは當代を申也是ハ今上の御への近江のうた

〔あつまうた　東國の惣名を先かける也〕

〔みちのく哥　一國の風俗也是ハ國〻の風俗を云まて也〕

あふくまに霧たち［くもり］〈わたりイ〉明ぬとも君をはやらしまてハすへなし（一〇八七）

戀の哥義明也

ミちのくハいつくハあれと塩かまの浦こく舟のつなてかなしも（一〇八八）」

かなしもとハ愛する義也〈※次行ノ鼇頭ニ不審紙アリ〉

我せこを都［へ］〈※右傍ニ不審紙アリ〉やりて塩竈の籬の嶋のまつそかなしき（一〇八九）

まち遠なれは猶こひしきの心也

おくろさきミつのこしまの人ならハ都のつとにいさといはましを（一〇九〇）

所のおもしろきさま也

みさふらひミかさと申せ（一〇九一）

みさふらひハ侍臣也［天］〈本ノマ丶〉上人なとの事也此野ハ霧深き所なれハ御笠と申せといへり

もかミ川のほれハくたる（一〇九二）

此所出羽國にありといへり心ハ水早き川なるによりてのほる舟のせかれてかしらをふる様なれハいなといひなせり」此月ハかりといふを此一月とさすやうにいへは哥さまいかにそやきこゆいかさま行すゑになと云心とそ

君をゝきてあたし心を我もたハ末の松山波もこえなむ（一〇九三）

此哥あらハ也松山の波の事此哥より始るにや可尋之或説云此七首ハ融公の家に塩竈をうつし其外陸奥の名所をうつしけるを戀によそへて人にもよませけると云義もありいかさまにも國の風俗の哥なるへし此巻の事ハ以前も天真のよしいへり天真ハ思量の限にあらす日月星もまさしく眼前にして然も実所をしらす此巻の哥或ハ風俗或ハ神楽或ハ戀或は旅の哥也戀の哥とみれは君臣の理神明の心を」いへり王道も天真《も↓の》誠をあらハして一切衆生におほふ心ありされははかりかたき所を日月鬼神にたとへて定家卿書出し給ぬ第一の哥は天子の始を云はての哥ハ天子の徳いたれる所をかけり此集の眼目也只天真独朗の理を仰きねかハ、此集のみちにも叶心をもわきまふへきと也

さかミ哥

こよろきの磯たちならし磯なつむめさしぬらすな沖におれなミ（一〇九四）

めさしとハいそなつむ器物共云又めかるわらハへともいへりかゝる物の上をも君のめくミ給ふへきの心也沖におれ波とハそのわさを安くさせよと云心也

常陸哥」

つくはねのこのもかのもこなたかなたと云心也哥に義なし（一〇九五）

つくはねの嶺の紅葉は落つもりしるもしらぬもなへてかなしも（一〇九六）

いつれの木のはも愛する心也天子たる人ハ如此の氣をもつへきと也

かいうた

かいかねをさやにもみしかけゝ〔ら〕〈本ノマヽ〉なくよこほりふせるさやの中山（一〇九七）
けゝ〔ら〕〈本ノマヽ〉なくハ心なく也よこほりふせるハさやの中山よこさまにふしてかひかねをみせぬ心也
甲斐かねをねこし山こし吹風を人にもかもやことつてやらん（一〇九八）
ねこしハ嶺こし也面ハ旅にして故郷をしたふ心也」かもやハかなやとねかふ詞也
伊勢うた
おふのうらにかたえさしおほひなるなしのなりもならすもねてかたらはん（一〇九九）
戀のうた也心ハ臥てハ実ありとも実なくともねてかたらハんと也
冬の賀茂のまつりのうた　　藤原とし行朝臣
ちはやふるかもの社の姫小松万代ふとも色ハかハらし（一一〇〇）
是ハ臨時の祭の時うたふ哥也作者敏行朝臣をあらハして書事鏡山の哥の所に書之也此祭は宇多〈※次行ノ鼇頭ニ不審紙アリ〉御門また〔侍〕〈※右肩ニ不審紙アリ〉従と申ける時陽成院御宇賀茂へおハしまして御遊有けるに神詫の事ありて其後〈※次行ノ鼇頭ニ不審紙アリ〉東宮〔へ〕〈※右傍ニ不審紙アリ〉立給へり仍寛平天子十一月廿一〔己酉〕年始て此祭あり使ハ左近中将藤原時平也舞人十人東遊有き其時うたへる哥也此哥を巻の終にあむ事王道の徳此哥瑞によれるゆへ也延喜帝の御集なれハ此所ことに目出にや此哥も巻頭のことく味を付すして大道に心得へきなりとそ家〻の稱證本之本乍書入以墨滅哥今別書之
巻第十物名部　　日くらし
杣人は宮木ひくらし足引の山の山ひこよひとよむ也（一一〇一）
心は山ひこの動音する也在郭公下空蟬上と云ハ杣人の哥の在所をいへり

勝臣」

かけりても何をか玉のきてもミんからハほのをと成にし物を（一一〇二）

心ハ魄かいかにかへるともからハほのをに也てハ全なきことゝ也あまかけるといふもかへる心也

〔をかたまの木　友則下〕

〔くれのおも　貫之〕

こし時と戀つゝをれは夕暮の面かけにのミみえわたる哉（一一〇三）

忍草　利貞下　哥無義

をきのゐ　ミやこ嶋　小野小町

おきのゐて身をやくよりも（一一〇四）

物の名ハかくして讀てすくに其まゝよめは物の名にあらす此都嶋へ不審也是ハ都鳥と句を切て二所を云なるへし心ハ都より爰へ来れる「と」〈※右肩ニ不審紙アリ〉別と」又此嶋を別てゆかんするとの二の別にすれは都嶋にハならす物の名によくあたるへし

〔からこと　清行下〕

〔そめとの　あやもち〕

うき世をはよそめとのミそのかれ行雲のあハたつ山の麓に（一一〇五）

よそめとハ只よそになす心也あはたつハ雲ハあはき物なれはうきめをのかれて我は山ふかく行心也此哥水の尾の御門の染殿よりあはたへうつり給ける時によめる

巻第十一　おく山のすかのねしのきふる雪下

けふ人をこふる心ハ大井川なかるゝ水におとらさりけり（一一〇六）
　けふハ當日の事也たきる思を云也奥山のすかのね」の下とあるハ此哥の在所を云也
わきも子に逢坂山のしの薄ほにハ出すも戀わたる哉（一一〇七）
　忍草也
巻第十二　戀しくハしたにをおもへ紫の下
犬上のとこの山なるいさや川いさとこたへよ我名もらすな（一一〇八）
　此哥ハかりに名とり川と云也われはしらすと云て名をもらすなと人に云かくる也
〔万葉〕狗上之鳥籠ノ山［尔］〈ナル〉有［不知］〈イサヤ〉也河不知也［二五許］〈トヲキコセ〉」瀬［余］〈ワカ〉
［名］〈ナ〉［告］〈ツケ〉［奈］〈スナ〉〔此哥或人あめの御門の近江の采女に給へるとなん〕
〔返し　　　　　　　　　　　采女のたてまつれる〕
山しなの音羽の瀧のをとにたに人のしるへくわか戀めやも（一一〇九）
　是ハ本にも入れり返哥しらせんために爰にか《き→さ》」ねていれり
巻第十四
　おもふてふことのはのミや秋をへて下
　そとをり姫の独ゐて御門を戀奉て
我せこかくへき宵なりさゝかにのくものふるまひかねてしるしも（一一一〇）
　蜘蛛かさかれは必人のくる奇瑞也
深養父戀しとハたか名つけゝんことならん下

道しらハつミにもゆかん住の江のきしにおふてふ（一一一一）

戀わすれくさ貫之

哥分明也

〽〈合点ハ朱書〉永十　七ノ廿八ノ　一校了

（一行分空白）」

【本文注記】

本項では、鷹司本における疑義箇所、東山御文庫本との比較によつて問題がある、あるいは考察が必要であると判断した箇所等を掲げ、若干の私見を付した。

◇「哥の［志］〈本ノマ、〉」（仮名序）

【東山甲】作「哥のし」。ただし「し」の字母は「志」。【鷹司】書写者は【東山甲】の本文を、疑念を抱きつつも一応「志」と読み（即ち、ひらかなとは讀まず）、疑念の意を「本ノマ、」と注することで表したと覚しい。以下の「本ノマ、」については個々に注記しない。

◇「吉野川をひきて」（仮名序）

【東山甲】は注文「ろふる」の上部に墨筆で「ク」の如き文字があるが、【鷹司】には存しない。衍か。

◇「お［は］〈ヨ・〉す」（仮名序・六歌仙・文室康秀）

「・」も墨筆。【東山甲】には「・」は存しない。衍か。

◇一〇番歌注

「なかす［も］〈そ御本〉有ける」とある、この「御本」を何に比定するかに関して簡単に触れておく。仮名序に「爰ヨリ六義ノ分祇公ノ御本ヲ写ス也」とある「祇公（＝宗祇）ノ御本」に比定する考へがあらうが、この事例はむしろ例外。大多数の事例は、【東山甲】【東山乙】の難読箇所に関する【鷹司】書写者の注記と見た方が良い。事実この事例でも、【東山甲】は「なかすそ有ける」となつてゐる。ただし「そ」はやや判讀しにくく、【鷹司】書写も不安に覚えたのだらう。以下の「御本」については個々に注記しない。

◇一二二番歌注

「面白様を」、【東山甲】作「面白様《の→を》」。
◇一三三番歌注
「いは［ぬ］〈れ歟〉」、は「いはぬ」とする。文脈から見れば「いはれぬ」とあるべき所。「れ歟」は【鷹司】書写者自身の注記と見做しうる。
◇【東山甲】秋下巻ニオケル錯簡
秋下冒頭から、【東山甲】の現状は以下のやうになつてゐる。

二四九……』（改丁）二五五……』二六二……』二六九……』**二八〇……』二七五……』**二八七……』二九三……』二九九……』三〇六……』三一一……

ゴシックの部分が錯簡だが、【鷹司】では正しい歌順に訂されてゐる。なほ、【東山甲】には、二七五番歌から始まる丁の表左に「此丁閇様前後相違也」と別筆で書かれた貼紙がある。
◇二七九番歌注
「秋［を］〈除〉ゝきて」とあるが、「除」は解釈に関する注記。【東山甲】も同文。
◇【東山甲】二九三番歌作者名表記
この歌の作者は素性だが、【東山甲】は二九二番歌注末尾に「素性」と書かれ、縦線で抹消されてゐる。【鷹司】にはこのミセケチは存しない。
◇【東山甲】三〇七番歌
和歌本文が注と同じやうに二字下げに書写されてゐる。ただし和歌冒頭に「〇―」といふ記号が記され、二字上げるやうに示唆されてゐる。【鷹司】は正しく書写されてゐる。

◇【東山甲】三一〇番歌注

注本文末尾、ノドに接して貼紙があり、「遍昭と歟」と別筆で墨書される。【鷹司】には書写されてゐない。

◇【東山甲】三一三番注

長月の晦日折節にもみちけふを限の様にちれハ行秋殿か紅葉を

ちらして行さま也道しらは我も尋可行の心也

已上廿三首　卯月十八日

この三行は別筆（墨）。【鷹司】の筆跡に似るが、同筆とまでは断定しかねる。当該部分、【鷹司】は他の部分と同筆。

◇【東山甲】四一五番歌

和歌本文に続いて、改行した上、以下の文言があり、縦線で抹消されてゐる。

憂不干と恨る心也此鳥ハ鶯をハはなれて大《?→方》の鳥なるへし

くへきほとゝきすぬれや待わひなくなる聲の

これは、物名部巻頭歌四二二番歌注末尾から、四二三番歌本文第三句までに相当する。衍と認め、【東山甲】あるいは【鷹司】の書写者が抹消したものであらう。【鷹司】ではこの部分は写されてゐない。なほ、【東山甲】四一五番歌注「惣して」云々は、二字下げではなく、和歌と同じ行頭から写されてゐる。衍にともなふ誤りか。

◇【東山甲】四二七番歌注

注文半ば以降（面移り直後より）次のやうになつてゐる。

波風ハ人の心不定ノ義ニスル也人ノ心ハ十年廿年な

れてもしられぬ物なるへし《其↓ソレ》ハ心ふかくてしられぬに《てハ↓にハあらす不定》不実《ナル心也↓にて不知也》『波ノナカニハサクラレテトハ不実なる心也』風吹ことにとハ物をよく云ものゝあらぬ《[三〜四字分不可判読、「まことかと」歟」おもへはさモナキヤウノタトヘナリ↓コトヲ云サマ也タマトハヲモシロクイヒナシナトスルコトハナリ》是をまことかとおもへはさも『な』きやウノタトヘ也

【鷹司】は訂正後の本文になつてゐる。

◇四四〇番歌注

「其色あらはれぬる辟也」、一応「辟」と判読してみたが、「碎」に近い字体である。【東山甲】も同様の字体。存疑。

◇五七三番歌傍注

「水沫水尾也」は本来「ミなハ」に注されるべきもの。底本のまま翻刻した。

◇六一六番歌注末尾

歌注末尾鼇頭に不審紙が貼られるが、それに対応する本文注の不審紙が存しない。剥脱したものと思はれる。歌注末尾「伊勢物語にてハ長雨也下に詠心をふくめり」下に詠心をふくめり面裏のかはりめ也」とあり、「下に詠心をふくめり」が重複してゐる。このことを剥脱した不審紙は指摘してゐたのであらう（この項、渡辺の指摘による）。

◇六四三番歌

歌注末尾鼇頭に不審紙が貼られるが、対応すべき歌注部分に不審紙は存しない。剥脱したか。

◇六六六番歌注

この部分、【東乙】では以下のやうになつてゐる。

たとへハしのひにおもふ人にあへるにその人とハあやしなと人の
ハヤ書也 ~~いへる時によめる也なからへて世ゝをつくしてすまんとおもへは~~」
同前 ~~たとへは忍ひにおもふ人にあへるにその人とハあふしなと人の~~
いへる時によめる也なからへて世ゝをつくしてすまんとおもへは
かけてもしらすとこたへしと也有常カ娘ヲ恋テ哥

二行分重ねて書写してしまつたのを訂正してゐるわけである。傍記は本文と同筆かと思はれる。【鷹司】では重出した二行は略されてゐる。ただし、二行分少なくなつてしまつたので、以下の二面において、二箇所行間書入注を本行注にして調整をはかり、その後の面において行ずれが起きないやうに調整してゐる。【鷹司】の書本が【東山乙】である確証といへよう。

◇六六九番歌作者注「融大臣娘ヲ思召テ平城天皇哥」

【東乙】では行間書入注。前項注参照。

◇六七三番歌作者注「法眼定海曼荼羅公恋テ哥」

【東乙】では行間書入注。前々項注参照。

◇七五三番作者名表記

【鷹司】にはないが、【東乙】には「紀友則」とある。【鷹司】の誤脱なるべし。

◇七六九番歌鼇頭不審紙

【鷹司】の紙焼では鼇頭に不審紙が見えるが、現在の【鷹司】には不審紙はない。剝脱したか。
◇七九三番歌注
万葉からの引用は、底本では、歌注（二行）の間に行間書入れ注の如き体裁で割つて書かれてゐるが、本書では歌注末尾に別掲した。
◇八〇三番歌後注
注文末尾に、講釈の日付を記す注記があるが、ここのみ、朱筆の合点がない。なほ、【東乙】は薄墨にて書されるへ合点もなし）。あるいは、【鷹司】書写者の補入か。
◇八〇五番前後の朱筆注
【東乙】も別筆による朱。あるいは【鷹司】書写者の手によるものか。なほ後者の朱筆注に見える「僻案」は『僻案抄』のことと思はれる（同趣の注あり）。
◇八〇五番歌注文最終行ノ鼇頭ノ不審紙
【鷹司】の紙焼では鼇頭に不審紙が見えるが、現在の【鷹司】には不審紙はない。剝脱したか。
◇八一四番歌・作者名
実際は次のやうになつてゐる。
　恨てもなきてもいはん方そ　　藤原興風
　　なき鏡にミゆる影ならすして
◇八一八番歌
【鷹司】では、八一七番歌注文末尾に、割注として書かれる。【東乙】も同様。

◇八一九番注文
「やう」を削消してミセケチとしてゐる。行頭より書写してしまひ、「やう」の二字分を削消したもの。【東乙】ではミセケチは存せず、正しく書写されてゐる。
◇九一三番歌
この歌の鼇頭に不審紙が貼られるが、それに対応するべき本文中の不審紙は存しない。剝落か。
◇九四九番歌注
注文中「小松天皇」のあと、平出。即ち、改行して「御時」以下が書される。
◇九五九番歌注
末尾に掲出の如く付箋があるが、剝離してゐる。以下、九六一・九六〇と歌順が逆になつてゐることを意味する。
◇九六〇番歌注
注文に引かれるのは、『久安百首』八一〇番歌。
◇九七二番歌
和歌本文末尾に掲出の如き掲出の如き付箋があるが、剝離してゐる。次面の「水の面」歌（九七六）と「今さらに」歌（九七五）の歌順が逆になつてゐることを意味する。
◇九九八番歌注
「申上也」のあと、平出。即ち、改行（実際には改面）して「貞観の」以下が書写される。

【解題】

『鈷訓和謌集聞書』をめぐって

武井和人

◇研究史

本注に関しては、早く、片桐洋一『中世古今集注釈書解題三上』（赤尾照文堂＝昭56・8）に、今後の研究の礎石たるべき見解が示されてゐる。片桐説を要約して示せば、概ね以下の通りである。

⑴従来、『宗祇略抄』の唯一の伝本として知られて来た大阪府立中之島図書館蔵本は、巻10・20を闕脱してをり、かつ、巻18・19は、実は『古聞』である。

⑵大阪府立中之島図書館蔵本と全く同じ構成の伝本が、河野信一記念文化館に二部所蔵される。

⑶静嘉堂文庫蔵『十吟抄』の後半部（巻11〜）は、『宗祇略抄』と一致する。

⑷全巻が『宗祇略抄』であり（但し厳密にいへば、巻10・18〜20に関しては存疑とすべきか）、かつ、完本であるものに、宮内庁書陵部蔵『鈷訓和謌集聞書』〈二六六・一四五〉がある。【鷹司】

⑸宗祇の講釈の聞書とされて来た根拠である巻19の奥書が、『古聞』のそれであると判明した以上、講釈者を宗祇と考へるわけには行かないが、注文の内容を検討する限りでは、宗祇注に近似してゐる事は確かである。

本書編者の一人である武井はかつて、「三条西家古今学沿革資料襍攷─実隆・公条・実枝、〈附〉宮内庁書陵部蔵

『実条公遺稿』〈部分〉翻刻―」〈『埼玉大学紀要〈人文科学篇〉』34＝昭60・11↓武井『中世和歌の文献学的研究』〈笠間書院＝平1・7〉〉といふ論の中で、片桐の見解を如上のやうに整理した上で、以下の二点を追加して述べた。

(6)『国書総目録』によると、飯田市立図書館にもう1本『略抄』が所蔵される由。但し原本未調査。

(7)【鷹司】の下巻〈巻11〜〉と、同一の内容を持つ伝本に、東山御文庫蔵『鈷訓和謌集聞書　月之上下』〈勅・六三・一・二・三、2冊〉【東山乙】がある。

(6)の飯田市立図書館本だが、未だ実見の機会を得られずにゐる。ただ幸ひな事に、国文学研究資料館にマイクロフィルムが収められ、概要を知る事が出来た。マイクロフィルムから判別しうる書誌を示す。

飯田市立図書館堀家文庫蔵。整理番号〈一〇・四七〉。外題「古今倭哥集鈔略」、内題「古今和哥集兩度聞書」。袋綴装4冊。資料館におけるマイクロフィルム番号は〈八五・四九・一〉、紙焼写真番号は〈C九八〇六〉である。

ところが、内容を子細に見ると、この飯田図書館本は、『略抄』ではなく『両度聞書』そのものである事が分った。従つて、(6)は削除すべきことがらであつた。

なほ、(7)は、石神秀美の教示による。学恩に謝したい。

さらに武井は、その後「鈷訓和謌集聞書小攷―注釈書を書写し讀むといふ事―」〈『研究と資料』31＝94・7↓武

井『中世古典学の書誌学的研究』〈勉誠社＝99・1〉）を発表し、

⑻東山御文庫蔵『古今集聞書』〈勅・六三・一・二・六〉が【鷹司】の上巻に相当する零本であつた。【東山甲】

⑼東山御文庫蔵2本〈都合3冊〉は、もともとツレだつたのだらう。

⑽【鷹司】の親本は、【東山甲乙】であらう。

⑾【鷹司】に多数貼付されてゐる不審紙は、【鷹司】の書写者が【東山甲乙】から転写する際、不審におもつた点を示す記号と理解して良いだらう。

などの点を述べた。本解題は、前記拙稿をもとにして、その後の知見を加へたものである。

◇伝受書として

本注が伝受書であることは一見して明らかであり、また、その注文から、『両度聞書』と多くが重なるところから、伝授者に宗祇を擬することが最も蓋然性が高い。けれども、伝受者に関しては、従来、必ずしも明確にはされてこなかつた。

そのやうな中で、両角倉一は「宗祇略年譜」（『宗祇連歌の研究』〈勉誠社＝昭60・7〉所収）の中で、

一四八六〈文明十八〉年　　六十六歳

○二月八日と十日、『古今集』を講釈。聴講者は和泉堺の石井宗友か。

と、宗友説を提示した。またその根拠として、前掲書所収論文「『古今集』の享受」の中で、

宗祇の泉州堺への下向がからんでいるので、宗祇同宿の門弟か、堺の門弟の石井与四郎宗友（行本法師）あたりの手になるものと推測される。

と述べてゐる。

この両角説を発展的に展開したのが、島津忠夫である。重要な指摘なので、以下抄記する。

……この書に講釈の日次が書きとめられているのと、宗祇の動向とを重ねて考え合わせると、堺の宗友であると考えられる。講釈は文明十六年の十二月六日、十日、十一日の三日は、宗友が上京して種玉庵において、翌十七年の四月十一日から五月二十日までは堺の宗祇の草庵で行われたものと考えられる。六日から十日に飛んでいるのは、この間、宗友が堺に帰ったからであり、十七年の場合は、宗祇は実隆邸での源氏講釈を肖柏に代行させて堺に下向している。この頃、堺の北荘で住吉に近いところに宗祇の草庵のあったことは金子氏が指摘されている通りで、宗友のための古今伝授のほかに堺下向の必要性が宗祇の側にあったものと思われる。……肖柏について宗友に伝授したことは充分に考えられる。（島津『連歌師宗祇』〔岩波書店＝91・8〕二二四頁）

島津が述べてゐるやうに、本書には、講釈の日次が几帳面なほどに記されてゐる（後掲）。これによつて、講釈の実際のありやうの一端をうかがふことが出来、本注を考察するための基礎的なデータであるといへよう。既に、片桐前掲書にも掲げられてゐるところであるが、再度、掲出形式をやや膨らませた上で以下に掲げておくこととする。

文明16年12月6日、辰時ニ巻一ノ講釈始マル　※仮名序講釈ノ年時ハ不明
12月6日、初日講讀《20首》
12月7日～10日《28首》
※続ケテ「泉州へ下向闕日」トアリ
12月11日《20首》』春上
文明17年4月11日、講釈再開
4月11日《25首》
4月12日《25首》
4月13日《24首》
4月12日夕《26首》』春下
4月13日夕《10首》』夏
4月17日《25首》　※【東山甲】作同
4月14日夕《15首》
4月15日夕《25首》　※【東山甲】作同
4月15日夕《15首》』秋上
4月16日《10首》
4月17日《30首》
4月18日《23首》』秋下

4月19日『《29首》』冬
4月20日『《22首》』賀
4月21日《21首》
4月22日『《20首》』離別
4月24日『《24首》』羇旅
4月26日《20首》
4月27日《25首》
4月28日『《28首》』恋一
4月29日《22首》
4月30日《20首》
5月1日『《23首》』恋二
5月2日《24首》
5月3日《24首》
5月4日『《24首》』恋三、恋四
※続ケテ「五月四日三巻ヨリ四巻ニカ、レリ」トアリ
5月5日《25首》
5月6日《24首》
5月7日『《25首》』恋四、恋五

※続ケテ「四巻ノ終ヨリ五巻ノ初マテ五月七日八日ハ闕日」トアリ
5月8日夕《26首》
5月10日《16首》
5月11日《25首》恋五
5月11日夕《34首》哀傷
※巻冒頭ニ「五月十一日態一日此段講云終」トアリ
5月12日《30首》
5月13日《40首》雑上
5月14日《22首》
5月15日《26首》
5月16日《20首》雑下
5月17日《10首》短歌　※歌数ノ記載ハ原本ニナシ
5月18日《17首》
5月19日《25首》
5月20日《16首》誹諧　※続ケテ「廿一日闕」トアリ
文明18年
2月8日《24首》
※物名巻冒頭ニ「文明十八年二月八日又始之」トアリ
2月10日《23首》物名　※続ケテ「九日闕」トアリ

※巻20には、講釈の日付が記されてゐない

宗祇流古今伝授の場合、仮名序・真名序を除けば、春上〜羇旅→恋一〜誹諧→物名→巻廿といふ順序で講釈がなされることが多く、『鈷訓和謌集聞書』もその順に従つてゐると思はれる。本注を宗祇流伝受書の一と見做しうる一つの根拠とならう。

◇伝本書誌

本注の伝本として、以下の三本が知られてゐる。

①宮内庁書陵部蔵『鈷訓和謌集聞書』〔二六六・一四五〕【鷹司】

本書の底本。袋綴装2冊。縦26・7㎝、横21㎝。渋引の表紙。題簽が表紙左上に貼付され、「鈷訓和謌集聞書日（月）」と墨書（本文と同筆？）される。表紙右上隅に「二冊古今尺」と両冊とも墨書される（本文と別筆ならん）。端作題「此本常ノ序アリキ畧之古　序分聞書」（日冊）、「古今和謌集巻第十一」（月冊）。墨付は、日冊一〇六丁、月冊一二八丁。遊紙は両冊とも、首部に一丁のみ置かれる。蔵書印は両冊とも巻頭に「鷹司城南館図書印」（長方朱印、子持ち枠入）「宮内省図書印」（方朱印）と二顆押される。本文料紙は楮紙。全巻にわたり、墨にて声点が所〻さされてゐる。また、講釈の進み具合が、前掲の如く「〽廿五首　十七日」の如く記されるが、この「〽」は朱書。これ以外の小字双行等の注は全て墨書だが、三箇所だけ朱書による書き入れが存する。

(1)秋下「一本と思ひし菊を」の「菊」の右傍にある「花歟」。

(2)恋五「世ノ中ノ人と大やうに世間人ニいひたるか肝心也かくいへるとおもふ人の義也」

⑶恋五「最流らんは僻案の了簡也」

なほ後述する如く、本書の親本と目される【東山乙】には⑵⑶が同じく朱書で記されるが、⑴の部分の親本である【東山甲】には⑴に相当する注記がない。また、全巻にわたり薄藍色の不審紙の小片が貼られてゐる。この不審紙に関しては、後文にてやや詳しく検討を加へる。識語（本奥書）は、上冊巻末に「本　一校了」、下冊巻末に「永十七ノ廿八ノ　一校了」とある。ちなみに、下冊巻末識語の〽は、【東山乙】には存しない（後掲）。江戸中期写。本書の調査は、武井が基礎的な部分を行ひ、編者全員で原本により点検した。

②東山御文庫蔵『古今和歌集聞書』（勅六三―一―一二―六）【東山甲】

袋綴装1冊。表紙天地方向にに白無地の楮紙が帯としてかけられ、「勅封六三一、二、六」と墨書される。外題は存しない。表紙は、やや褪色した渋引無地。ただし、虫損が本文料紙と連続せず、後補されたものと想定される。紙質自体は比較的古いものではないか。縦26・8×横19・5㎝。現在、内題は存しないやうに見えるが、実は、もともと、扉題が存し（首部遊紙として。あるいは、本文共紙の表紙として）、その左上に「〔古〕ノ注上」（「古」字は、虫損にて不可判讀。【東山乙】から推定）と墨書されてゐたが、この料紙が現在の表紙の見返しとして貼り込まれてしまつたため、あたかも紙背文書のやうに、裏映りして見える。ただし文字はからうじて判讀出来る（なほこの面は、宮内庁書陵部が撮影したフィルムを焼き付けた紙焼にはなく〔撮影されなかつたか〕、原本を調査して初めて判明した事柄である）。本文料紙は楮紙。ただし、半ば一〇丁程度、紙質がことなるやや小振りの料紙が用ゐられてゐる（筆者は同じであらう）。仮名序および巻10までを収める。蔵書印は一切存しない。料紙は楮紙で、首尾に各一丁づつ遊紙が置かれ、墨付は一〇六丁。のどの部分に丁数を示す数字が漢数字でまま記される。別筆か。一面一一行前後、和歌一首一行書。貼紙が1カ所存する。秋下・

二八六番歌「秋かせにあへすちりにし〈定家本作ちりぬる〉」の次の料紙表右のどに接するやうにして貼紙が貼付され、「此丁閇様前後相違也」と墨書される。紙質も時代が下り、本文と別筆。このあたりの本文を歌番号で示すと、

秋かせに（二八六）』〈改丁〉
一本と（二七五）
秋の菊（二七六）
心あてに（二七七）」〈改面〉
色かはる（二七八）
秋をゝきて（二七九）』〈改丁〉
秋はきぬ（二八七）
ふみわけて（二八八）……

となり、錯簡が生じてゐることが分る（錯簡の詳細は本文注記参照）。貼紙はこの事実を指摘したものである。朱書が「小倉山」（四三九）注末尾に細字として1ヶ所存し、「をミなへしをたちハ入すして句のかミにをけり」とある。この朱書細字注、【鷹司】には見えない。ただし筆跡は、【鷹司】書写者のそれに酷似する。なほこの朱書細字注、宗祇系古注では、『宗碩聞書』に同文が見える。識語が巻末に「一校了」とある（【鷹司】と同様）。全冊一筆か。室町末期ないし慶長元和頃の写か。本書の調査は、武井が基礎的な部分を行ひ、編者の三浦・石岡が点検した。

③東山御文庫蔵『古今集聞書　月之上下』〈勅六三―一―二―三〉【東山乙】

袋綴装2冊。外題が打付書で「鈷訓和謌集聞書〔月之上（下）〕」と表紙左に墨書される。ただし本文とは別筆。表紙（改装）は薄黄土色無地の厚手の楮紙（両冊とも）。寸法は、上冊26・6×19・9㎝、下冊26・5×19・5㎝。寸法は若干異なるが、明らかに一具の典籍と見做しうる。扉題が、首部遊紙表左上に本文とは別筆で「古ノ注下」と墨書される（上冊のみ。なほこの面は、宮内庁書陵部が撮影したフィルムを焼き付けた紙焼にはなく〔撮影されなかつたか〕、原本を調査して初めて判明した事柄である）。端作題は「古今和哥集巻第十一」（上冊）「古今和哥集巻第十八　雑哥下」（下冊）とある。なほ、扉題の筆跡は、前述した【東山甲】の表紙見返しに貼り込まれてゐる遊紙に書かれてゐる扉題の筆跡と酷似する。恐らくは同一筆者の手になるものであらう。従つて、甲乙両本がある時期、一具の典籍として扱はれてゐたことを想像するに足る。上冊に巻11〜巻17、下冊に巻18以下を収める。蔵書印は一切存しない。料紙は楮斐混漉。【東山甲】とは異なる。紙数等は以下の通り。

上冊……首部遊紙1丁、墨付77丁、尾部遊紙1丁。なほ、尾部遊紙のみ紙質が異なる（楮紙。時代がやや下るか）。

下冊……首部遊紙1丁、墨付51丁、尾部遊紙1丁。なほ、尾部遊紙のみ紙質が異なる（楮紙。時代がやや下るか。ただし紙質は上冊と同じ）。

なほ上冊首部遊紙左、扉題が書かれてゐるあたりに、17・3×4・6㎝程度にややへこみが認められ、もともと貼付されてゐた題簽が剥脱したものかと想像される。また、上下冊ともに、のどの部分に丁数を示す数字が漢数字（下冊末尾ではいろは）でまま記される。別筆か。上冊に、朱書による細字注書入れが存する。当該箇所を翻字すると、

〔世ノ中ノ人と大やうに世間人ニいひたるか肝心也かくいへるもおもふ人の義也〕
あはれともうしとも物をおもふ時なとか涙のいとなかるらん（八〇五）
いとなかるらんハいとまなき也あはれと云ハ愛する心也
哀と思ふにもうしと思ふにも泪のかきくらしいとまなき
〔最流らんハ僻案の了簡也〕

となつてゐる。〔　〕の部分が朱書。この朱書部分、【鷹司】においても朱書となつてゐる。また、【東山乙】の朱書筆跡と、【鷹司】の筆跡は同一かと思はれる。前半の朱書細字注は、『宗碩聞書』にほぼ同文が見える。後半の朱書細字注は、典拠不明。あるいは、【鷹司】書写者独自の見解か。また一箇所のみ、薄墨による本文が存する。八〇三番歌注に続いて「以上十六首五月十日」とある部分。ただし、本文と同筆かと思はれる。上冊は二筆、下冊は三筆によるかと見える。大方は、【東山甲】と同一筆者であるが、他二筆はより公家用の筆跡。下冊巻末に識語（本奥書）が「永七ノ廿八ノ　一校了」とある。【東山甲】と同様、室町末期ないし慶長元和頃の写か。本書の調査は、上冊に関しては石岡が基礎的な部分を行ひ、武井・三浦が点検した。また下冊に関しては三浦が基礎的な部分を行ひ、武井・石岡が点検した。

◇【鷹司】における不審紙

不審紙とは、もとより仮に用ゐる術語である。また真に「不審」紙であるかどうかも、実はよくよく検討したあとでなければいへない事柄ではある。

【鷹司】には、ほぼ全巻にわたつて、所々に、薄藍の小紙片が貼られてゐる。ただ貼られ方には二通りあり、各

ゝで対処の仕方がおのづから異なつて来ざるをえない。即ち、

①文字の前後左右に貼られる場合→対象としてゐる文字が特定しやすい

②天 部 余 白 に 貼 ら れ る 場 合→対象としてゐる文字が特定しにくい

また実際には、①と②が相まって一つの箇所を示してゐる場合も多い。

そもそも、写本に貼紙の貼られる例は、枚挙に暇無いが、通常の場合、

貼紙≒合点

と見做して良いものである。例へば、天理図書館蔵烏丸本『新古今和歌集』において和歌右肩に付される紙片は所謂隠岐合点（残されたもの）である、といった如きである。然し、【鷹司】の場合、朱筆合点は別個付されてゐるし、また、②の例をも合点に属せしめる事は、必ずしも容易ではなからう。本書は本書独自のケースとして論じなければならぬと思ふ所以である。

まづ、春上から、不審紙の貼られてゐるケースを全て抜き出してみる。②の場合は、その真下の一行全てを「」に入れて抜き出した。

1不曲《ナルヲ》　直と云ゝ〔料簡、曲ノ左下ニ不審紙〕

2物の政道に曲と云也〔同、曲ノ左上ニ不審紙〕

3名匠又は勅勘〔三番詞書注、匠ノ右傍ニ不審紙〕

4雪中を年のうちと云義〔四番歌注、雪ノ右傍下寄リニ不審紙〕

5「みるらん也行末の哥とは稀なる詞也鶯のなくと云は」

〔六番歌注、とノ右傍ニモ不審紙アリ〕
6鷟たにも〔一〇番歌本文、鷟ノ右傍ニ不審紙〕
7花とのとくをそ〔一〇番歌注、のノ左傍上寄リニ不審紙〕
8「きことをは鷟の声にてわくへきとおもふにそへさへなかね」〔同前〕
9梅花ををりて人のみけれはよめる〔四〇番詞書本文、人ノ右上、みノ右傍ニ不審紙〕
10「ちりぬれはこふれとしるしなき物をけふこそ桜おらは折てめ」〔六四番歌本文〕
11ちるまてをみん〔六五番歌本文、をノ右上ニ不審紙〕

個別に詳しく見て行くことにしよう。

1不曲　直《ナルヲ》と云〻〔料簡、曲ノ左下ニ不審紙〕
2物の政道に曲と云也〔同、曲ノ左上ニ不審紙〕
【東山甲】も「曲」の字で誤読の恐れはない。この「曲」に不審紙が付されてゐる理由は、意味の取りにくさにあると思はれる。『両度聞書』『古聞』『宗碩聞書』等にも、不曲なる語は見えず、それゆゑの不信感が、【鷹司】書写者に芽生えたのかもしれない。

3名匠又は勅勘〔三番詞書注、匠ノ右傍ニ不審紙〕
【鷹司】の「匠」はどう見ても「匠」としか判読しようがない。けれども、【東山甲】を見ると、「匠」ではなくむしろ「近」と判讀されても仕方ない字形である。【鷹司】の書写者は、意味の上から行けば「匠」ではあるべきだけれども、書本の字形を重んずる限り「近」と見るべきかと考へた。その苦衷が不審紙に現れてゐるのであらう。

4雪中を年のうちと云義〔四番歌注、雪ノ右傍下寄リニ不審紙〕

注記した如く、【鷹司】にあつて不審紙は、明らかに「雪」に属するやうに貼付されてゐる。然し、字形も意味も、「雪」に不審はない。【東山甲】にあつても同様である。ところが、「雪」の下の「中」字は、【鷹司】にあつては問題がないものの、【東山甲】にあつては、「中」といふよりも「や」に近い字形である。従つて、【鷹司】書写者が、ごくごく微かではあるがこの箇所に私意の校訂があつた経緯を示すために、不審紙を貼付したものと思はれる。

5「みるらん也行末の哥とは稀なる詞也鶯のなくと云は」

〔六番歌注、哥とノとノ右傍ニモ不審紙アリ〕

これは、この一行全体に不審紙が貼付されてゐると見做されるケースである。この場合、如何なる理由でかかる処置が施されたか、分明ではないが、同じ行の「と」の右傍に貼付された不審紙の意味合ひは忖度できる。この「と」、【鷹司】にあつては明〻白〻な「と」であるが、【東山甲】だと「に」と読んだ方が自然な字形である。ここも、【司】書写者の微少なる私意の校訂の痕跡と見て良いだらう。

6鶯たにも〔一一〇番歌本文、鶯ノ右傍ニ不審紙〕

7花とのとくをそ〔一〇番歌注、のノ左傍上寄リニ不審紙〕

8「きことをは鶯の声にてわくへきとおもふにそへさへなかね」〔同前〕

この三例は、一〇番歌に関するものなので、便宜一括して扱ふ。6は【東山甲】における鶯字のくずし方が甚だしいので、それ故の処置であらうかと思はれる。従つて、8もこの見通しをあてはめて良いだらう。ただし、なにゆゑ一行全体にわたる不審紙となつたかは分からない。7は、恐らく、「春と花とのとくをそき」がやや理解しづらかつたゆゑの処置だらう。確かにこのままでは分かりにくいが、『古聞』に「春と花との遅速の支証」云々といふ注文が見え、「春と花との疾く遅き」の意味である事が確定出来る。

9梅花ををりて人のみけれはよめる〔四〇番詞書本文、人ノ右上、みノ右傍ニ不審紙〕

「人」「み」、いづれも東山御文庫本も同文である。『古今集』の本文として見ると、各々「と人の」「いひけれは」が通行のものである。これはただ単に、書本を忠実に書写するだけでは到底生まれえぬ所為である。【鷹司】の書写者が如何に『古今集』に通暁してゐたかを如実に示すものである。と同時に、【鷹司】の書写者は、明白な誤写と知りつつも、書本の本文をみだりに改めなかつた一証左とも解しえよう。

10「ちりぬれはこふれとしるしなき物をけふこそ桜おらは折てめ」〔六四番歌本文〕

このケースは、何故不審紙が貼付されたか、分明ではない。

11ちるまてをみん〔六五番歌本文、をノ右上ニ不審紙〕

【東山甲】も「ちるまてを」に作るが、『古今集』の通行本は「ちるまては」に作り、少なくとも「ちるまてを」に作る本文は報告されてゐない。9のケースと同一の理由と見て良からう。

以上11例の検討を通して得られた不審紙の機能について、整理してみよう。

(1)書本の通り判読すると、意味がとりにくくなる場合……1・2・7
(2)書本の文字判読に疑義がある場合……3・4・5・6・8
(3)書本が『古今集』プロパー本文と相違する場合……9・11
(4)理由不明……10

理由をほぼ明らかにしえた(1)(2)(3)、いづれの場合も、【鷹司】書写者の学識の深さ、書写における用意周到さ、等々を、我々に十二分に察知せしめる"実例"である。

また、(1)(2)などの事例より、【鷹司】の書本（親本）が、現【東山甲】である可能性が極めて高いと証されよう。

＊

最後に、下巻から、恋二における不審紙を一点見てみたい。

秋風の身にさむけれハつれもなき人をそたのむくるゝ夜ことに（五五五）
　やう〳〵秋風の身にも心にもしミて寒きおもふハ年月を

ふるつれなきハさこそあらめかゝる折を感してつれなき
人も哀とおもはんとてたのむ也是ハ人丸の身にさむく秋
［か］〈※右肩ニ不審紙アリ〉せの吹はの哥をとれるにや
（以下略）

不審の対象は、「身にさむく秋かせの吹は」なる人丸歌であらう。この歌、『桐火桶』『愚秘抄』（『愚見抄』にも見えるが作者未記載）などの定家仮託書に、人丸作とした上で、「身に寒く秋のさよ風吹くなへにふりにし人の夢にみえつつ」といふ歌形で載る。また『夫木抄』では本文は同じで作者を好忠とする。従って、不審の対象をより限定すれば、第二句「秋かせの吹は」といふ本文が、定家仮託書や『夫木抄』と異なる点と見做しうる。【鷹司】書写者の視野は、かかる文献にまで届いてゐたことを暗示する、貴重な事例である。

【補記】

稿了後、慶應義塾大学附属研究所編『古今集注釈書伝本書目　斯道文庫書誌叢刊之七』（勉誠出版＝07・2）が刊行された。そこに、『鈷訓和謌集聞書』と目される編者未見の伝本が、『宗祇略抄』として以下の如く掲出されてゐる。

今治市河野美術館蔵『古今和歌集抄』〔一一二・七二一〕

慶應義塾大学附属研究所斯道文庫蔵『古今和歌集抄』〔〇九一・ト二五四・二〕

阪本龍門文庫蔵『古今和歌集抄』〔七六二〕

水府明徳会彰考館文庫蔵『古今鈔』〔巳二・六八〇六～六八〇八〕

東北大学附属図書館狩野文庫蔵『古序分聞書』〔狩四・二八一七五、二八一八〇〕

これらの伝本を視野に入れた上で、解題に述べた三伝本の見取り図を再度構築する必要があるが、それは編者に課された今後の宿題とさせて頂きたい。

本書刊行之顚末—あとがきにかへて—

武井和人

宮内廳書陵部に所藏される『鈷訓和謌集聞書』を調べたのは、かれこれ25年以上も前のことになるだらうか。その當時、わたくしは、一條兼良の『古今集童蒙抄』『古今集秘抄』の關係について考へてゐて、その過程で、どうしても宗祇流古注を自分なりに勉強しておく必要に迫られ、『鈷訓和謌集聞書』にも手をのばしたといふわけである。寫眞版も入手し、ぽつりぽつりと翻字を始めたものの、10年以上たつても全巻完成のめどがたたず、半ば放置したままであつた。

しかしいかにもこれでは具合が惡からうと思ひ直し、非常勤として出講してゐた二〇〇三年度の國學院大學大學院の講義で、『鈷訓和謌集聞書』をとりあげ、受講生諸君の力を借りて、ともかく、全巻の翻字を完成しようと企てた。その折の受講生は、三浦智（博士後期課程）・渡辺開紀（博士前期課程）・橋本実穂（博士前期課程）・石岡登紀子（博士前期課程）の四名であつた。彼らとともに、久方ぶりに、書陵部本の調査も行ひ、様々な再發見もあつたものである。

またこの年、たまたま、東山御文庫本が曝涼されることを知り、侍從職の許可も得ることが出來たので、永年の懸案であつた東山御文庫本の調査を、三浦・石岡兩氏の協力も得て、心ゆくまで出來たのは、痛快事といふべき經驗であつた（二〇〇三年十月廿六〜七日）。

その年度末には、あらかたの翻字が完成し、解題の礎稿も出來て、出版できる態勢がほぼ整つたのだけれども、その後、なかなか公刊の機會に惠まれず、またしても原稿は放置されることとなり、今日に至つた。ただその間、別の年度の受講生であつた嘉陽安之氏（博士後期課程）に、翻字全體の照合を依頼することが出來、おかげでほぼ完成原稿にまで至らしめることが出來たのは、僥倖といふべきであつた。

ここに、笠間書院より本書が公刊されることとなり、編者の一人として、かかる過去のいきさつにいささか思ひを致し、自らの怠惰を何より悲しく思ひつつも、『鈷訓和謌集聞書』に對する責めをやつとこれで果たせた安堵感を禁じ得ないのである。

公刊に際しては、なかばバーチャルではあるものの、協力してくれたかつての受講生と《鈷訓和謌集聞書研究會》を組織し、同會の編として世に出すこととした。以て諒とされんことを希求する者である。

二〇〇八年七月

【鈷訓和謌集聞書研究會】※肩書は現在のもの

武井　和人（埼玉大學・敎養學部・敎授、研究會代表）

三浦　　智（國學院大學・大學院・博士後期課程單位取得退學）

嘉陽　安之（國學院大學・大學院・博士後期課程）

渡辺　開紀（國學院大學・大學院・博士後期課程）

橋本　実穂（駒澤大學高等學校・常勤講師）

石岡登紀子（獨協中学・高等学校・司書教諭）

古今集古注釈書集成
鈷《こ》訓《きん》和《わ》謌《か》集《しゅう》聞《きき》書《がき》

平成20(2008)年9月1日　初版第1刷発行

編　者　鈷訓和謌集聞書研究会©

発行者　池田つや子
発行所　有限会社　笠間書院
〒101-0064　東京都千代田区猿楽町2-2-3
☎03-3295-1331(代)　FAX 03-3294-0996
NDC分類：911.1351　振替00110-1-56002

ISBN978-4-305-60113-1　モリモト印刷・渡辺製本
落丁・乱丁本はお取りかえいたします。　(本文用紙：中性紙使用)
出版目録は上記住所までご請求下さい。
http://www.kasamashoin.co.jp

古今集古注釈書集成【第１期】

□…既刊

巻数順と配本順は異なります。